U0128016

意象範疇的流變

再版前言

這套「中國美學範疇叢書」初版於二○○一年，時隔十五年再版，作為編委與作者，依然感到書不盡言，言不盡意。

中國美學範疇，顧名思義，是對中國數千年源遠流長的美學與文藝史理論的概括。範疇這個術語本是從西方哲學引進的。西方所謂範疇是指人類主體對事物普遍本質的認識與把握。它與概念不同，概念一般反映某個具體事物的類屬性，而範疇則是對事物總體本質的認識與把握。中國美學的範疇與西方美學相比，富有體驗性與感知性，善於在審美感興中直擊對象，這種範疇把握，融情感與認識、哲理與意興於一體，正如嚴羽《滄浪詩話》所說「唐人尚意興而理在其中」。中國美學範疇，實際上是中國古代美學與哲學智慧的彰顯，也是藝術精神的呈現。諸如感興、意象、神思、格調、情志、知音等美學範疇，既是對中國美學與文藝活動的總結與概括，也是人們從事藝術批評時的器具。對中國美學範疇的認識與研究，不僅是一種學術研究與認識，而且還是一種體驗與濡染的精神活動。中國美學範疇的生成與闡述，與個體生命的活動息息相關，這種美學範疇在社會形態日漸工具化的今天，其精神價值與藝術價值越發顯得重要。中國當代美學範疇與精神的構建，毫無疑問應當從中國傳統美學範疇中汲取滋養。

這套叢書緣起於一九八七年，當時正是國內人文思潮湧動的時

候，那時我還是在中國人民大學哲學系美學教研室任教的一名年輕副
教授。吾師蔡鍾翔教授與中國人民大學中文系的同事成復旺、黃保真
教授一起編寫出版了《中國文學理論史》，接著又發起與組織編寫了
「中國美學範疇叢書」，歷時十三年，於二〇〇一年由百花洲文藝出版
社出版了第一輯，有《美在自然》《文質彬彬》《和：審美理想之維》
《興：藝術生命的激活》《原創在氣》《因動成勢》《風骨的意味》《意境
探微》《意象範疇的流變》《雄渾與沉鬱》等十本。我承擔了其中的
《和：審美理想之維》《興：藝術生命的激活》兩本。

　　在編寫這套叢書時，蔡老師作為主編，撰寫了總序，確定了基本
的編寫思想，對於什麼是中國美學範疇及其特點，作出了闡釋，將其
歸納為：一、多義性與模糊性；二、傳承性與變易性；三、通貫性與
互滲性；四、直覺性與整體性；五、靈活性與隨意性。這五點是中國
美學範疇的特點。強調中國美學範疇的認識與體驗、情感與理性、個
體與總體的有機融合。另外，蔡師也強調「中國美學範疇叢書」的編
寫與出版，是隨著中國美學的研究深入而催生的。在上個世紀八十年
代初的美學熱中，對於中國美學史的興趣成為當時亮麗的風景線，我
在當時也開始寫作《六朝美學》一書。而隨著中國美學史研究的深入，
人們越來越對中國美學範疇產生了濃厚的興趣，在當時，意象、意
境、境界、神思、比興、妙悟等範疇成為人們的談資，時見於論文與
著作中，也是文藝學與美學中的熱門話題。正是有鑑於此，彙集這方
面的專家與學者，編寫一套專門研究中國美學範疇的高水平叢書的策
劃，便應運而生。正如蔡師在全書總序中所說：「『叢書』選題主要是

元範疇和核心範疇，也包括少量重要的衍生範疇，在這些範疇之內涵蓋若干相關的次要範疇。這是對中國傳統美學範疇的一次全面深入的調查，工程是浩大的、艱難的，但確是意義深遠的，它將為中國美學和中國文論的史的研究和體系研究打下堅實的基礎。」

這套書從策劃到編寫，再到出版，歷經十多年，作為撰寫者與助手的我，見證了蔡師的嘔心瀝血，不辭辛勞。比如揚州大學古風教授撰寫的《意境探微》一書，傾注了蔡老師審稿時的大量心血。儘管古教授當時已經在《中國社會科學》《文藝研究》《文學評論》等刊物發表了相關論文，在這方面成果不少，但是蔡老師本著精益求精的方針，反覆與他通信商談書稿的修改，經過多次打磨與修改之後，最後形成了目前出版的書稿。記得那時我和蔡老師都住在人民大學校內，每次我去他家拜訪時，總是見到他在昏黃的檯燈下伏案看稿與改稿，聊天時也是談書稿的事。有時他對作者書稿的質量與修改很是著急與焦慮，我也只好安慰他幾句。

本叢書體現這樣的學術立場與宗旨。這就是：一、追求「究天人之際，通古今之變，成一家之言」的學術旨趣。每本書都以範疇的歷史演變與範疇的結構解析為基本框架，同時，立足於探討中國美學範疇的當代價值與當代轉化。作者在遵循基本體例的同時，又有著鮮明的個性與觀點，彰顯「和而不同」的學術自由精神。二、本著「萬物並育而不相害，道並行而不相悖」的兼容並包之襟懷，融會中西，將中國美學範疇與西方美學與文化相比較，盡量在比較中進行闡釋，避免全盤西化或者唯古是好的偏執態度。

　　值得一提的是，叢書的第一輯出版後，在二〇〇二年五月二十五日，叢書編委會與江西百花洲文藝出版社在中國人民大學中文系舉行了第一輯的出版座談會，當時在京的一些著名學者侯敏澤、葉朗、童慶炳、張少康、陳傳才，以及詹福瑞、韓經太、左東嶺、朱良志、張晶、張方等學者參加了座談會並作了發言，我也有幸與會。學者們充分肯定了這套叢書的出版對於推動中國美學的研究，有著積極的意義，認為這套書具有很高的學術水準。與會者讚揚這套書體現了古今融會、歷史的演變與範疇的解析相貫通的學術特色，同時也提出了中肯的意見。正是在這些鼓勵之下，叢書的編委會與作者經過五年的繼續努力，於二〇〇六年底出版了叢書第二輯的十本，即《美的考索》《志情理：藝術的基元》《正變・通變・新變》《心物感應與情景交融》《神思：藝術的精靈》《大音希聲——妙悟的審美考察》《虛實掩映之間》《清淡美論辨析》《雅論與雅俗之辨》《藝味說》等。第二輯與第一輯相比，內容更加豐富，涉及中國美學與藝術的一些深層範疇，寫法愈加靈動，與藝術創作的結合也更加明顯。顯然，中國美學範疇研究的水平隨著叢書的推進也得到相應的提升。

　　從二〇〇六年叢書第二輯出版至今天，一晃又過去了十年。令人哀傷的是，蔡老師因病於二〇〇九年去世了。原先設想的出版三十本的計劃也終止了。在這十年中，中國美學範疇的研究有了很大的進展，比如將中國美學範疇與中國文化、中國哲學相聯繫的論著問世不少，將中西美學範疇進行比較研究的成果也頗為可觀。但是這套叢書的學術價值歷經時間的考驗，不但沒有過時，相反更顯示出它的內在

價值與水平。時值當下對中國傳統文化與國學的研究與討論的熱潮，這套叢書的實事求是的治學態度，認真負責的撰寫精神，以及浸潤其中的追求人文與學術統一、古今融會、中西交融的學術立場，不追逐浮躁，潛心問學的心志，在當前越發彰顯其意義與價值。在當前研究中國美學的書系中，這套叢書的地位與價值是不可替代的，在今天再版，實在是大有必要。在這十年中，發生了許多變故，叢書的顧問王元化、王運熙先生，副主編陳良運先生，編委黃保真先生，作者郁沅先生等，以及當初關心與幫助過這套叢書的著名學者侯敏澤、童慶炳先生，還有責任編輯朱光甫先生，已經離世，令人傷懷。對於他們的辛勞與幫助，我們將永遠銘記在心。今天，這套叢書的再版，也蘊含著紀念這些先生的意義在內。

本次再版，百花洲文藝出版社本著弘揚優秀傳統文化的宗旨，經過與作者協商，在重新校訂與修訂的基礎之上，將原來的叢書出版，個別書目因各種原因，未納入再版系列。相信此次再版，將在原來的基礎之上，提升叢書的水平與質量。至於書中的不足，也有待讀者的批評與指正。

袁濟喜

二〇一六年十二月三十一日

總序

　　範疇，是對事物、現象的本質聯繫的概括。範疇在認識過程中的作用，正如列寧所指出的，它「是區分過程中的梯級，即認識世界的過程中的梯級，是幫助我們認識和掌握自然現象之網的網上紐結」(《哲學筆記》)。人類的理論思維，如果不憑藉概念、範疇，是無法展開也無從表達的。美學範疇，同哲學範疇一樣，是理論思維的結晶和支點。一部美學史，在一定意義上也可以說是一部美學範疇發展史，新範疇的出現，舊範疇的衰歇，範疇含義的傳承、更新、嬗變，以及範疇體系的形成和演化，構成了美學史的基本內容。

　　中國傳統美學範疇，由於文化背景的特殊性，呈現出與西方美學範疇迥然不同的面貌，因而在世界美學史上具有獨特的價值。中國現代美學的建設，非常需要吸納融匯古代美學範疇中凝聚的審美認識的精粹。自二十世紀八〇六年代後期以來的十餘年中，美學範疇日益受到我國學界的重視，古代美學和古代文論的研究重心，在史的研究的基礎上，有逐漸向範疇研究和體系研究轉移的趨勢，這意味著學科研究的深化和推進，預計在二十一世紀這種趨勢還會進一步加強。到目前為止，研究美學、文藝學範疇的論文已大量湧現，專著也有多部問世，但嚴格地說，系統研究尚處在起步階段，發展的前景和開拓的空間是十分廣闊的。中國傳統美學範疇的特點是很突出的，根據現有的

研究成果，大致可以歸結為以下幾點：

一、多義性和模糊性。範疇中的大多數，古人從來沒有下過明確的定義或界說，因此，這些範疇就具有多種義項，其內涵和外延都是模糊的。如「境」這個範疇，就有好幾種含義。標榜「神韻」說的王士禛，卻缺乏對「神韻」一詞的任何明晰的解說。不僅對同一範疇不同的論者有不同的理解，同一個論者在不同的場合其用意也不盡相同。一個影響很大、出現頻率很高的範疇，使用者和接受者也只是仗著神而明之的體悟。

二、傳承性和變易性。範疇中的大多數，不限於一家一派，而是從創建以後便一代一代地傳承下去，成為歷代通行的範疇，但於其傳承的同時，範疇的內涵卻發生著歷史性的變化，後人不斷在舊的外殼中注入新義，大凡傳承愈久，變易就愈多，範疇的內涵也就變得十分複雜。如「興」這個範疇，始自孔子，本是屬於功能論的範疇，而後來又補充進「感興」「興會」「興寄」「興托」等含義，則主要成為創作論的範疇了。

三、通貫性和互滲性。古代美學中有相當數量的範疇是帶有通貫性的，即貫通於審美活動的各個環節。如「氣」這個範疇，既屬本體論，又屬創作論；既屬作品論，也屬作家論，又屬批評、鑑賞論。至於各個範疇之間的互滲，如「趣」和「味」的互滲，「清」和「淡」的互滲，包括對立的互轉，如「巧」和「拙」的互轉，「生」和「熟」的互轉，就更加普遍。因而範疇之間千絲萬縷、交叉糾纏的關係，形成一個複雜的網絡。

　　四、直覺性和整體性。許多範疇是直覺思維的產物，其美學內涵究竟是什麼，只可意會，不可言傳。典型的例子如「味」這個範疇，什麼樣的作品是有滋味的，如何賞鑑作品才是品「味」，怎樣才是「辨於味」，「味外味」又何所指等等，都是不可能用言語來指實，只能是一種心領神會的直覺解悟。既然是直覺的，即不經過知性分析的，就必然是整體的把握。如風格論中的許多範疇，何謂「雄渾」，何謂「沖淡」，何謂「沉著痛快」，何謂「優游不迫」，都不可條分縷析。直覺性與模糊性無疑是有不可分割的聯繫的。

　　五、靈活性和隨意性。漢語中存在大量的單音詞，其組合功能極強，一個單音詞和另一個單音詞組合便構成一個新的複音詞。中國古代美學利用組詞的靈活性，創建了許多新的範疇，如「韻」和「氣」組合構成「氣韻」，「韻」和「神」組成「神韻」，「韻」和「味」組成「韻味」，等等。而這種靈活性可以說達到了隨意的程度，一個主幹範疇能繁育滋生出一個龐大的範疇群或範疇系列，舉其極端的例子而言，如「氣」，不僅構成了「氣韻」「氣象」「氣勢」「氣格」「氣味」「氣脈」「氣骨」，還演化成「元氣」「神氣」「逸氣」「奇氣」「清氣」「靜氣」「老氣」「客氣」「屌氣」「傖氣」「山林氣」「官場氣」等等，當然這些衍生的名稱未必都算得上範疇，但確有一部分上升到了範疇的地位。

　　上述這些傳統美學範疇的特點，也就是研究中的難點，要給予傳統美學範疇以現代詮釋，而不是以古釋古，難度是很大的。根本的問題在於古今思維方式的差異。我們現代的思維方式，基本上是採納了西方的思維方式，因此在詮釋中很難找到對應的現代語彙，要將傳統

美學範疇裝進現代邏輯的理論框架，便會感到方枘圓鑿，扞格難通。中國的傳統思維，經歷了不同於西方的發展道路，即沒有同原始思維決裂，相反地卻保留了原始思維的若干因素。我們不能同意西方某些人類學家的論斷，認為中國的傳統思維還停留在原始思維的水平。中國古人的理論思維在先秦時代已達到很高的水平，所保留的原始思維的痕跡，有些是合理的，保持了宇宙萬物的整體性和完整性，不以形式邏輯來切割肢解，是符合辯證法的原理的，在傳統美學範疇中也表現出這種長處。因此，研究中國美學範疇，必須結合古人的思維方式，聯繫整個中國傳統文化的大背景來考察，庶幾能作出比較準確、接近原意的詮釋。範疇研究的深入自然會接觸到體系問題。中國古代美學家、文論家構築完整的理論體系者極少，但從範疇的整體來看是否構成了一個統一的體系呢？範疇的層次性是較為明顯的，如有些研究者區分為元範疇、核心範疇（或主幹範疇）、衍生範疇（或從屬範疇）等三個或更多的層次。但範疇之有無邏輯體系，研究者尚持有截然不同的觀點。我們傾向於首肯「潛體系」的說法，即範疇之間存在有機的聯繫，範疇總體雖然沒有顯在的體系，卻可以探索出潛在的體系。但要將這種「潛體系」轉化為「顯體系」並非易事，因為這是兩種思維方式的轉換，轉換實際上是重建。有些研究者梳理整合出了一套範疇體系，只能是一家之言，是一種先行的試驗。由於對個別範疇還未研究深透，重建整個中國美學理論體系的條件就沒有完全成熟。於是我們萌發了一個構想，就是編輯一套「中國美學範疇叢書」，每一種（或一對）範疇列一專題，寫成一本專著，對其美學內涵作詳盡的現代

詮釋，並盡量收全在其自身發展的不同歷史階段上的代表性用法和代表性闡述，力爭通過歷史的評析揭示各範疇內涵邏輯展開的過程。「叢書」選題主要是元範疇和核心範疇，也包括少量重要的衍生範疇，在這些範疇之內涵蓋若干相關的次要範疇。這是對中國傳統美學範疇的一次全面深入的調查，工程是浩大的、艱難的，但確是意義深遠的，它將為中國美學和中國文論的史的研究和體系研究打下堅實的基礎。

這一工程從一九八七年開始策劃，歷時十三年，得到許多中青年學者的熱烈響應。更有幸的是，在世紀交替之年，獲得江西省新聞出版局和百花洲文藝出版社領導的大力支持，在他們的努力下，「叢書」被列入「十五」國家重點圖書出版規劃，「叢書」共計三十本，預定在四年內分三輯出齊。為此組織了力量較強的編委會，投入了充足的人力、物力、財力，力爭使「叢書」成為精品圖書。我們萬分感佩江西出版部門充分估計「叢書」學術價值的識見和積極為文化建設做貢獻的熱忱。最終的成果也許難以盡愜人意，但我們相信「叢書」的出版，必將在中國美學範疇研究的長途跋涉中留下一串深深的足印。

蔡鍾翔

陳良運

二〇〇一年三月

提要 內容

　　本書以「意象」範疇為核心，以本體論為出發點，較為全面地考察了「意象」範疇形成的歷史過程，觀照其源流正變和文化積澱，從而對審美意象的建構及其主要特徵作出系統的闡釋，對與其相鄰或相近的審美範疇，如「物像」、「興象」、「形象」及「意境」等，也進行了界定和辨析，以期能在橫向邏輯連繫的層面上，探索相互融貫又各具形態的審美意識和感知方式，以辨其演變及深層的美學含義。在對各種不同體式的審美意象特徵方面，力圖探尋其範疇的內在意蘊，追蹤其發展軌跡，闡發了一些前人所未發的意見。故本書對所涉及的各美學範疇，力求推原其本，以探究其原有的美學內涵和審美動因，可為文藝理論和文藝創作提供有益的參考。

目次

第四章
「意象」與「意境」

第五章
「意象」與「氣象」

第六章
「意象」與「境象」

第七章
「意象」與「景象」

第八章
「意象」與「象外之象」

上編

「意象」的濫觴和成熟

中國的美學理論既博大宏深，又源遠流長，而傳統的「意象」，是中國古代美學獨具民族特色的美學基本範疇，既有其悠久的文化淵源，又在創作實踐中相互促進而互為因果。它經歷了從濫觴、萌芽到發展、成熟的漫長歷史積澱的過程，從概念的提出算起也已有一千多年的歷史了，其內涵也不斷得到充實和豐富。因此，從文化歷史發展的縱向線索，先作全方位的觀照和探索仍是必要的，使之能勾勒出一個大致的輪廓及其發展軌跡，從中也可窺見其生成、建構及其深層的思維規律。

第一章

「意象」說的濫觴

　　「意象」的濫觴主要探討「意象」的源頭，並對之作簡略的歷史考察。中國文化有關「象」的緣起及「尚象」的思想，淵源深遠，從原始時代的鼎文化中已見端倪，而神話意象則是明顯的演進。老子與莊周的基本觀點，「象」是由「道」運化而生的。《周易》的「立象盡意」說，對「意象」的形成則起了關鍵性的作用，顯示出中國文化的獨特品貌和深層內涵，否則對審美意象的認識將停留在藝術表現的層面上。

第一節　從「鑄鼎象物」說起

　　我國有著悠久而優秀的民族文化傳統，在社會歷史的進程中，隨著生產實踐和社會實踐的不斷發展，人們的審美意識也悄悄地萌芽、滋生並進入不斷變化的過程。奴隸勞動產生了相當高的遠古文化，培養出一群掌握專門技藝的能工巧匠。隨著作為精神產品的青銅藝術的

出現，產生了對客觀物像的描摹，並達到了輝煌的成就，這無疑在美的發展歷程中跨出了很重要的一步，從中我們可以看出時代演變的軌跡，如鼎的製造就是明顯的例證。據《左傳》〈宣公三年〉記載：「楚子伐陸渾之戎，遂至於雒，觀兵於周疆。定王使王孫滿勞楚子。楚子問鼎之大小輕重焉。對曰：『在德不在鼎。昔夏之方有德也，遠方圖物，貢金九枚，鑄鼎象物，百物而為之備，使民知神、奸。故民入川澤山林，不逢不若。螭魅罔兩，莫能逢之。用能協於上下，以承天休。』」這就是所謂的「九鼎」，它的鑄造時間，目前尚無資料可以查證，但以王孫滿的話來看是產生於夏朝，所謂把夏王朝所轄的九州各方國的獸形圖紋摹繪下來，讓它們進貢青銅，鑄造九鼎並把圖紋鑄在鼎上，從而「百物而為之備」。它可能由陶器的鼎形器發展而來，隨著青銅器技術的演進，這種貴重而顯赫的九鼎才得以製作出來，它被認為是中國青銅文化的最初標誌。後經過殷商及周代，青銅藝術得到進一步的發展，出土於河南省安陽縣武官村的殷朝祭器司（祠）母戊鼎，重約一千四百斤，帶耳高一百三十七釐米，四角為饕餮紋，其基本特徵是一個帶角而巨口的綜合性獸頭，整個造型十分雄偉而古拙，在當時的物質條件下，標誌銅範技藝確已臻至相當純熟的境界，達到一種「象物」的藝術創造，成為殷代青銅器藝術的最高典範，也是一種歷史的藝術珍品。所以「鑄鼎象物」的意義不完全在於鼎本身，而在於作為造型藝術的創作思想和審美觀念，以形象化的手段，把自身在生產實踐活動中獲得的智慧和創造經驗表達出來，這對我們認識我國遠古的藝術哲學和審美意識是有啟迪意義的。

首先，「鑄鼎象物」就是通過造型藝術的形象形式描摹事物。這種「物」，據《呂氏春秋》的有關記載，既有客觀自然存在之物，如「周鼎著象」（〈慎勢〉篇）、「周鼎著鼠」（〈達鬱〉）篇、「周鼎著倕（人）」

（〈離謂〉篇），也有超現實的虛幻之物的「饕餮」（〈先識篇〉），都是包括在所謂「物」之中。《左傳》〈僖公十五年〉云：「物生而後有像。」說明天、地、物作為客觀存在被人感知，才形成「象」。「饕餮」是一種有頭無身能食人的想像中奇異的猛獸，它以獸紋圖飾為主，吸收並融合了各種動物的特徵，形成一種威嚴、神祕不可侵犯的風格，即所謂「猙厲之美」，並處於鼎的主體性位置。它雖然是一種虛幻的動物形象，但又是從「象物」的基礎上，包括羊、牛、犀、鹿、豬、象等「百物」的形象特徵加以幻想加工、綜合而成為物態化的形象塑造。它是圖騰崇拜和原始宗教意識的產物，其中不可避免地體現了夏、殷商奴隸制王權與神權的統治觀念，這是一種歷史的必然。但我們也要看到，它又是奴隸生命意識和審美觀念的集中表現，是夏、殷氏族勇武精神的反映，顯露了合規律性和合目的性的內容，並滲透、灌注在特定的審美形式中，使之具有一種激昂豪邁的崇高之美。

　　《左傳》〈桓公二年〉云：「五色比象，昭其物也。」「比象」即五種顏色畫出各種形象，從而達到顯示「其物」的目的，反映了我國原始藝術重視「象」的審美特點，表明在遠古時代沒有文字表述的情況下，形象的類比和形象的圖案比抽象的語言更能表達思想，更容易被人理解和接受。漢代劉熙在《釋名序》中說：「自古造化，制象立器。」從一個側面正概括了這種特徵，也反映了與「鑄鼎象物」的創作思想一脈相承的關係，即重視「象」的創作思想。後來，「鑄鼎象物」被作為藝術形象生動逼真的概念，如惺園退士在《儒林外史序》中說：「《儒林外史》一書，摹繪世故人情，真如鑄鼎象物，魑魅魍魎，畢現尺幅。」無名氏《臥閒草堂本儒林外史四評》也說：「此如鑄鼎象物，魑魅魍魎，毛髮畢現。」蠡勺居士在《昕夕閒談小序》中說：「務使富者不得沽名，善者不必釣譽，真君子神彩如生，偽君子神情畢露，此所

謂鑄鼎象物者也。」從中可以窺見其演化的軌跡及對藝術創作與欣賞的影響。

第二，由於「鑄鼎象物」具有「能協和上下，以承天休」，即能夠使上下和諧，以承受上天的保佑，從而體現出「使民知神、奸」的鑑誡作用，激發起人們揚善懲惡的道德情感，這種歷史時代和社會環境的願望和情感通過高度的提煉，包孕、寄寓於「百物而為之備」的「象物」之中，也即是作為抽象的、無形的「意」，被奇妙地轉化為物態化的形象而得到了表現，在這種創造和建構的過程中，不僅展示著社會文化的意識世界，隱藏著深沉的歷史必然力量，也積澱、滲透著我國上古時期的社會審美心理，通過美的形式，把它鑄造得這樣富於猙獰威嚴的時代精神像徵，以致在今天仍流傳以饕餮作為門環圖案裝飾的習俗。「鑄鼎象物」無疑提供和包含了有關「意」與「象」關係一種朦朧而素樸的「尚象」藝術思維，標志著人類的審美意識已經開始跨越並朝著獨立的方向不斷發展的過程。明祝允明在《呂紀畫花鳥記》中說：「蓋古之作者，師楷化機，取象形器，而以寓其無言之妙。」說明古人的「取象形器」不只是對客觀事物作機械模仿，而是通過作者的體驗並寄寓了作者的情感意向，從而達到「無言之妙」的審美效應。這種「意」與「象」相互連繫的審美趨向，在遠古的歌謠、舞蹈、壁畫及神話傳說中也隨處可見。

第三，我國古代神話奇偉瑰麗而豐富多彩，在那混沌未開的鴻蒙時期，盤古用了一萬八千年來開天闢地，「泣為江河，氣為風，呼為雷，目瞳為電。」（《述異記》卷上）女媧煉石補天，「搏黃土作人。」（《太平御覽》卷七十八引《風俗通義》）人類開始了生命的航程。精衛「常銜西山之木石，將以堙於東海。」（《山海經》〈北山經〉）我們難以想像一只飛鳥竟敢銜木石將浩瀚的東海填平，可謂一首「與天奮

鬥」的暢想曲。此外如夸父逐日，半途渴死，仍「棄其杖，化為鄧林」
（《山海經》〈北山經〉），以造福後人。而后羿為瞭解除旱災，射落天
帝的九個太陽，使最後一個太陽用來為人類服務，於是「萬民皆喜」，
可與希臘神話的普羅米修斯盜火給人類的故事相媲美。馬克思曾熱情
地讚譽普羅米修斯為「哲學曆書上最高貴的聖者和殉教者」[1]，反映原
始先民戰勝自然災害的理想以及克服困難的不屈不撓的精神。晉人郭
璞在《山海經序》中認為神話具有「達觀博物」的認知價值，是「遊
魂靈怪，觸象而構」的產物，意謂「游魂靈怪」本無一定的形狀，是
作者擇取物像而構成的，從而把它附麗於「山川」、「木石」等有形狀
的事物之中，但它不是憑空的臆造，而是「象物以應怪」即以「象物」
為其依據，把與之有關的屬性加到對象身上。在郭璞看來，這是「成
其所以變，混之於一象」的結果。「變」指變形和轉化，《周易》〈繫辭
上〉曰：「遊魂為變，是故知鬼神之情狀。」慧遠也說：「神道無方，
觸象而寄。」（《萬佛影銘序》）則指神話中的各類型象，這種形像已經
不再是自然形態的東西，而是加工改造過的藝術形象，是經歷了從「觸
象」到「一象」的轉化過程，就是把自然物像擬人化、形象化，因此
什麼樣的靈怪都可以創造出來，從而達到「曲盡幽情」的審美目的，
具有明顯的示意性。這正是原始人意象思維的表現，所以說到底，神
話是人類童年時代的意識和思維的產物。由此可見，神話的「觸象而
構」與「鑄鼎象物」是一脈相承的，積澱著深厚的人類童年期的審美
意識。

　　人們時常引述馬克思的一句名言，認為原始人「用想像和藉助想

1　《馬克思恩格斯論藝術》（二），第47頁。

像征服自然力。支配自然力，把自然力加以形象化」[2]。我國古代神話就是這種「形象化」的體現，從而構成了神話意象。

總之，由於中國社會的特殊條件，使得中國遠古的藝術創作一開始就不是注力於對事物作瑣細機械的模仿，而是更側重於從情感、意念的表現去觀察藝術的本質，也即重視藝術創作中的表現性因素，強調主觀心靈感受和意趣的抒發，將倫理道德溶於美感直覺之中，從而構成為原始意象。這種從我國遠古藝術創作所孕育的化意為象，用物像來表徵感性的思維方式，給後人以啟迪和影響，「鑄鼎象物」和「觸象而構」，可說為我們提供了突出的例證。這種「象物」的創作思想與《周易》所貫穿「象物」的哲學思想，也有著一定的連繫，《周易》〈繫辭上〉云：「擬諸其形容，像其物宜，是故謂之象。」說明《易》「象」是通過「象」用來比擬它的事物的形態，顯示它作為合宜的事物。又云：「以製器者尚其象」。這種「以象製器」的「尚象」思想，顯示了「象」在民族文化思想發展過程中的地位，「鑄鼎象物」可謂先聲。正如胡適在《先秦名學史》中說：「『意象』是古代聖人設想並且試圖用各種活動、器物和制度來表現的理想的形式。」「『意象』是事物和制度的『形相因』。……看到大雨從天上落下，就想到普及博施這個意象。」說明我國早在春秋之前，已經萌發了「意象」的審美觀念，在「鑄鼎象物」中已形成了隨人的審美意識而複合物像，用來表現人的精神意向，使「意」與「象」隨意對應，形成原始的意象性藝術。

第二節　老子的「象」說

2　馬克思：《〈政治經濟學批判〉導言》，《馬克思恩格斯選集》第2卷，人民出版社1972年版，第113頁。

　　「意象」論的本原與「象」有著密切的關聯。先秦時期，老子就已經提出了「象」、「大象」的概念，使之從具體事物發展到哲理思想，並成為其「道」論的有機組成部分，有著很重要的哲學文化價值，並產生深遠的影響。

一、「大象」與「象」

　　老子認為：「道之為物，惟恍惟惚。惚兮恍兮，其中有象；恍兮惚兮，其中有物。」（《老子》二十一章）闡述了「道」與「象」的關係及其表現形態，說明「道」流變不息，帶有恍惚窈冥的特徵，故云：「是謂無狀之狀，無物之象，是謂恍惚。」（《老子》十四章）但又不是絕對的虛無。《韓非子》〈解老〉曾說：「人希見生象也，而得死象之骨，案其圖以想其生也，故諸人之所以意想者，皆謂之象也。今道雖不可得聞見，聖人執其見功以處見其形，故曰：『無狀之狀，無物之象』。」謂「道」雖然聽不到看不見，然而聖人掌握它顯露的功能審見其形，猶如未見「生象」，以「死象」之骨而畫出「生象」的樣子，因為「道」之中包含有「象」、「物」，而「象」乃「意想者」、「之象」，實屬「意象」。但從「道」的本體來說，它是無邊無際、無古無今、不可名狀的，對於人的感官來說，它是「視之不見」、「聽之不聞」、「搏之不得」，所以「迎之不見其首，隨之不見其後」。（《老子》十四章）迎頭去找，不見它的腦袋；跟隨在後邊，也看不見它的尾巴，是視聽感官所不能把握的東西，是語言和概念難以窮盡表達的，只能通過內心的體驗加以領悟。清代魏源在《老子本義》中把這種「恍惚」的境界概括為「心融神化，與道為一」的「眾妙之門」。說明老子的「道」是著眼於整體性宇宙人生的一種宏觀觀照，是認識的至高境界，從這一意義來說，「道」就是老子所說的「大音希聲，大象無形」（《老子》四十一章）的感性顯現。「大音」、「大象」既指「道」的形象，亦指

「道」的精神本體。在老子的心目中，「道」是一種最偉大的形象，是無窮大，「執大象，天下往，往而無害，安平太」（《老子》三十五章）。河上公註：「執，守也；象，道也。聖人守大道則天下萬民移心歸往之也。」從而得到了和平和安泰。故老子說：「吾不知其名，強字之曰『道』，強為之名曰『大』。」（《老子》二十五章）「大，亦美也」[3]正是基於對「道」的讚美，「大象」實即「道」之象。

對於「大象」與「象」的關係，老子特別指明「大象」在恍惚之中又「有物」、「有像」，對此，王弼在《老子指略》中說：「故象而形者，非大象也。」又說：「然而，四象不形，則大象無以暢。」在王弼看來，「大象」既是無形無象的，但作為「萬物之宗」的「大象」又必須通過有形、有像的東西加以體現。在老子心目中，「天下萬物生於『有』，『有』生於『無』。」（《老子》四十章）說明作為「道」的「大象」具有「有」和「無」兩種屬性，「有」是「無」的中介，「故有無相生」（《老子》二章）。但作為「天地之始」的精神本體來說，「道」是「無」，對此他曾通過形象的例子加以說明：「三十輻共一轂，當其無，有車之用。」（《老子》十一章）「輻」指車輪的輻條，「轂」是輻條聚集的圓心，泛指車輪。全句意謂：三十根輻條組成一個車輪，車輪中間是空的，轉動起來才能運行。老子是把「有」與「無」看作是事物相互依存的矛盾的兩個方面，而將「無」處於矛盾的主導地位，表達了一種素樸的辯證思想，看到了思維活動中一種自然的規律性。「大象」是無形的，是看不見的，是不可感知的，而「象」則是有形，是可以直接感知的，「大象」就是從有形的「象」中抽象出來，在有形的「象」中去發現無形的「大象」，所以這種「有無相生」體現了被表現

3　　王念孫：《廣雅疏證》卷一。

與表現的關係，即本質與現象、無限與有限、一般與個別、抽象與具象的關係。焦竑在《老子翼》解第四十一章引林希逸語云：「大象者，無象之象也。」、「無象之象」即似無若有之「象」。蘇轍在《老子解》中說得更為明確：「狀，其著也；象，其征也。『無狀之狀』，『無象之象』，皆非無也。」說明有形的「象」不能脫離無形的「大象」，否則就失去了本體和生命，而無形的「大象」也離不開有形的「象」，否則就成了絕對的虛無，也就不成其為「大象」了。按照老子這種思維方式來看，「大象無形」的命題，可以理解為由有形之「象」進入到無形的「大象」，如果離開了有形之「象」，而去直接獲得無形的「大象」是不可能的，但通過「大象」又蘊含著各種有形的「象」，並統率各種有形的「象」，這種以「無」為體，以「有」為用而相反相成的關係，接觸到事物量的積累可以引起質的變化的初步認識，如說：「為大於其細。」（《老子》六十三章）《文子》〈道原篇〉云：「夫無形大，有形細。」、「大」和「細」雖有量的差異，但「大」又是通過人的主觀努力，從一點一滴細小的部分完成的，是主觀精神與客觀事物相互作用的結果。老子正是在這個意義上講「有生於無」的。因此，老子不僅看到了「象」與「大象」之間的客觀因素，而且也注意到「象」與「大象」的主觀因素，從這一意義上來說，「大象」實際上是一種「意」中之「象」，也就是韓非所說的「意想之象」，是客觀的有形之「象」在人們頭腦中的反映和折射，是由主、客觀兩方面的因素構成的，是超越有限物像的「意象」。因此老子把這種「恍兮惚兮」的思維境界，往往與「其中有像」連繫起來，就審美的觀照來看，這和我們現在說的形象思維的特徵有相似之處，可以看作是對形象思維的一種素樸而生動的描述。同時，這種情況同審美對象也有著十分類似的地方。因為藝術對象的美，既直接訴之於視聽的感知，同時又是超感覺的，有似

一個人聽音樂，在欣賞其優美動聽的樂曲時，往往沉浸於樂曲所引起的聯想和感受中去，體驗到一種超越了對聲音單純感知的「大音希聲」、「大象無形」的審美境界，說明「大象」屬於體悟中的「意象」。這就是老子的道家哲學為中國古代「意象」論提供了理論依據，跨出了決定性的一步。

二、「大象無形」的影響

老子的「象」、「大象」作為中國哲學「象」說的濫觴，對於我國古代美學曾產生了深遠的影響，這種影響大體表現在以下三個方面。第一，從魏晉南北朝開始，出現了「象」必須體現「道」的美學觀點。宗炳在《畫山水序》中說：「聖人含道應物，賢者澄懷味象，至於山水，質有而趣靈。」他認為畫是為了通「道」，自然山水就是通「道」之物，故「質有而趣靈」，而「澄懷味象」之「象」即老子所謂「大象」，因為「澄懷」就是老子所說的「滌除」。作為一種審美觀照，不僅在於把握山水物像的形式美，而且是體悟山水物像的「趣靈」，即靈妙的意趣，從而進入到對「道」的觀照，「惟當澄懷觀道，臥以游之」（《宋書》〈隱逸（宗炳）傳〉）。這裡所說的「道」，正如宗炳在《明佛論》中所說：「若老子與莊周之道」，「夫佛也者非他也，蓋聖人之道」。表明是老莊兼佛學之「道」，但從總體上來看，乃指自然美的本原，所謂「聖人以神法道而賢者通，山水以形媚道而仁者樂」（《畫山水序》）。由於「山水以形媚道」，山水以富於魅力的感性形態與「道」相親而成美，因此「澄懷味象」之「象」不僅通於「道」，並顯示出「道」的神妙。「味象」與「觀道」的心理內容是一致的。「味象」的目的就在於「觀道」，透過對物像的審美觀照，把握事物的本體和生命，因此其所謂「道」，又是指對人生的一種體悟和情趣。自然美既存在於自然事物的形色之中，那麼「象」也就包含了這種自然美，「身所盤

桓，目所綢繆，以形寫形，以色貌色」。這裡的「形」、「色」是突出以鮮明生動的形象加以表現，「於是畫像布色，構茲雲嶺」。在宗炳看來，山水畫所反映的是山水自然的「形」、「色」之美，而山水自然的「形」、「色」之美又返歸為「道」的至高無上的美，從而通過「澄懷味象」及「澄懷觀道」的審美活動，達到「旨微於言象之外者」，而寄於作品「言象之外」的微旨，觸及了自然美與藝術美、審美主體與審美客體的相互關係，這可說是對老子哲學範疇的「象」論在審美領域的一個發展，肯定了山水的感性形象的美在於它的「靈」、「道」的表現，即不離感性形象但又超越感性形象的靈趣和精神。從而把山水畫的創作思想，提高到了哲學的境界，並上升為系統的理論，這一點對後世的山水畫論來說，成為一個基本的美學指導思想。

第二，正如許多論者所指出的，老子的「大音希聲，大象無形」的命題，同審美心理和審美對像有著極為類似的地方，從而打開了中國古代美學的新天地，對魏晉南北朝以至後世的美學觀念產生了廣泛而深刻的影響，出現在繪畫、音樂、文學、書法等領域，大多追求「大音」、「大象」之美，如曹植《七啟》云：「畫形於無象，造響於無聲。」阮籍《清思賦》云：「微妙無形，寂寞無聲，然後可以睹窈窕而淑清。」嵇康《聲無哀樂論》：「和聲無象，而哀心有主。」陸機《文賦》云：「課虛無以責有，叩寂寞而求音。」王僧虔《書賦》云：「情憑虛而測有，思沿想而圖空。心經於則，目像其容，手以心揮，毫以手從，風搖挺氣，妍孅深功。」體現和顯示了一種憑虛測有的審美趨向，在藝術創造中主張不拘滯於「言」、「象」，而追求希聲之音和無形之象，從而達到精微而深層的靈趣美，反映人們對文學藝術認識的深化。這應該說與當時崇尚老、莊的風氣是分不開的，據《世說新語》〈文學〉記載：「殷仲堪云：三日不讀《道德經》，便覺舌本間強。」蕭子顯在《南齊書》

〈文學傳論〉中也說：「江左風味，盛道家之言。」此後唐代劉禹錫論詩提出「境生於象外」（《董氏武陵集紀》），認為詩境是一種象外之美。司空圖的「象外之象」（《與極浦書》）都是明顯的例證。清李調元在《雨村詩話》（卷上）曾說：「老子曰：『當其無，有車之用。』故文章妙處，俱在虛空，或奇峰插天，或千流萬壑，或喧湍激瀨，或煙波浩渺，只須握定線索，十方八面，自會憑空結撰，並不費力。」從一個側面反映了中國古代美學偏重於追求「虛空」、「象外之象」的審美取向，可見老子的「大象無形」對後世美學巨大而深遠的影響，如「意象」的超象顯現，追求審美對象的內在精神和「象外之意」，應該說與老子的哲學思想有著深刻的淵源關係。

第三，擴大了「象」的作用和影響，觸及了「象」的審美特徵問題。「象」字最早見之於甲骨文，它的本義指作為動物的大象。此後在《尚書》中出現「象以典刑」（〈舜典〉），「乃審厥象」（〈說命〉）的記載，前者之「象」孔安國《傳》曰：「象，法也」，傚法的意思；後者之「象」乃指形貌或像貌，所以孔安國《傳》曰：「刻其形象，以四方旁求於民間。」而老子則以「象」喻「道」，如「大象」作為「無物之象」，但「其中有像」，既「無象」為何又稱「有像」？因為透過「象」可直觀感悟、體驗與想像作為「淵兮似萬物之宗」（《老子》四章）的「道」的功能，從而體現「大象」對一切「象」的超越和昇華，這就是老子「有無相生」的辯證法，這是一個有待我們認真思考和加以探索的問題。魏晉人從老子有關「象」的言論中得到啟示，並結合《周易》的「象」加以融合變通，開始意識到抽象的精神活動，總是要藉助並通過一定物質的、有形的東西才能得到生動的表現，從而引發了「言」、「象」能否「盡意」的問題，使「象」成為中國古代美學最富民族特色的一個美學範疇。

南齊王儉在《褚淵碑文序》中說：「言象所未形，述詠所不盡。」又謝赫《古畫品錄》評陸探微「窮理盡性，事絕言象」。陳姚最在《續畫品錄》中說：「取譬《連山》，則言由象著。」、「連山」謂「象山之出雲，連連不絕」。因而語言是通過「象」而顯現的。梁荊浩在《筆法記》中曾說：「神者，亡有所為，任運成象。」謂畫家能達到出神入化，隨筆揮灑，即能成為生動的藝術形象。此等「象」都直接地觸及了藝術形象的重要特徵，因而具有審美意義。此外在當時出現的「物像」、「意象」、「象外」和「得意忘象」等概念，在一定程度上與老子的「象」論有所連繫，是後人受其啟發而作出的創造性發展，否則就難以得到正確的理解和認識。

《老子》一書，寥寥三千言，博大精深，開拓了中國古代美學的新天地並產生了深遠的影響。

第三節　莊子論「言」、「意」及「象罔」

莊子，名周，戰國蒙邑（今河南商丘）人。《莊子》一書是莊周和他門人後學的著作。司馬遷認為：「其學無所不窺，然其本歸於老子之言。」（《史記》〈老韓非列傳〉）但莊子哲學具有濃厚的藝術色彩和豐富的美學內容，帶有很大的獨特性，從而成為老子所開創的道家美學的組成部分。

一、「言」與「意」

審美觀念的形成，是一個複雜而長期積澱的過程，如果說老子的「象」論，對於「意象」說的形成，有著一定的血緣關係，那麼莊子關於「意」的論說，從重「意」方面對「意象」論的形成，具有淵源關係，並直接影響了魏晉玄學的一個重要論題「言意之辯」的產生，從

而引導了王弼有關「言」、「意」、「象」關係的論述。

　　《莊子》一書，在很多地方曾論述到「言」與「意」的關係，如：

　　語之所貴者意也，意有所隨。意之所隨者，不可以言傳也。(〈天道〉)

　　可以言論者，物之粗也；可以意致者，物之精也；言之所不能論，意之所不能察致者，不期精粗焉。(〈秋水〉)

　　筌者所以在魚，得魚而忘筌；蹄者所以在兔，得兔而忘蹄；言者所以在意，得意而忘言。(〈外物〉)

　　莊子認為語言是一種工具和手段，「語之所貴者意也」，「言者所以在意」。「言」的目的在於傳達「意」，反映了重「意」的思想。在莊子看來，「言」和「意」有其同一性的一面，都是「期（限）於有形者也。」(〈秋水〉)以郭象的注來說是「夫言意者有也」。它是與「有形」的事物相連繫的，從今天的觀點來看，「言」和「意」都是社會實踐活動的產物，因而具有社會性，但「言」與「意」也存在差異，「可以言論者，物之粗也；可以意致者，物之精也。」(〈秋水〉)說明「言」只能傳達事物中粗大的，而「意」卻能領會「物」的精微之所在，因此「意之所隨者，不可以言傳也。」(〈天道〉)謂「意」所依隨的東西（「道」），是不可能用語言來表達的，為此他通過「輪扁斫輪」的寓言故事來加以說明，砍削車輪，要是輪榫鬆了不牢固，要是太緊了又放不進去，高超的技藝是「不疾不徐」，恰到好處，而這種「得之於手而應於心，口不能言，有數存焉於其間」(〈天道〉)。「數」即體現事物

的規律性。這種精湛的技藝創造，是建立在深刻瞭解並遵從事物的規律基礎上的，但只能訴諸心靈體悟的直覺形式，所以輪扁自稱「口不能言」，有似對「道」的認識一樣，「道不可言，言而非也」（〈知北遊〉）。實則這則寓言是用來喻「道」，「道」與「技」是密切地關聯著的。郭象注〈天道〉篇中「意之所隨者，不可以言傳也」一段文字說：「故求之於言意之表，而入乎無言無意之域而後至焉。」這話看來有些玄虛，但「道」既然不能作為一個有形色名聲的東西來加以描述和規定，那麼通過「言意之表」進入到「無言無意之域」，也就是說進入到「心融神化」的境界，從而獲得一種精神上的啟示和體驗。這就明確地提出言不盡意的觀點，揭示了「言」與「意」之間所存在的矛盾，於是就產生如何不執滯於語言而超越語言媒介去捕捉「意」的問題，莊子提出的「得意而忘言」（〈外物〉），就是為了解決「不可以言傳」的矛盾，如同魚筍、兔網是捕魚、捉兔的工具一樣，得到了魚、兔，「筌」、「蹄」就可以棄之不用，所以只要得到「意」就不必拘守原來用以表達意的「言」，從而達到「得意」、「盡意」的目的，即達到「體道」的精深微妙的精神境界，所謂「無言而心悅，此之謂天樂」（〈天運〉）。

莊子追求一種「得意而忘言」的境界，這也是一種審美的境界，也就是說，必須超越語言，追尋那無限的意蘊之美。這種情感體驗所達到至高的精神境界，與我們從藝術創作中所獲得的審美感受有相似之處，既難以用語言加以表達，又往往處於一種「得意忘言」的狀態。從而產生「言有盡而意無窮」的效果，因而這個「意」具有不可忽視的審美作用和深刻的啟發性，可說與藝術的創作規律不謀而合。

魏晉時期的「言不盡意」之說實遠承莊子的「得意忘言」。如嵇康《贈秀才入軍》之十四云：「嘉彼釣叟，得魚忘筌。郢人逝矣，誰與盡言。」郢人削泥的故事見《莊子》〈徐無鬼〉，詩末的感慨，近似於莊

子「吾安得夫忘言之人而與之言哉。」姚最《續畫品錄》云:「擯落蹄筌,方窮至理。」駱賓王《夏日遊德州贈高四序》云:「道契言忘,少寄言而筌道。」嚴羽在《滄浪詩話》〈詩辨〉中也說:「所謂不涉理路,不落言筌者,上也。」則標舉一種含蓄而空靈的意蘊美。由於「得意而忘言」是作為審美感受中的一種最佳的境界,有如陶淵明所寫:「山氣日夕佳,飛鳥相與還。此中有真意,欲辨已忘言。」(《飲酒》其五)大自然的啟示,油然產生一種「真意」,但這種「真意」卻不可言說。後二句都化用莊子語,《莊子》〈齊物論〉云:「大辯不言」,而「忘言」即「得意而忘言」。這是美的欣賞中一種最高境界,是審美自由的無限愉悅的境界。

「得意而忘言」的「意」不僅是一種心意,還在於它能誘發想像和聯想,從而使「不可以言傳」的「意」顯得更加豐滿生動。鍾嶸的「文已盡而意有餘」(《詩品序》),皎然的「意中之遠」(《詩式》),可說是對「得意」的一種理論探索,而蘇軾則直接受到《莊子》的啟發,「既而讀《莊子》,喟然嘆息曰:『吾昔有見於中,口未能言,今見《莊子》,得吾心矣。』」(蘇轍《東坡先生墓誌銘》)呂本中評曹植《七哀》詩中「明月入我牖,流光正徘徊」一句時云:「思深遠而有餘意,言有盡而意無窮也。」(《童蒙詩訓》)該詩表面是寫一個怨婦對其丈夫的哀怨之情,而實際上是抒發對其兄曹丕打擊迫害的憤怒和不平,全詩寫來委婉含蓄、纏綿悱惻,今天讀來仍令人遐想。

總之,莊子注重「意」的思想,與老子注重「象」的思想,兩者形成一種互補,對於後世的美學思想,以及「意象」說的形成和發展,產生了較大的影響。

二、「言」、「意」與「道」的關係

莊子有關「言」與「意」的矛盾,歸根結底是「言」、「意」與「道」

的矛盾。《莊子》一書有關「道」的論述很多，如何理解莊子「道」的內涵，這是莊子研究中歧義最大、爭論較多的一個問題，但根據莊子有關「道」的主要論述來看，「道」具有雙重的含義：一是宇宙的本體和生命，「天地有大美而不言」（《莊子》〈知北遊〉）。可見「道」天地的「大美」就是「道」，是一種精深微妙的精神境界；二是從認識論的意義來看，「道」是同感性事物相連繫的客觀存在。「道」是「意之所不能察致」，是「不期精粗」的，是不能作為一個形色名聲的東西來加以描述和規定的，「夫道，窅然難言哉！」（《莊子》〈知北遊〉）是可見「道」難以言說的。從認識論的意義，「道」又是同感性的物質世界相連繫的，所謂「夫道，有情有信」、「自古以固存」（《莊子》〈大宗師〉），道不離物，物外無道，它是無所不在的。東郭子曾請莊子對此作出具體肯定的回答，莊子就說：「在螻蟻」、「在稊稗」、「在瓦甓」，甚至在「屎溺」大小便之中（〈知北遊〉）。這說明「道」具有周遍於萬物的功能。莊子為了闡明「萬物以形相生」，凡有形的事物都具有基本的特質，因此，「天不得不高，地不得不廣，日月不得不行，萬物不得不昌，此其道與！」（〈知北遊〉）這裡雖然在於說明「道」的巨大作用，但「不得不」乃是由於天地日月具備了自身各自的條件而形成的，包含著天道自然的思想，所謂「道」不是玄玄虛虛的東西，乃萬物自身的本然性與自然性的體現。在莊子的心目中，「道」不僅主宰、運作萬物，而且還內化、依附於萬物，物是有形有像的，是可以直接感知和體認的客觀存在。在這裡值得加以探討的，是涉及關於「意象」的問題。

第一，莊子的「道」不可言傳，言不能盡意，雖不是直接對藝術而言，但它揭示了審美感受不同於科學認識的這個重要特徵。莊子雖然很少談到「象」的概念，但莊子所說的「意」不是一種抽象的東西

或概念，而是伴隨著「象」而存在的「意象」。〈天道〉篇云：「夫尊卑先後，天地之行也，故聖人取象焉。」〈達生〉篇云：「凡有貌象聲色者，皆物也。」這實際上是一種可以直接觀照的物像，而「意」作為一種心意和意向，正體現了「意」與「象」有一定的連繫，王弼在《周易略例》〈明象〉中就曾以莊子的「言筌」之論，去解釋「言」、「意」、「象」三者的關係：「故言者所以明象，得象而忘言；象者所以在意，得意而忘象。」對此王勃在《上絳州上官司馬書》中說：「蓋莊周有言，所以『得意而忘象，得象而忘言。』」王勃所引顯然有誤，這話不是莊子所言，而是王弼所論，但王弼的這句名言卻得益於莊子的啟示，認為「象」是「意」的載體，通過「象」悟出「道」，這叫作「得意」，從一個側面反映「道」與「體道」、「得道」的內在連繫，「意」、「意致」所達到某種體驗的境界，總是要通過外現於大千世界的物。在「體道」、「得道」的問題上，莊子提出「心齋」、「坐忘」和「游心」，所謂「獨與道游」（〈山木〉），「乘物以游心」（〈人間世〉），「吾游心於物之初（道）」（〈田子方〉）。「游心」即心靈世界的遨遊，而「心」的作用是「體道」，表露了一種自由馳騁的想像活動和審美情感，「物」、「物之初」即所謂物之「自然」，是映入主體的客體物像，是「游心」觀照的對象，所以在莊子看來，人與物、主體與客體的關係，不是相互對立或相互隔絕的，而是一體的、合一的，把人的主觀情意投射到外物中去，從而達到「天地與我並生，而萬物與我為一」（〈齊物論〉）的境界，它具有特殊的寓物功能，使主體和客體成為相融交合的關係，從而也突出了主體的「意」和客體的「象」的相互作用，郭象注「乘物以游心」云：「寄物以為意也。」可說深悟此理，從而創造出

意象。唐李嶠說：「組織身文，筌蹄意象。」[4]即指此而言。莊子將「心」與「物」對舉，不僅為中國美學的「心物交融」說奠定了基礎，同時為「意象」論中主客體關係提供了理論依據。劉勰的「神與物游」（《文心雕龍》〈神思〉），就概括了創作主體與客體的相應關係，通過「游」而寓意於物像。莊子「萬物與我為一」的哲學思想，可說對「意象」論的形成帶來了深刻的影響。

　　第二，《莊子》一書的突出成就不僅是在於言說「道」，而且還在於它的文學審美價值，司馬遷稱其「著書十餘萬言，大抵率寓言也。」（《史記》〈老韓非列傳〉）清人梅伯言曾說：「《莊子》文之工者也；以其言道術，是不知《莊子》也。」[5]這見解是符合實際的，莊子不是以理智的思考來論「道」的深微玄妙，而是以審美的心態去感悟去捕捉深層的生命意識和自然人性。而其為文汪洋恣肆，逸趣橫生，故魯迅說：「文辭之美富者，實惟道家。」[6]這「道家」指的就是莊子。

　　先看筆下人物的形象。在《莊子》一書中不僅有對理想人格如「至人」、「神人」、「真人」、「聖人」的描繪，而且涉及達官貴顯、儒生隱士、能工巧匠，甚至捕蟬的佝僂者及生痔瘡的人，在莊子的生花妙筆之下，塑造出栩栩如生個性鮮明的藝術形象，而且深寓意蘊豐富的哲理。〈田子方〉中「宋元君將畫圖」的故事，就是生動的例證。那應召前來畫圖的畫工，見了宋元君個個畢恭畢敬奉命「舐筆和墨」，唯有其中一個畫工，受命後隨即返回住所。宋元君派人去看，見他「解衣盤礴，裸」，即解衣赤身裸體盤腿而坐。於是宋元君說：「可矣，是真畫者也。」稱讚他是一位真正的畫家。莊子通過這則寓言在於說明藝術創

4　李嶠：《上巡察覆囚使張明府書》，《全唐文》卷二四九。

5　見郎擎霄：《莊子學案》，上海書店1992年版，第352頁。

6　魯迅：《漢文學史綱要》，《魯迅全集》第8卷，人民文學出版社1957年版，第270頁。

作不能計較個人利害得失，甚至「輒然忘吾有四肢形體」（〈達生〉），連自己的四肢形體也要忘掉，從而進入到最佳的創作境界，才能創造出藝術的美。莊子這則寓言不僅塑造了一位具有審美心胸的畫工的藝術形象，而且通過這一藝術形象來突出審美觀照和審美創造的主體意識，實際上已蘊含了「意象」的「基因」，同時對古代的文藝創作論產生深遠的影響。宋郭熙説：「莊子説畫史解衣盤礴，此真畫家之法。人須養得胸中寬快，意思悦適，如所謂易直子諒，油然之心生，則人之笑啼情狀，物之尖斜偃側，自然布列於心中，不覺見之於筆下。」（《林泉高致》〈畫意〉）清人惲格説：「作畫須有解衣盤礴旁若無人意，然後化機在手，元氣狼藉，不為先匠所拘，而游於法度之外矣。」（《南田畫跋》）

除了人物形象之外，《莊子》一書還涉及鳥獸蟲魚等物像世界，這種「刻雕眾形」比之戰國時的辭賦也是很出色的，不僅繪聲繪影，而且富有濃郁的詩意。例如《逍遙游》所描寫的大鵬，它的背可以大到「不知其幾千里」的程度，而「其翼若垂天之雲」，任意遨遊，「水擊三千里，搏扶搖而上者九萬里」。寫出了一個十分廣闊的意境，同時包含了要使精神逍遙於塵世之外的意趣和哲理。莊子為人所熟知的夢為蝴蝶的寓言云：「不知周之夢為蝴蝶與？蝴蝶之夢為周與？」竟然分不清莊周夢見蝴蝶還是蝴蝶夢見莊周，達到一種「物化」的境界，也即審美中主體與客體、物我交融的狀態。通過對物像本身的描摹，常常用審美意象使之擬人化、人格化，來表現體道得道的審美心境和審美理想，因而蘊涵著某種獨特的藝術精神，一種富於意象之美的情趣和風貌。

三、關於「象罔」

由於莊子的「道」的觀念中含有「象」的因素，那麼這種「象」

的具體含義是什麼呢？《莊子》〈天地〉篇有一則寓言：

　　黃帝游乎赤水之北，登乎崑崙之丘而南望，還歸，遺其玄珠，使知索之而不得，使離朱索之而不得，使喫詬索之而不得也。乃使象罔，象罔得之。黃帝曰：「異哉！像罔乃可以得之乎！」

　　《文選》〈廣絕交論〉注引司馬彪云：「『玄珠』喻道也。」、「知」、「離朱」、「喫詬」、「象罔」，皆寓言人物名，猶言「理智」、「感官」、「言辯」和「無心」。這則寓言說的是：黃帝到赤水之北遊玩，回來的時候，卻把他那玄珠（道）丟掉了。黃帝於是派遣理智、感官、言辯等人去尋找，都沒有找到，最後派無心去尋找，卻找到了。所謂「象罔」，呂惠卿《莊子義》云：「象則非無，罔則非有，不皦（明白）不昧（昏暗），玄珠之所以得也。」郭嵩燾也說：「象罔者，若有形，若無形。」（《莊子集解》卷三）又引宣穎曰：「蓋無心之謂。」可見「象罔」乃是象徵一種有形和無形、實和虛相互對應融合的形象，揭示了「象」與「道」的關係。宗白華在《中國藝術意境之誕生》中對此曾作過很好的分析：「『象』是境相，『罔』是虛幻，藝術家創造虛幻的境相以象徵宇宙人生的真際。真理閃耀於藝術形相裡，玄珠的皦於象罔裡。」[7]「玄珠的皦於象罔裡」，即作為玄珠的「道」照映在「象罔」之中，這一比喻十分生動傳神，體現了作為有形和無形相結合的形象的「象罔」，就表現「道」來說，比之理智、感官、言辯更為優越。實則莊子的「象罔」是對老子的「大象無形」的一種延伸和發揮。《莊子》〈至樂〉篇說：「芴乎芒乎，而無有像乎。」、「芴乎芒乎」即「恍兮惚

7　　宗白華：《美學與意境》，人民出版社1987年版，第219頁。

兮」，這裡說的「象」是事物的形象，「無有像乎」即《老子》十四章所說的「無物之象，是謂恍惚」。為了把握「道」的這種形態和性質，必須突破「象」達到「象罔」的境地，才能體現「道」。老子以「大象無形」喻「道」，莊子則以「象罔」來說明「道」。它既包含了客體有形的「象」，又是主體的一種特定的感受和審美把握，乃是一種意中之象，因而具有審美意象的特點。晉代名僧支遁《詠懷詩》云：「道會貴冥想，罔象得玄珠。」詩人通過「冥想」用來體悟「道」的境界，有如「罔象」得到了「玄珠」。唐謝觀《恍惚中有像賦》云：「於無是無非之間，見若存若亡之象。似葛蒲之秀，聞之而不見其形；同合浦之珍，知有而難期入掌，且夫視之不見將謂虛，聽之不聞將謂無，則虛無之內，有像罔之珠。」反映了「象罔」作為有形和無形相融合的形象，與「意象」的含義有一定的連繫，因為它不是純粹的客觀外物本身的物像，而是經過藝術家審美感受的折射，通過想像在審美意識中的呈現。呂溫在《樂出虛賦》中曾描述：「薰然泄泄，將生於象罔。」在和煦郁勃的氛圍中，天下和諧於「象罔」之樂。「象罔」即「罔象」。劉滄《宿題無壇觀》云：「冥心一悟虛無理，寂寞玄珠象罔中。」更具哲理意味，表現出一種追求意中之象的領悟和感受的心態，從而達到審美體驗的玄妙境界。

總之，莊子的「象罔」說，是以「象罔」作為「悟道」、「體道」、「得道」的中介，「道」是無形無狀的，所以「理智」、「感官」、「言辯」等人都無法尋找到「玄珠」（道），唯有「若有形若無形」的「象罔」發現「道」得到了「道」，這正是通過想像和體悟去加以把握的，莊子對「象罔」的巨大功能的肯定，也即對「意中之象」的肯定，「意中之象」正如成玄英在《莊子》〈序〉中所說：「象外之微言。」乃體悟中的意象，這是符合審美意象的基本特徵的，它無疑啟迪了中國古代審

美意象觀念的萌生。

第四節　《周易》「立象以盡意」

　　《周易》是我國古代一部重要的哲學論著和文化典籍，由《易經》和《易傳》兩部分組成，《易經》大約成書於三千年前的殷、周之際，《易傳》是對《易經》本文所作的解說和發揮，含蘊豐富的美學思想，產生於戰國時期。

　　一、《周易》和《易》象

　　《周易》是一部論「象」的書，「象」是《周易》的核心範疇，唐孔穎達《周易正義序》開首就說：「夫《易》者，象也。」清張惠言《虞氏易本序》：「《易》者，象也，《易》而無象，是失其所以為《易》。」《周易》之象是由陰爻--、陽爻—符號組成八卦的卦象，分別象徵著天、地、雷、風、水、火、山、澤等八種自然界具體物像。《易傳》〈繫辭下〉：「八卦成列，像在其中矣。」又說：「聖人有以見天下之賾，而擬諸其形容，像其物宜，是故謂之象。」（〈繫辭上〉）「賾」謂「雜亂也」。意謂聖人感到天下萬物複雜紛紜的現象，從而以《易》卦來比擬它的形態，象徵它的事物的所宜，所以叫作「象」。「象」指卦象，卦象雖然不是藝術形象，但從「擬諸其形容」、「像其物宜」來看，是指用各種相應合適的物像表達出來，如用「乾」來指天，〈乾象〉曰：「大哉乾元，萬物資始，乃統天。雲行雨施，品物流行。大明終始，六位時成，時乘六龍，以御天。」描述茫茫蒼天的宏偉瑰麗，雲在流動，雨在降落，太陽駕著六條龍拉的車子，在天空運行，則通過上古神話「日

乘車，駕以六龍，羲和御之」[8]的故事，可說是對「天」的博大、崇高的形象性讚歌。說明《易》象中「象」的概念，不僅具有審美意識，而且有了對客觀物像的模擬、象徵、反映、比喻的性能，所謂「象也者，像也」（〈繫辭下〉），「見乃謂之象」（〈繫辭上〉），具有具體感性的特點，這就接近於文學創作的藝術形象，因為所有的藝術創造都離不開具體感性的形式。又《易》像是無所不包的，「成天地之文」，「定天下之象」（〈繫辭上〉），顯然其中除自然物像外，還包括大量的人文事象，如農事、畋獵、婚嫁以至國家政治、戰爭征伐，而且滲透著人的精神和情感，「聖人之情見乎辭」、「爻象以情言。」（〈繫辭下〉）所以〈繫辭下〉云：「作《易》者，其有憂患乎！」虞翻說：「與民同患，故有憂患」（李鼎祚《周易集解》引），表現了一種對現實人生自覺的痛苦和實踐的意向。這種深沉而蘊藉的情感意向使這部哲學經典具有文學魅力，並產生深遠、持久的影響。曹丕《典論》〈論文〉云：「西伯幽而演《易》。」將《周易》包括在文章範圍內。劉勰《文心雕龍》〈宗經〉云：「故論說辭序，則《易》統其首。」顏延之《與王微書》云：「圖畫非止藝行，成當與《易》象同體。」晉摯虞在《文章流別論》中所說更具理論意義：「文章者，所以宣上下之象，明人倫之敘，窮理盡性，以究萬物之宜者也。」這裡的「上下之象」即〈繫辭下〉說的：「仰則觀象於天，俯則觀法於地」。李鼎祚《周易集解》引虞翻云：「在上稱天，入地為下。」、「窮理盡性」引自《周易》〈說卦〉，孔穎達《周易正義》釋為「窮極萬物深妙之理，究盡生靈所稟之性」。「究萬物之宜」即「像其物宜」的意思，可以明顯地看出《周易》的影響。摯虞將上述觀點具體運用到「賦」這一文體時說：「情之發，因辭而形之；

8　劉文典撰《淮南鴻烈集解》卷三〈天文訓〉注引《初學記》。

禮義之旨，須事以明之，故有賦焉，所以假象盡辭，敷陳其志。」這裡的「假象盡辭，敷陳其志」，意謂憑藉天地萬物之象，窮盡巧麗之辭作賦以陳其志。「志」意也，所謂詩「以情志為本」。摯虞不僅闡述了《周易》以「意象」來說明義理的特點，同時運用《周易》的思想，指出了詩賦創作藉助意象以抒發情志的特徵，說明《易》象和藝術意象都是通過「象」來反映生活和表達思想情感，這其間是有相通或相似之處的。

孔穎達《周易正義》說：「凡《易》者，象也，以物像而明人事，若《詩》之比喻也。」南宋陳騤說：「《易》之有像，以盡其意，《詩》之有比，以達其情，文之作也，可無喻乎？」明張蔚然《西園詩麈》云：「易象幽微，法鄰比興。」清章學誠《文史通義》〈易教〉云：「象之所包廣矣，非徒《易》而已。……《易》象雖包六藝，與《詩》之比興，尤為表裡。」如卦、爻辭的象形狀物，「比興」的特點是十分鮮明的，〈屯卦〉〈上六〉爻辭云：「乘馬斑如，泣血漣如。」乘馬欲進，但又盤旋而回，流淚不止，是比喻象徵進無可取、退無可守的險絕情況。而「泣血漣如」，寫人內心的悲哀傷痛，形象生動逼真。〈小畜〉云：「密雲不雨，自我西郊。」密雲滿佈而不下雨，還刮西風將雲吹向東，比喻事物保持統一體的穩定，預示將來還是亨通的。〈大過〉〈九二〉云：「枯楊生梯，老夫得其女妻。」〈大過〉〈九五〉云：「枯楊生華，老婦得其士夫。」通過枯楊樹生出了嫩芽，開出了花朵，比喻老年人得到年輕的配偶。又如〈明夷〉〈初九〉云：「明夷於飛，垂其翼。君子於行，三日不食。」以鳴夷鳥垂翼而飛起興，表達了行役之人在征途上奔波的勞苦。〈中孚〉〈九二〉云：「鳴鶴在陰，其子和之。我有好爵，吾與爾靡之。」鳴叫的鶴在水邊樹蔭裡，小鶴也應和起興。這種悠閒的情態深深感染了他，於是他說：我有好酒，與您共享而一醉方

休。這是觸景生情的「興」體,即「先言他物,以引起所詠之詞」。言辭簡練而意象卻很鮮明。所以陳騤在《文則》中說:像〈中孚〉〈九二〉這樣的辭,「使入《詩》〈雅〉,孰別爻辭?」實則卦爻辭其中有些本身可能就是當時民間的歌謠,與《詩經》中的詩歌一樣,善於運用「比興」手法這一我國詩歌創作的美學傳統。由此可見,《易》象比起老子所說的「象」,在內涵上有了演進,從而更接近於藝術形象或意象。

總之,《易》像是通過觀察、模擬天地萬物的形象並通過形象來說明義理,這與用藝術形象或意象來表達情意,有類似或相通之處,但《易》象對於同一義理可以不同的《易》象來說明,如「近取諸身」以人身取象的〈咸〉卦來看,「初六」爻云:「咸其拇(足大指)。」「六二」爻云:「咸其腓(腿肚)。」以及「九三」爻的「咸其股(大腿)」,「九五」爻的「咸其脢(背)」,「上六」爻的「咸其輔頰舌」,孔穎達《周易正義》卷七疏云:「咸,感也。此卦明人倫之始,夫婦之義,必須男女共相感應,方成夫婦。」可以看出,隨著爻位的變化,所取之象也隨著變化,其實《周易》的六十四的卦象都是意蘊豐富而多兼的,天地萬物都處於普遍的交感作用之中,都是物與物、人與人、人與物相互感應的結果。而藝術形象和它所表達的情意卻是不可分離的,對此錢鍾書在《管錐編》(第一冊)曾作了如下的分析:「《易》之有像,取譬明理也,『所以喻道,而非道也。』求道之能喻而理之能明,初不拘泥於某象,變其象也可;及道之既喻而理之既明,亦不戀著於象,舍象亦可。」而詩的情況就不同,「詩也者,有像之言,依象以成言;舍象忘言,是無詩矣,變象易言,是別為一詩甚且非詩矣」。指明了《易》之「象」與詩之「象」的區別,如〈乾卦〉爻辭的龍,就有潛入水中之龍,呈現於地上之龍,躍在深淵的龍以及在天的「飛龍」。但詩的形像已經寄寓和滲透詩人的情感,如〈車攻〉之「馬鳴蕭蕭」不能易為

「雞鳴喔喔」。〈無羊〉的「牛耳濕濕」不能易為「象耳扇扇」，否則，毫釐之差，乖以千里。

二、觀物取象

《周易》〈序卦〉云：「盈天地之間者惟萬物。」〈姤〉〈象〉云：「天地相遇，品物咸章也。」認為認識對象主要是客觀存在的萬物；天地陰陽兩氣交接，各種物類都能茂盛壯大，表述了素樸的唯物思想。那麼聖人又是如何從紛紜繁複的萬事萬物中取象的呢？〈繫辭下〉云：

> 古者包犧氏之王天下也，仰則觀象於天，俯則觀法於地，觀鳥獸之文與地之宜，近取諸身，遠取諸物，於是始作八卦，以通神明之德，以類萬物之情。

後人把這種意思概括為「觀物取象」，謂聖人創造八卦，靠的不是神的意志，憑的即是這種「觀物取象」的本領，在「取象」的思維過程中，既仰視，又俯察；既取於主觀的自身，又取於客觀的物像；既取於宏觀的天象地形，又取於微觀的鳥跡獸蹄，來會通天地萬物神妙的德行，比類區別天地萬物化育的情狀。這一命題既指明了「物」為「象」之本，《易》像是「聖人」通過對自然現象和社會現象的觀察而創造出來的，又顯示了從「觀物」（認識）到「取象」（創造）的深化過程，說明卦象是自然萬物形象的反映，是依據自然萬物形象而創造的，同時卦象自身含有自然萬物深奧的內在本質特性，這也就是卦象符號內蘊意義，如〈離〉〈象〉云：「日月麗乎天，百穀草木麗乎土。重明以麗乎正，乃化成天下。」意謂日月附麗在天上，百穀草木附麗在地上，上下雙重的光明附麗在正道上，才可以化成天下萬物，萬物才能得到化育而欣欣向榮。它表現了客觀事物發展的必然性。再如革

卦，卦形為離下兌上（火下澤上）〈象〉曰：「〈革〉，水火相息。」意謂水火相滅，即我們現在常説的水火不相容，從而引起變革，表現了事物的矛盾鬥爭。所以接著又説：「天地革而萬事成，湯武革命，順乎天而應乎人，革之時大矣哉！」認為商湯、周武革了桀、紂的王命就像天地的「革」一樣是順乎天意、應乎民心的。「革之時大矣哉」，是對「革命」的肯定和歌頌，在中國古典經籍中是第一次出現「革命」這一光輝的概念，而且作了順應歷史潮流的闡述，表明了這個卦象概括了變革即「順乎天而應乎人」的本質特性。卦象把大千世界中殊不相類的物像連繫起來，並把它們歸在一個卦象名下，所以這種表現就帶有很大的概括性，並把它作為卦象的象徵，就是以「象」導出義理，達到令讀者心領神會，在《易》象的「取象」方法中，這種卦象思維表現得相當發達了。

「觀物取象」的「觀」，是對客觀物像進行直接的觀察和感受，「觀其所感，而天地萬物之情可見矣」（〈咸〉〈象〉）。而「取」就是在「觀」的認識基礎上，對「象」的一種提煉和創造，並使用了形象模擬的方法。這種思維模式在整個認識和創造的過程中，往往由此象及彼象，或化此象為彼象，具體地説就是卦爻象通過符號化圖式推演八卦及其變化，所謂「八卦以象告，爻象以情言，剛柔雜居，而吉凶可見矣」。而卦、爻辭也是一種象，「爻也者，效此者也」（〈繫辭下〉），謂效而像之。「彖者，言乎象者也。」（〈繫辭上〉）「彖」為卦辭，是講卦象的，不僅其象形狀物、比喻象徵的特點十分鮮明，而且「以情言」，又要表現感情，「是故君子居則觀其象而玩其辭」（〈繫辭上〉）。「玩」，玩味，反映「象」與「辭」中具有豐富的情感內涵。這兩方面的組合，使《周易》成為符號化圖式與富有詩意哲理文字的有機結合，同時也使《易》象從直感的形象發展為用文字表達的帶有文學性的「意象」。例如〈剝〉

〈上九〉云：「碩果不食，君子得輿，小人剝廬。」同樣是碩大的果實，貴族不吃可以用來換車子，而被剝削的小人失掉了果實，只得去啃薺根。高亨《周易大傳今注》云：「廬：漢帛書《周易》作『蘆』，《説文》：『蘆，薺根也』。」這種對當時階級矛盾的描寫是富於現實生活氣息的。這種取象並非是對客觀具體事物的機械的模擬，而是經過作者對所觀之物的選擇、概括和重新組合的。章學誠在《文史通義》〈易教下〉中説：「有天地自然之象，有人心營構之象。天地自然之象，説卦為天為圜諸象，約略足以畫之；人心營構之象，睽車之載鬼，翰音之登天，意之所至，無不可也。」如所引〈睽〉〈上九〉云：「睽孤見豕負涂，載鬼一車，先張之弧，後説之弧，匪寇，婚媾。」生動地描述了睽孤的故事，他在路上遇見一頭豬背上塗滿了泥，一輛車上載著像鬼一樣奇形怪狀的人，他先拉開弓，後來又置壺酒相慶，原來不是強盜，而是前來求女之婚嫁的。虞翻解「弧」為「壺」，『『後説』，猶置也」。〈中孚〉〈上九〉云：「翰音登於天，貞凶。」「翰音」，雞也，雞不會高飛，雞飛上天，容易跌死。章學誠稱之為「意之所至，無不可也。」此「意」指人的思想情感活動。他把《易》象分成為兩大類：「天地自然之象」與「人心營構之象」，即反映與被反映的關係，《易》象就是最早的「人心營構之象」，「人心」指思維活動，而「象」的「營構」是由「情之變易」所生發的，即作者通過思想情感的意蘊而構成為感性之「象」，它與客觀事物的實像不同，是「意」與「象」的結合，是「意」中之「象」。這既肯定了《周易》「觀物取象」審美觀照的功能，同時也接觸到《周易》的「觀物取象」包孕著意象的審美特徵。

　　《周易》的「觀物取象」説，啟迪後人對藝術形象性特點和規律的認識，直接影響著藝術的創造，並產生了較大的影響，如枚乘認為自己的創作是「比物屬事，離辭連類。」（《七發》）王延壽亦説其作賦是

「隨色象類，曲得其情。」（《魯靈光殿賦》）都無不有「取象」的含義。五代荊浩《筆法記》云：「心隨筆運，取象不惑。」李陽冰《上李大夫論古篆書》云：「緬想聖達立卦造書之意，乃復仰觀俯察六合之際焉：於天地山川，得方圓流峙之形；於日月星辰，得經緯昭回之度……隨手萬變，任心所成，可謂通三才之品彙，備萬物之情狀者矣。」皎然在《詩式》卷一中說：「取象曰比，取義曰興，義即像下之意。」這裡的「取象」就是選擇與情、意相契合的物像，從而把思想寄寓於形象之中。章學誠在《文史通義》〈易教下〉中說：「夫《詩》之流別，盛於戰國人文，所謂長於諷喻，不學《詩》則無以言也。然戰國之文深於比興，即深於取象者也。」所謂「戰國之文」既包括歷史散文、諸子散文，又包括楚辭《離騷》等，其「比興」手法，顯示著深受《周易》「取象」影響的痕跡，所以章學誠說「此《易》教之所以範天下也」。

三、「立象以盡意」

《易傳》提出了「立象以盡意」的命題，一方面承認「言不盡意」的事實，而同時又認為通過「象」是可以盡意的。

子曰：「書不盡言，言不盡意。」然則，聖人之意，其不可見乎？子曰：「聖人立象以盡意，設卦以盡情偽，繫辭焉以盡其言。變而通之以盡利，鼓之舞之以盡神。」（〈繫辭上〉）

意謂聖人通過「立象」來充分表達自己的心意，「設卦」來反映各種事物的虛虛實實，再在卦下加上文字說明以盡其語言功能，這就使變通不窮之理盡其全部之利。「陰陽不測之謂神」（〈繫辭上〉），神者，

神奇莫測也。故高亨釋為「《易經》鼓舞人以盡其智慧」[9]。「立象以
盡意」無疑是中華美學燦爛的智慧的體現。

　　那麼「立象」到底能否「盡意」呢？「觸類以長之，天下之能事
畢矣」（〈繫辭上〉），「惟變所適」（〈繫辭下〉）。《易》的根本特點是
變化無窮，因此《易傳》的作者認為「立象」是可以「盡意」的。朱
熹說：「言之所傳者淺，象之所示者深。」（朱熹注《周易本義》）這是
「立象」可以「盡意」的內在因素。《周易尚氏學》云：「意之不能盡
者，卦能盡之；言之不能盡者，象能顯之。」這是「立象」可以「盡意」
的客觀條件。因此，「立象以盡意」的命題，就是藉助或通過卦象，可
以充分地表達聖人的意念和思想。

　　此段話雖是論述卦爻象的創造方法，但對「言」、「意」、「象」的
相互關係有了進一步的發揮，「象」與「意」的關係，即為了「盡意」
而「立象」，那麼這個「象」就不是自然的物像，而是「意中之象」，
這種「意」不是「言」所能盡，而唯有「象」能盡之「意」，即「象」
具有特殊的表意功能。這對於啟發人們認識文學藝術反映現實的特
點，無疑具有明顯的重要作用，對後世「意象」說的建立不僅有直接
的啟示意義，而且是一個很重要的思想，其影響主要有以下三點：

　　第一，從思維方式上看，卦象思維是以形象思維為基礎的，是融
感性和理性為一體的直覺思維。《周易》第一次明確地提出「意」與
「象」的關係問題，「立象以盡意」是意念和物像的渾然整合，表明了
客觀物像在人的頭腦中的反映和體悟的思維判斷，它概括了文藝創作
心與物交融的觀照作用，通過對象的主體化和主體的對象化，使得感
性因素和理性因素相互交流融匯，使「意」與「象」互為條件又相互

9　　見高亨：《周易大傳今注》卷五，齊魯書社1979年版，第542頁。

生發，於是藝術胚胎發展而成為文學意象。對此，明何景明在《與李空同論詩書》中曾作了具體的闡述：「夫意象應曰合，意象乖曰離，是故乾坤之卦，體天地之撰，意象盡矣。」〈繫辭下〉云：「乾坤，其易之門耶？乾，陽物也；坤，陰物也。陰陽合德而剛柔有體，以體天地之撰。」《周易》中的乾坤兩卦居首，「乾坤其易之蘊焉！」（〈繫辭上〉）是體現天地間陰陽剛柔等自然現象變化之規律的，這就達到了「意象盡矣」的境地，如果心意與物像乖離，有「意」無「象」或有「象」而無「意」，那就不能形成詩的「意象」。我國古代文論家歷來注重「意」、「象」的融合，何景明正是以這一觀點來評論李空同的詩，說明「意」與「象」必須相互吻合交融這一特點。何景明與李夢陽原來交誼極篤，二人論辯，此處不待詳列，但值得注意的是，何景明著眼〈繫辭傳〉「體天地之撰，意象盡矣」，不僅表示其對詩的見解，亦闡明了「意象」的應合體現了天地間萬物的撰作營為，不乏獨到的見識。「意」與「象」的相互關係問題，雖然在文學創作的實踐中早就存在，但並沒有引起理論家應有的注意，至少可以說是對文學藝術特徵的忽視。《周易》的「立象以盡意」顯然與魏晉玄學的「立言盡象」、「立象盡意」的觀念密切相關，同時也為「意象」論的產生奠定了哲學的思想基礎，因為「立象以盡意」是切合中國藝術的特徵的。從這一點來說，我們有理由把「立象盡意」視為我國古代藝術論的起始，它為美學範疇「意象」創造了條件並逐漸形成自身的含義。

　　第二，從審美特徵來看，「立象以盡意」這一思維表述體系是客觀觀察與主觀體驗融而為一，其目的在於通過「象」而顯示「意」。這個「意」究竟是什麼？〈繫辭上〉云：

子曰：「夫《易》何為者也？夫《易》，開物成務，冒天下之道，

如斯而已者也。」是故聖人以通天下之志，以定天下之業，以斷天下之
疑。

　　意謂《周易》具有開創事物，成就事業，包括天下之道即自然界
和人類社會的道理。「以通天下之志」，就是統一天下人的志向。「定天
下之業」，猶言成就天下人的事業。「斷天下之疑」，解決天下人的疑難
問題。這也就是「夫《易》，聖人之所以極深而研幾也。惟深也，故能
通天下之志。」（〈繫辭上〉）是說《易》唯其能夠窮極精深事物的發展
變化規律，審察事物的細微跡象，能夠貫通天下人的各種各樣的志
向。先秦時期「志」、「意」通用，可見《周易》的「意」滲透著聖人
的主觀感受、聯想和情感的體驗，是聖人對天地人事的哲理思考，思
考人事的得失，國家的盛衰，而且去思考天地的變化及萬物的發展，
它並非簡單的概念可以規定的東西，這種「立象盡意」的感性思維使
中國哲學富於一種宏觀的整體性，須極深入研究方能見「意」。

　　那麼，究竟什麼是「象」呢？《易》象作為《易》卦之理的感性
顯現，這在上文已有所闡述，但由於《易》象實際上包括卦、爻象和
卦、爻辭兩部分。對於卦、爻辭來說，它的「立象盡意」之「象」，主
要是通過特定的實踐活動和認知對象自身的實像，又通過構思某種虛
擬之象的假象來進行表徵，對此孔穎達《周易正義》（卷二）在〈乾卦〉
〈象傳〉中「象曰：天行健，君子以自強不息」一句下疏曰：「先儒云
此等象辭，或有實像，或有假象。實像者，若『地上有水，〈比〉也』；
『地中生木，〈升〉也』，皆非虛，故言實也。假象者，若『天在山
中』、『風自火出』，如此之類，實無此象；假而為義，故謂之假也。雖
有實像，雖有假象，皆以義示人，總謂之象也。」此「實像」、「假象」
之說實出自〈繫辭上〉：「《易》有四象，所以示也。」《周易正義》卷

十二引莊氏云：「四象，謂六十四卦之中，有實像，有假象，有義象，有用象」可證。孔穎達把它歸結為「實像」、「假象」二種取象方法，或作為《易》象的兩種類型，這是切合實際的。「實像」是取現實中真實存在的物像，如「地上有水，水附於地，地中生木，樹木從地上生長」等。而現實中並沒有「天在山中」、「風自火出」這類物像，《周易》將它們虛構出來只是借而為義，所以稱之為「假象」。「假象」之「假」，一是「假借」之「假」，二是「虛假」之「假」，二者又是相通的。但不論「實像」或「假象」、「皆以義示人」，即用來說明所屬爻象之意，如《象》所云：「天在山中，大畜；君子以多識前言往行，以蓄其德。」程傳說：「天為至大而在山之中，所蓄之大之象。君子觀象以大其蘊蓄。」是說以有限包容無限，以小能藏大，因此君子觀了此象以後，要記取前人的言論業績，「以畜其德」可以積蓄下無限的歷史經驗從而充實、提高自己的品德與才幹，通過這一鮮明的「意象」，可以想像人的博大的胸懷。可見《周易》通過「實像」、「假象」來反映客觀世界的矛盾運動，進行著哲理性的探索和思考，並重視內在感情的表現，這與我國古代文學創作的寫實與虛構頗為一致。錢鍾書在《管錐編》（第一冊）中說：「《正義》『實象』，『假象』之辨，殊適談藝之用。」蓋指此而言。晉成公綏《鴻雁賦》云：「夫《鴻漸》著羽翼之嘆，〈小雅〉作於飛之歌，斯乃古人所以假象興物，有取其美也。」明王廷相在《與郭介夫學士論詩》中說：「夫詩貴意象透瑩，不喜事實黏著，古謂水中之月，鏡中之影，可以目睹，難以實求是也。」王廷相認為：詩歌的意象既不能太實，又不能太虛，而應該化實為虛，虛實結合，即所謂「凡具形象之屬，生動之物，靡不綜攝為我材品」。這一見解無疑是《周易》「實像」、「虛像」之說相通的，並作了精闢的發揮。清劉熙載曾自稱「以《易》道論詩文」（《遊藝約言》），在《藝概》〈賦概〉中認為：一

切文字不外「實事求是」、「因寄所托」兩種，既要反映現實生活，又要寄託作者自己的思想感情，就是結合《易》之「實像」和「假象」講的，所以又說：「賦以象物，按實構象易，憑虛構象難。能構象，象乃生生不窮矣。」、「構象」指作者通過自己的主觀能動性去把握客觀事物的形象。他認為在「象物」的基礎上的「虛構」，才能創造出無限多樣而韻味無窮的「意象」。因此，在他看來：「余謂詩或寓義於情而義愈至，或寓情於景而情愈深，此亦三百五篇之遺意也。」(《藝概》〈詩概〉) 這種既不空言情，也不為寫物而寫物，而是要情景結合交融的辯證觀點，也就是要有「意象」，如此方為詩歌的最高境界，這可說是對《周易》「實象」、「假象」觀點的印證和發揮。

　　第三，從審美表現來看，〈繫辭下〉指出「立象以盡意」的特點是：「其稱名也小，其取類也大，其旨遠，其辭文，其言曲而中，其事肆而隱。」孔穎達在《周易正義》卷十三中解釋說：「言雖是小物而比喻大事，是所取義類而廣大也。其旨遠者，近道此事，遠明彼事，是其旨意深遠。」「其事肆而隱者，其《易》之所載之事，其辭放肆顯露而所論義理深而幽隱也。」茅坤《唐宋八大家文鈔總序》云：「孔子系《易》曰：其旨遠，其辭文，斯固所以教天下後世為文之至也。」說明「立象以盡意」具有以小喻大，以少總多，以簡寓繁，由近及遠，深遠幽隱的表現特點，接觸到了藝術形象以個別表現一般，以具象表現抽象，以有限表現無限的審美特性，這對於後人理解藝術形象的審美特徵是有啟發意義的。司馬遷在《史記》〈屈原賈生列傳〉中評屈原《離騷》時說：「其文約，其辭微，其志潔，其行廉，其稱文小而其旨極大，舉類邇而見義遠。」劉勰在《文心雕龍》〈比興〉中說：「觀夫興之托喻，婉而成章，稱名也小，取類也大。」〈物色〉篇云：「以少總多，情貌無遺矣。」〈總術〉篇云：「乘一總萬，舉要治繁。」〈宗經〉

篇云：「辭約而旨豐，事近而喻遠。」〈隱秀〉篇云：「譬爻象之變互體。」劉勰以此來概括「隱」的特點，都是強調詩歌創作要通過對小量事物的描寫，概括較為深廣的現實生活內容，而圍繞作品的中心內容要善於選材和剪裁，做到「文約為美」（《文心雕龍》〈銘箴〉）。杜甫論畫詩也曾寫道：「尤工遠勢古莫比，咫尺應須論萬里。」（《戲題王宰畫山水圖歌》）司空圖《詩品》〈含蓄〉云：「淺深聚散，萬取一收。」「萬取」即取之於萬；「一收」，即收之於一。蘇軾《稼說》云：「博觀而約取，厚積而薄發。」李贄《雜述》〈雜說〉云：「小中見大，大中見小。」李漁《閒情偶寄》云：「技無大小，貴在能精。」劉熙載《遊藝約言》云：「舉少見多，貫多以少。」《藝概》〈賦概〉云：「舉一例百，合百為一。」我們對此作一連鎖式考察，不難發現這種審美判斷，其源當出於《周易》，並結合創作實踐有所豐富和發展，表明這是任何文學藝術創作都應當具有的審美表現和審美特性，因而也包括了「意象」的審美表現和審美特性，否則「意象」將失去無限的意味，變成為刻板的模擬而流於膚淺，也將失去審美價值。清人李重華在《貞一齋詩說》中提出了「意立象隨」的觀點。他說：「取象命意，自可由淺入深」，「融洽各從其類，方得神采飛動」。從而構造「以盡神」的「意象」，闡明了審美意象以何種表現方式來感發讀者的問題。這種由淺入深，從有限的形式蘊含並表現出無限的情趣，乃是「意象」的一大審美特性。

　　總之，《易傳》「立象以盡意」這一命題，儘管它主要表現的是哲學論題，並不是直接就文學創作而言，但觸及詩歌創作「意象」的形象性特徵，汪師韓說：「可與言《詩》，必也通於《易》。」（《詩學纂聞》〈四美四失〉）金聖歎也說：「《詩》之微言奧義，都入《易》。」（《唱經堂才子書匯稿》〈釋小雅〉）「立象」是「盡意」的手段，而「盡意」

是「立象」的目的，「意」、「象」並重，兩者之間有著不可分割的內在聯系，對後世「意象」論產生了深遠的影響，可以說，「意象」這個範疇的形成，最早是發源於《易傳》的「立象以盡意」的，在藝術審美意象中是蘊含著《易》象的文化基因的。

第二章

「意象」說的孕育

　　兩漢時期的美學思想，從總的方面看，是先秦的繼續，同時又有
進一步的深化和發展，如在總結《詩經》藝術表現方法的「賦」、
「比」、「興」特點上，其影響是十分深遠的。《詩大序》提出「詩者，
志之所之也」，「情動於中而形於言」的情志統一論，對於中國詩學批
評也具有開創性意義。

　　《淮南子》是一部具有豐富美學思想的著作，涉及的內容相當廣
泛，有關「意」與「象」的論述尚是有待探討的問題。而王充在《論衡》
中首次提出「意象」的概念可說是一大理論貢獻。

第一節　「賦」、「比」、「興」與《詩經》的審美意象

　　《詩經》是我國第一部內容豐富的詩歌總集，是我國文學史上
「賦」、「比」、「興」手法的一個源頭，也最早通過「賦」、「比」、「興」

創造審美意象，體現了詩歌創作的美學特徵。

葉朗在《中國美學史大綱》中認為：

「賦」、「比」、「興」這一組範疇，既然是講「意」和「象」的關係，是對詩歌藝術中「意」（情意）和「象」（形象）的關係的一種分析和概括，因此，實際上也就是在審美領域把《易傳》提出的「立象以盡意」這個命題加以進一步的展開。「立象以盡意」，僅僅是把「象」和「意」連繫在一起，而「賦」、「比」、「興」這組範疇則涉及詩歌藝術中，「意」和「象」之間以何種方式互相引發，並互相結合成統一的審美意象，而這種審美意象又以何種方式感發讀者。也就是說，它們涉及審美意象產生的方式與結構的特點。[1]

這對於如何理解「賦」、「比」、「興」與審美意象的關係，是很有啟發和幫助的。

第一，「賦」、「比」、「興」是對「立象以盡意」的進一步規範和發展。「意象」這一範疇最早是發源於《易傳》的「立象以盡意」這一命題。章學誠《文史通義》（卷一）曾說：「《易》象通於比興。」這一特點，實際上是對「立象以盡意」的進一步規定和融合，同時將「比興」提到哲學的高度來加以考察。雖然「通於」並不是等於，但「賦」、「比」、「興」無一例外地重視由物像引發思想感情的作用，它使我們看到，《周易》的編撰者已經懂得了「立象以盡意」，不是用枯燥無味的語言和抽象的概念，而是運用「賦」、「比」、「興」的方式。故章學誠進一步指出：

1　葉朗：《中國美學史大綱》，上海人民出版社1985年版，第89頁。

象之所包廣矣，非徒《易》而已，「六藝」莫不兼之，蓋道體之將
形而未顯者也。雎鳩之於好逑，樛木之於貞淑，甚而熊蛇之於男女，
象之通於《詩》也。

這裡章學誠雖然重點是論述「象」的功能，但從他連繫《易》之
「象」與《詩經》的「比興」，都是以「象」見「意」或「立象以盡意」
的，因此《易》象與《詩》之「比興」、「尤為表裡」。這種「表裡」的
關係，章學誠概括為：「《易》之象也，《詩》之興也，變化而不可方
物矣」。「象」、「興」並舉，不僅在於表現方法，它更重要的美學意
蘊，是能起到聯類不窮的效果。如《詩經》〈周南〉〈關雎〉云：「關關
雎鳩，在河之洲。窈窕淑女，君子好逑。」先以雎鳩和鳴於河之洲上的
物像起興，以引起所詠之意：淑女是君子的好配偶，點出愛情主題的
普遍同一性。宋蘇轍在《欒城應詔集詩論》中說：「夫興之體，猶云其
意云爾，意有所觸乎當時，時已去而意不可知，故其類可以意推，而
不可以言解也。」〈關雎〉中「窈窕淑女，君子好逑」的情思，若沒有
「關關雎鳩，在河之洲」這個觸動詩人情思的物像來起興，詩的意趣就
會黯然失色，所以要以可見之「象」，表現不可見之「意」，從而形成
了自然物像和內心情感的同態結構。

朱熹在《答何叔京》中分析《詩經》〈大雅〉〈棫樸〉的「倬彼雲漢，
為章於天。周王壽考，遐不作人」時說：「周王既是壽考，豈不作成人
才，此事已自分明，更著個『倬彼雲漢，為章於天』喚起來，便愈見
活潑潑地，此『六義』所謂『興』也。『興』乃『興起』之義，凡言
『興』者皆當以此例觀之。《易》以言不盡意，而立象以盡意，蓋亦如
此。」闡明了《易》之「立象以盡意」與《詩經》中運用「興」的藝術
表現方法有其內在的連繫，所以朱熹將此作為《詩經》中以「興」的

方式創造詩歌審美意象的典型例子。

　　第二，「賦」、「比」、「興」乃是《詩經》審美意象的表現方式。宋人李仲蒙説：「敘物以言情，謂之賦，情物盡也；索物以托情，謂之比，情附物也；觸物以起情，謂之興，物動情者也。」[2]此説曾被宋王應麟《困學紀聞》、明楊慎《升庵詩話》、清劉熙載《藝概》〈賦概〉所著錄。其説之可取，就在於主要是從「情」與「物」的關係上闡明「賦」、「比」、「興」的性質和特點，無論「比」或「興」，都不出「索物以托情」和「觸物以起情」兩條基本途徑，而「意象」正是在這種物像和思想情感相結合的藝術構思中產生的。明陸時雍在《詩鏡總論》中説：「《三百篇》賦物陳情，皆其然而不必然之詞，所以意廣象圓，機靈而感捷也。」按「意廣象圓」的要求，在於源於物而不拘於物，感於物而不止於物，而必須「在意、似之間」。《詩經》的「賦物陳情」，所以能達到「意廣象圓」的深層意蘊和藝術顯現，正是通過「賦」、「比」、「興」方法表達「心」與「物」的感發。明李東陽也充分注意了「比」、「興」的表現方法與「意象」的創造關係。他在《麓堂詩話》中説：「所謂比與興者，皆托物寓情而為之者也。蓋正言直述，則易於窮盡，而難於感發。惟有所寓托，形容摹寫，反覆諷詠，以俟人之自得，言有盡而意無窮，則神爽飛動，手舞足蹈而不自覺。此詩之所以貴情思而輕事實也。」他強調詩的「比興」為「托物寓情」的手段，唯有情志與所「托物」融為一體，才能真正起到「陶寫情性，感發志意」的作用，從而把詩人的情志物態化為生動的意象，具有「感發」的藝術感染力，所以他認為「詩在《六經》中別是一教」，揭示了《詩經》意象的審美特徵。郝敬在《毛詩原解》中説：「比者意之象。故曰：鋪

2　見胡寅：《致李叔易》，《斐然集》卷十八引。

敘括綜曰賦，意象附合曰比，感動觸發曰興。」則認為「比」是意象性的比喻，是「意」與「象」的契合，「興」是本乎情思與物像的相互感發、融合，從而創造出審美意象。《詩經》可說主要是通過「賦、比、興」的手法來創造審美意象的，明人彭輅說：「神之在興者什九，在賦比者半之，此〈國風〉、〈小雅〉不傳之秘，而靈均之騷所獨濡染而淋漓者也。」（《詩集自序》）屈原的《離騷》也曾吸取了《詩經》中「比興」的手法。王逸《離騷經序》說：「《離騷》之文，依《詩》取興，引類譬諭。」即指此而言，確乎道出了《離騷》藝術特色的一個方面，當然《離騷》則帶有鮮明的楚文化色彩，而它的「發憤以抒情」（〈九章〉〈惜誦〉）的抒情方式，突出主體的內在情感的外揚，從而構成獨具特色的楚騷意象。

第三，「賦」、「比」、「興」所創造《詩經》的審美意象的特點。《詩經》中出色的「賦」、「比」、「興」手法，韓愈稱之為「葩」（《進學解》），王士禎評它是「化工之肖物」（《漁洋詩話》）。可見已經取得較高的藝術成就。如作為「賦」體的《詩經》〈王風〉〈君子於役〉：

君子於役，不知其期，曷至哉？雞棲於塒，日之夕矣，羊牛下來。君子於役，如之何勿思？

詩的前三句先從心理活動刻畫入手，呈現給讀者的是日日夜夜盼望服役丈夫歸來的思婦形象。接著三句通過傍晚景物、景色的描述，渲染氣氛，表達了念遠懷人的孤單、冷落、感傷的意緒，使「意」與「象」契合，可觸可聞。最後兩句又轉入心理表現，「如之何勿思？」使我如何能不想！對開頭的感情作了深化，集中展現了思婦的惆悵和痛苦。這種描述性的「意象」，使情感被物像所滲透，而物像則融合於

纏綿的感情之中，因而具有典範性。清許瑤光在《再讀〈詩經〉四十二首》中寫道：「雞棲於桀下牛羊，飢渴縈懷對夕陽。已啟唐人閨怨句，最難消遣是黃昏。」實際上其影響豈止「唐人閨怨」呢？

如作為「比」體的《詩經》〈小雅〉〈鶴鳴〉第一章：

鶴鳴於九皋，聲聞於野。魚潛在淵，或在於渚。樂彼之園，爰有樹檀，其下維蘀。它山之石，可以為錯。

在成片湖澤之上的鳴鶴，潛於深淵的魚，檀樹下的矮樹等都是隱喻意象，詩的意旨據高亨《詩經今注》是「勸告王朝最高統治者應該任用在野的賢人」。所以「它山之石，可以為錯」，比喻在野的賢者可與商討國事。明王夫之在《薑齋詩話》中說：「〈小雅〉〈鶴鳴〉之詩，全用比體，不道破一句，《三百篇》中創調也。」這就較準確地揭示了詩中隱喻意象的審美特徵，但這種喻體和本體之間的連繫，需要通過想像和聯想才能感知和理解。

又如作為「興」體的《詩經》〈周南〉〈桃夭〉第一章：

桃之夭夭，灼灼其華。之子于歸，宜其室家。

開頭二句起興狀物，「夭夭」形容桃樹枝條茂盛的形態，「灼灼」形容桃花盛開的生機。它以鮮明生動的意象，烘托出婚禮熱烈、歡樂的氣氛，並給人以豐富的聯想。那濃豔盛開的桃花，那婀娜多姿的桃枝，不是使人聯想到新娘姿容的秀麗和身材的窈窕嗎？清姚際恆在《詩經通論》中說：「桃花色最豔，故以喻女子，開千古詞賦詠美人之祖。」確乎給人以多方面的豐富聯想。

又如《詩經》〈小雅〉〈采薇〉第六章：

昔我往矣，楊柳依依。今我來思，雨雪霏霏。行道遲遲，載渴載飢。我心傷悲，莫知我哀。

此章用「賦」體，但「賦」中含「比」。詩裡寫的楊柳和雨雪，是物像；寫的行道、悲傷，是情意。詩人由回憶寫到歸途中的情景，最後以「莫知我哀」作結，情余言外，詩的意象達到「真情實景，感時傷事」（方玉潤《詩經原始》）的藝術造詣。其中的「楊柳依依」成為一種審美定勢和原型意象。沈德潛《古詩源》卷八云：「昔人問《詩經》何句最佳，或答曰『楊柳依依』，此一時興到之言，然亦實是名句。」對後世產生了巨大的影響，說明中國詩歌中審美意象的出現是很早的。

李重華《貞一齋詩說》曾云：「何謂象與意？曰：物有聲即有色，象者，摹色以稱音也。如舞曲者動容而歌，則意愜悉關飛動，無論興比與賦，皆有恍然心目者。」他所說「《易》曰：『鼓之舞之以盡神』」，乃是對〈繫辭上〉「聖人立象以盡意」的發揮，不過強調盡「神」的作用，所以他認為「意立而像與音隨之」，無論「賦」、「比」、「興」，都具有「恍然心目」鮮明感性特點。表明詩的審美意像是通過「賦」、「比」、「興」的方式創造出來的。

以上僅舉例說明，實則《詩經》中「比」的形式是多種多樣，有明喻、隱喻、借喻、博喻、對喻、類喻、諷喻等等，不直說，而以各種各樣的比擬，如〈邶風〉〈柏舟〉六用比喻而各不相同，有意識地找到寄托自己情感的對應物，使之成為一種審美意象，來激發讀者的想像和感情。「興」的形式也是多種多樣的，由於「興」具有發端啟發的意思，起到一種象徵的作用，所以在《詩經》中的興句大多在詩的開

頭，有各章都用同一物像起興的，也有各章用不同的物像起興的，而
《詩經》中的「興」，往往兼有「比」的意思，所謂「興而比」，或稱之
為「比興」，把含「比」的「興」結而為一的表現手法，但也有兼「賦」
而不含「比」義的，如〈周南〉〈卷耳〉。由此可見，《詩經》中「興」
的藝術手法，較「賦」和「比」複雜多了。總之，漢人提出的「賦」、
「比」、「興」，不僅是總結《詩經》創作經驗的結果，同時反映了對寓
思想於形象的初步認識。「比興」是實現使詩人主體之意客體化的途
徑，「所謂比與興者，皆托物寓情而為之者」（李東陽《麓堂詩話》）。
同時「意象」的組合之間，往往是通過「比興」而連接起來。而詩歌
意象的生成，是一個複雜、艱難的歷史積澱過程，《詩經》的作者通過
創作實踐活動，創造了既有主體的「情」，又有客體的「物」的審美意
象，儘管仍有不成熟的方面，但它所提供的「賦、比、興」的審美經
驗，堪稱審美意象的萌生期。

第二節　《淮南子》的「意」與「象」

　　《淮南子》又名《淮南鴻烈》，是兩漢淮南王劉安與其門客集體編
寫的一部著作。全書的基本思想出於道家，但其中兼采儒、墨、名、
法諸家之長，對美學問題也進行了探索和論述，並基本形成了獨具特
色的美學思想，反映了從先秦到兩漢美學思想的一大進展，並起到承
前啟後的作用。

　　《淮南子》並沒有具體論及「意象」的問題，但從對「意」與「象」
的有關論述來看，由於將之引申到文藝領域，因而具有審美的特性，
對魏晉六朝的文論產生明顯的影響。下面僅作一些初步的探討。

　　第一，關於「意」。《淮南子》〈齊俗訓〉云：「瞽師之放意相物，

寫神愈舞，而形乎弦者，兄不能以喻弟。」「放意相物」，猶言縱情觀察物像的特點，因而對於所抒發的情思更加使人動容，而將之表現在管弦之中，其神妙之處，達到兄弟之間都無法傳授的地步。這種只可意會不可言傳的奧秘，實即求得客觀觀察經驗與主體體驗的融而為一，這就涉及文學藝術創造活動的特徵問題。所以他認為伯牙等人的琴聲和宋意等人的歌聲之所以能引起聽者情感上的共鳴，就在於審美主體「專精屬意」（〈覽冥訓〉）的結果。在作者的自序〈要略〉中說：「乃始攬物引類，覽取撟掇，浸想宵類，物之可以喻意象形者，乃以穿通窘滯，決瀆壅塞，引人之意，系之無極，乃以明物類之感，同氣之應。」這裡的「物之可以喻意象形者」，有「寄物以為意」的意思，是通過形象描畫出來的事物，於是如同自然界的穿通凝滯，疏決川溝，堵塞險要相關聯，使意通於物，從而達到意與物的和諧一致。這種心意與物像的交融，應該說已接觸到「意象」的含義了，儘管《淮南子》並沒有提出「意象」這一概念。這種對創作中「意」與「物」之間關係的論述，反映了西漢時期審美實踐的發展，表現了審美重點從外部功能的認識向內部創作規律的過渡，它是在歷史長河中隨著創作實踐的不斷積澱而產生的。

　　《淮南子》的作者十分重視並強調「情」的作用，「情」實即「意」。〈本經訓〉云：「人之情，思慮聰明喜怒也。」指人的意念、氣質、思想感情的審美主體而言。在〈繆稱訓〉中提出了「哀樂之襲人情也深」的論斷，在《淮南子》的作者看來，「文者，所以接物也。情繫於中，而欲發外者也」。文學藝術之所以感人，關鍵在於情「接物」而生，是主體之情與客體之物相互感應的產物。但這「情」不是一般的情，而是「情繫於中，而欲發外者也」的「情」。所謂「欲發」即積盈充滿不得不外溢的意思。這種真情實感是文藝創作成功的必不可少

的條件之一，所謂「感人心，情之至也」（〈泰族訓〉）。「今夫〈雅〉、
〈頌〉之聲，皆發於詞，本於情。」「情發於中而聲應於外。」他曾舉
例說：「寧戚擊牛角而歌，桓公舉以大政。雍門子以哭見孟嘗君，涕流
沾纓。歌哭，眾人之所能為也。一發聲，入人耳，感人心，情之至者
也。」（〈繆稱訓〉）認為喜怒哀樂之情是普遍存在的，是人的一種自然
本能，而文學藝術則是人情哀樂的特殊表現，問題的關鍵在於達到「情
之至」，即真情實感的地步。那麼如何達到「情之至」呢？《淮南子》
進而認為，須有「根心」，「不得已而歌者，不事為悲；不得已而舞者，
不矜為麗。歌舞而不事為悲麗者，皆無有根心者」。（〈詮言訓〉）「根
心」謂必須植根於「心」，否則只能強為悲麗，談不上「情之至」了。
這對後世的「心源」說，即以內心為創作本原的美學觀點有一定的影
響。

　　為了進一步闡明主體之情與外物感應的相互關係，《淮南子》的作
者又十分重視外物的作用，「引楯萬物，群美萌生」，養育萬物，使各
種美好的事物蓬勃成長，從而產生美感效應，「且人之情，耳目應感
動，心志知憂樂，手足之攢（除去）疾癢，辟寒暑，所以與物接也」。
（〈俶真訓〉）從「接物」到「物接」，突出了審美客體在審美實踐中的
作用，由此產生使自在之物成為審美對象。反過來，感情的抒寫，又
必須與物相交接。分別闡明了審美認識和審美情感的主要結合途徑，
強調了主客體的相互融合，也涉及了「意」與「象」交融的有序化特
點。同時從藝術創作是一個「情發於中」而溢於外的過程來看，是人
接觸外界客觀事物後所引起的真情實感的自然的表現，表明了人的內
心情感是藝術創作的基本動因。它實際上是魏晉時期陸機、劉勰等人
「重情」說的先導，對我國審美意識以及「意象」說的形成，應該說具
有積極的意義和影響。

第二，關於「象」。〈主術訓〉說：「故古之為金石管弦者，所以宣樂也；兵革斧鉞者，所以飾怒也；觴酌俎豆酬酢之禮，所以效善也；衰絰菅屨，辟踊哭泣，所以諭哀也。此皆有充於內而成象於外。」連繫如上所說「情發於中而聲應於外」、「情繫於中欲發外者」來看，所謂「內」，指作者內心深厚充實的情感體驗感受，從而表現於外而「成象」，觸及了藝術創作中一個根本性問題，即如何把內在思想感情表現為外在的藝術形象，因所說既是「宣樂」的藝術創作活動，就順理成章地形成外在的具體感性形象或意象，有如「至精之象，弗招而自來，不麾而自往」，從而達到內與外的統一。

「成象」說可說是我國較早的有關「象」的理論。《禮記》〈樂記〉將樂的表現形態稱為「樂象」。〈樂記〉〈樂象篇〉云：「凡奸聲感人，而逆氣應之；逆氣成象，而淫樂興焉。正氣感人，而順氣應之；順氣成象，而和樂興焉。」「逆氣」與「順氣」代表了兩種不同的情感體驗，由於審美主體的不同而形成產生，故「成象」具有「淫樂」與「和樂」的顯著區別。《淮南子》〈主術訓〉的「成象」明顯地承襲了《禮記》〈樂記〉的「成象」說，但內涵有了發展，「充於內」的思想情感要得到表現，就必須「成象於外」，即得到形象性的外在表現，實際上已觸及「意」與「象」相互交合的審美特點，因而更接近於審美創造。

五代荊浩《筆法記》云：「神者，亡有所為，任運成象。」明茅坤《五嶽山人後集序》云：「竊以為文章者，所當天地間日月風霆、山川疆域、昆蟲草木之變而繪之成象，觸之成聲者也。」明蘇伯衡《贈金與賢敘》云：「得於心，形於手，粲然在紙而成象，則謂之畫。」「成象」這一概念不僅大大深化「象」作為形象性的內涵，而且反映了人們對「象」的建構的認識，從而取得了理論上的意義。

《淮南子》作者在〈要略〉述及〈繆稱訓〉的寫作時曾說：「假象

取耦，以相譬喻；斷短為節，以應小具。」「耦」，合也。意謂假借形象以取得耦合的例證，便用來相互比喻，有如截斷的竹子作為符節，以適應小的需求，從而達到「曲說攻論，應感而不匱者也」。

「假象」可說是承襲《周易》「四象」的「假象」而來，但在漢代，這還是第一家，因而具有美學的理論意義。

在《淮南子》〈要略〉中述及〈說山訓〉的主要內容時說：「假譬取象，異類殊形，以領理人（脫「事」）之意。」借用比喻來選取物像，能連繫不同的種類和特殊的形體，從而達到領會人世間事物的要義。「取象」這一概念可說是《淮南子》首先提出來，並產生相當深遠的影響。

唐王維《裴右丞寫真贊》云：「凝情取象。」通過作者「凝情」的審美觀照，從而取得感性的「象」。皎然《詩式》云：「取象曰比，取義曰興。」清章學誠《文史通義》〈內篇〉〈象教〉云：「戰國之文深於比興，即其深於取象者也。」認為「比興」均借「象」以表達義理和情意，肯定了「比興」與「取象」的相通一致。李重華《貞一齋詩說》云：「取象命意，自可由淺入深。」方東樹《昭昧詹言》卷五評謝靈運詩云：「取象如化工。」卷十九評李義山《九成宮》云：「收即物取象，妙極。」從一個側面揭示了「取象」的美學特徵和審美效果，從而保持著事物原有的生動、具體的形象性。「取象」實即攝取物像而加以形象性的表現。

第三節　《論衡》的「意象」說

《論衡》是西漢傑出的唯物主義思想家王充所作，是一部哲學著作，但其中包含著一些有價值的美學思想，如「美」與「真」的問題。

他把《論衡》一書的主旨結為一句話：「疾虛妄」（〈佚文篇〉），在漢代的美學思想中占有一定的地位。這裡僅談一談《論衡》關於「意象」的概念問題。其〈亂龍篇〉云：

> 天子射熊，諸侯射麋，卿大夫射虎豹，士射鹿豕，示服猛也。名布為侯，示射無道諸侯也。夫畫布為熊麋之象，名布為侯，禮貴意象，示義取名也。

王充在這裡談的不是文學創作，而是說明同類事物之間的「假象」仍具有相互感應的作用，此「意象」是用來「示義取名」，是替董仲舒的「設土龍以招雨」進行辯解，所謂「土龍亦夫熊麋、布侯之類」。值得我們重視的是，王充這裡第一次將「意」與「象」連綴成詞，使之成為完整的概念，在「意象」的內在含義上也為我們提供了足資參考的語源學上的依據。

第一，「夫畫布為熊、麋之象，名布為侯，禮貴意象，示義取名也」。指畫熊、麋之像在布帛上，因為人的地位愈高，則所射之獸愈猛，使之具有象徵的意義，而「名布為侯」寄寓了「禮貴」的「意象」。實際上「示義」即表達意，是畫家的「意」與熊、麋之「象」，通過主客體的交流這個中介，從而形成「意象」的圖像。王充將這種含有寓意的圖像稱之為「意象」，由於認識到「象」為示「意」而存在，而「意」通過「象」才能「示義」，使之具有審美價值。這同美學中「意象」的內涵應該說有其相似或接近的一面。

第二，連繫談到土龍塑像時王充說：「禮，宗廟之主，以木為之，長尺二寸，以象先祖。孝子入廟，上心事之……雖知非真，亦當感動，立意於象。」意謂用一尺二寸高木塊做成祖宗亡靈的牌位，來像徵

「孝子」的「祖先」，雖然明知這是偶像，而「孝子」也深受感動，這是因為「立意於象」即寄託心意於「象」的緣故。「立意於象」，乃「意中之象」或「意想之象」，其實質是由《周易》〈繫辭〉的「立象以盡意」加以衍化延伸而來。「聖人據象兆，原物類，意而得之」（〈知實篇〉），以及〈書解篇〉、〈佚文篇〉數引《周易》〈繫辭〉中語均可為證。王充的理論貢獻，在於他是第一個提出「意象」概念的人，同時也賦予了「意象」以新的含義，就是使主觀的「意」與客觀的「象」二者交相作用併合二為一，雖仍處於模擬階段，但已不同於卦象的符號組合，而是通過現實生活中的物像加以表現。

這裡需加說明的是，在班固的《漢書》〈李廣傳〉中也曾使用過「象」這一詞語：「廣不謝大將軍而起行，意象慍怒而就部，引兵與右將軍食其合軍出東道。」顏師古注曰：「言慍怒之色形於外也。」這是符合該詞語的本義的，從語詞學的意義上，很有參考的價值，而且曾沿襲使用，不過往往被人忽略而已，如王安石《宿土坊驛寄孔世長》詩云：「殘年意象偏多感，回首風煙更異鄉。」陸游《病起寄曾伯兄弟》云：「意象殊非昨，筋骸劣自持。」范成大《讀白傅洛中老病後詩戲書》云：「陶寫賴歌酒，意象頗沈著。」此等「意象」均指人的形態神色而言，其含義與《漢書》的「意象」完全吻合，當然與此相連繫的如姜夔《念奴嬌》〈序〉云：「予與二三友日盪舟其間，薄荷花而飲。意象幽閒，不類人境。」此「意象」則指幽閒雅靜的境界，這是一種分化。總之作為表意的漢字同一語言符號其語義可能是多義的，顯而易見，此等「意象」與作為美學範疇的「意象」，在義項上是有區別的，兩者之間也不存在因果或相互聯屬的關系。

第三，有關「意」與「象」的觀點。王充認為文章的內容是通過具體可感的現實生活來進行創造，「如無聞見，則無所狀」（〈實知

篇〉），「如鑑之開」（〈自紀篇〉），有如一面鏡子忠實地反映生活。所以有關「意」與「象」的觀點，基本是圍繞著文學與現實的關係來論說的。

先說「意」。王充認為文學是通過主體意識來反映現實的，「實誠在胸臆，文墨著竹帛，內外表裡，自相副稱，意奮而筆縱，故文見而實露也。」（〈超奇篇〉）「意」激奮而「筆」必然流暢，文章一經寫出，真情實意就得到顯露，指明「筆縱」而由於「意奮」的結果。所以他將之概括為：「情見於辭，意驗於言。」「情」、「意」對舉互用，「情」實「意」也。〈佚文篇〉中「賢聖定意於筆，筆集成文，文具情顯」可證，從而突出了「意」的主導作用，同時也豐富了「意」的內涵，對後世美學的「情意」說有一定的影響。

〈知實篇〉云：「聖人據象兆，原物類，意而得之。」聖人根據物像的徵兆，推而及於同類事物，通過「意」而得之。這裡已涉及「意」與「象」某種關聯性，說明「意」作為一個揭示主體性的範疇，它能與相關的範疇組合，這對「意」與「象」的組合建構具有理論上啟示意義。

其次是「形象」。「形象」這一概念最早見於西漢孔安國的《尚書注疏》，稍後《淮南子》也出現過，都是指人或物的相貌或形狀，即有形有象的意思。王充在〈亂龍篇〉中不僅第一次提出了「意象」的概念，而且兩次提到了「形象」的概念。王充說：

> 匈奴敬畏郅都之威，刻木象都之狀，交弓射之，莫能一中。不知都之精神在形象耶？

匈奴人敬畏郅都將軍的勇猛威武，奈何他不得，只得刻他的木象

用箭射之，但沒有一箭能夠射中，可能是匠人將郅都的威武貫注在木刻的形象之中。又說：

　　夫圖畫，非母之實身也，因見形象，涕泣輒下，思親氣感，不待實然也。

　　匈奴休屠王之子金翁叔偕其母歸漢，後其母不幸亡故，漢武帝請畫家繪其母之像，金翁叔見母栩栩如生前，「涕泣輒下」。

　　這兩則事例，一為雕刻，一為繪畫，但由於人物形象的真實生動，達到藝術的感染作用，可見它具有具體感性的特徵，正如〈解除篇〉所說：「如謂鬼有形象，形象生人，生人懷恨，必將害人。」意謂鬼的形象如同活人一樣，離開了具體感性的特徵，「形象」將不成其為形象，「如無形，不得為之圖像」（〈雷虛篇〉）。王充可謂深諳此理。〈遭虎篇〉云：「功曹為奸，采漁於吏，故虎食人以像其意。」這裡說的是苛政猛於虎的意思，但「以像其意」，連繫其「立意於象」（〈亂龍篇〉）來看，「意」與「象」的相互關係是一脈相承的，為其「意象」概念的交相融合提供了依據，而其淵源實出自《周易》〈繫辭〉的「聖人立象以盡意」。這對「意象」這一概念的理解應該說是一種有益的啟迪。

　　儘管王充未能從藝術和審美的角度來闡述「意象」和「形象」，也未能從理論上作出明確的表述，這可說與兩漢時期美學思想的過渡性特點有關，但他為「意象」和「形象」提供了較為準確的概念，在美學理論上是一大貢獻，起著承前啟後的作用，使之從哲學領域開始進入文學藝術領域，「意象」的審美範疇可說是呼之慾出了。

第三章

「意象」說的形成

　　魏晉南北朝時期是文學藝術的自覺時代，也是審美認識發展的一個重要階段，其突出的表現是玄學的興起，老、莊思想成為一時風尚，無疑使文學藝術開闊了視野，有了新的審美追求，顯示了審美重點從藝術外部規律的認識向內部規律認識轉變。在方法問題上表現為「言」、「意」之辨，內容涉及「言」、「象」與「意」的關係，大大豐富和提高了對於文學審美特性的認識。除了各種文學藝術的發展外，並湧現了一批影響深遠的美學新概念，如「氣韻」、「風骨」、「神似」等等，其中劉勰《文心雕龍》的「意象」說就是明顯的例證，具有開創性的意義。

第一節　王弼的「意象」觀

　　魏晉時期由於崇尚老、莊思想，一時注《老》、注《莊》蔚然成

風。「玄學」來源於「三玄」，就書而言是指《周易》、《老子》、《莊子》。王弼以《周易注》和《周易略例》及《老子道德經注》而聞名於世。他雖未注《莊子》，但在注《周易》、《老子》中，常引《莊子》之說，故人稱他以《莊子》解《易》，以《莊》解《老》，當時及後世人都認為「好老莊」[1]「說以老莊」[2]，在正始玄學中，形成相當獨立的體系。王弼，字輔嗣，三國時期魏國人，死時年僅二十三歲，是一位年輕而傑出的哲學家，也是正始玄學的代表人物。

顏之推在《顏氏家訓》〈勉學〉中說，何晏、王弼「彼諸人者，並其領袖，玄宗所歸，遞相誇尚，景附草靡」。可見其影響之大。王弼在《周易略例》〈明象篇〉中對「意」與「象」、「言」的關係，作了頗為深入而辯證的辨析：

夫象者，出意者也；言者，明象者也。盡意莫若像，盡象莫若言。言生於象，故可尋言以觀象；象生於意，故可尋象以觀意。意以象盡，象以言著。故言者所以明象，得像而忘言；象者所以存意，得意而忘象。猶蹄者所以在兔，得兔而忘蹄；筌者所以在魚，得魚而忘筌也。……象生於意而存象焉，則所存者乃非其象也；言生於象而存言焉，則所存者乃非其言也。然則，忘象者乃得意者也；忘言者乃得象者也。得意在忘象，得像在忘言。故立象以盡意，而像可忘也；重畫以盡情，而畫可忘也。是故觸類可為其象，合意可為其徵。

王弼所論乃是哲學認識論的命題，並不是文學藝術的理論問題，

1　《世說新語》〈文學注〉引《王弼別傳》。

2　《四庫總目提要》云：「王弼盡黜象數，說以老莊。」

但對審美意識及其理論的深化，產生了深遠的影響，對「意象」說的形成，也有著直接的啟示作用，因而具有美學價值。

第一，關於「言」、「象」、「意」三者的關係。王弼在「『言』『意』之辨」中最突出的貢獻，就是提出了「象」的概念。「言」，指易卦中的卦、爻辭，「象」指卦象，「意」指卦義。他認為「言」、「象」、「意」三者是相互遞進派生的，「言生於象」，「象生於意」，所以才能導致「尋言以觀象」，「尋象以觀意」。「言」指卦、爻辭，它是用來闡明卦象的，所以說「言者，明象者也」。而卦形的「象」則是用來顯示「意」的，所以說「象者，出意者也」。充分肯定了「言」、「象」在達「意」上的作用。在王弼看來，「言」和「象」都只是「意」的載體，其終極目的只是為了表達「意」，三者之間存在一種相生相成、相互遞進的內在聯繫，揭示了《周易》〈繫辭上〉「聖人立象以盡意」的內在含蘊。「象生於意，故可尋象以觀意。」、「意象」這個詞可說正是由這種相互關係構成的，這就是王弼「言以明象，象以出意」的「意象」觀。

第二，關於「得意而忘象」。王弼提出的「言」、「象」、「意」三者存在一種內在的連繫，即具有基本的一致性，而「言」、「象」作為一種手段，又有不一致的一面，故王弼提出「得像而忘言」、「得意而忘象」的命題，並把它看作有如《莊子》〈外物〉篇中所說筌、蹄之於魚、兔的關係。這與王弼的哲學受老、莊「貴無」論的影響有關。《老子注》說「有以無為用」（四十章注），「凡有皆始無」（一章注）。何晏在《無名論》中提出「夫道，惟無所有者也」。王、何玄學的「貴無」論，在於探尋現象世界與本體世界之間對立統一的關係，富有思辨性，同時魏晉玄學的「貴無」論是對幽隱深微義理的崇尚，王弼認為：「凡言義者，不盡於所見，中有意謂者也。」（《周易》〈姤卦象傳〉注）又云：「自統自尋之，物雖眾，則知可以執一御也；由本以觀之，義雖

博，則知可以一名舉也。」（《周易略例》〈明象〉）這種幽隱深微的義理，是與事、物、形、象相對待的，因此「言」、「象」、「意」的關係具有不同的方式和層次，「得意而忘象」實即「忘象求意」的意思，指的是卦義確定後怎樣去認識它、表達它，正是由於「象之所生，生於義也」（〈乾卦〉注），卦義的被確定在先，因而對卦義的認識、表達在後，如果拘泥於作為工具的「言」、「象」，其結果反而得不到傳達的「意」，故王弼強調指出：「忘象以求其意，義斯見矣。」（《周易略例》〈明象〉）它的主旨在於説明如何探索「求意」的問題。韓康伯《繫辭傳注》也説：「夫非忘象者，則無以制象。」韓康伯以王弼後學著稱，所説是符合王弼的「忘象」説的原意的。又如孔穎達在《周易正義》卷七曾説：「遺忘己象者，乃能制眾物之形象也。」可證王弼的「忘象」説，旨在説明「尋象」時不可拘泥於某一特定的「象」，而要超脱於有限的「象」，可從「象外」求之，只有這樣方能得「意」。所以他最終得出「忘象者乃得意者也，忘言者乃得像者也」的結論。這裡的「忘」，就是對傳達媒介的「象」、「言」的一種超越和否定，使之達到「得意」、「得像」的極致。由此可見，王弼的「尋象而觀意」與「得意在忘象」，是作為認識論的兩種方式和層次，也即是對「聖人立象以盡意」的一種哲學思辨，唯「忘象」才能「存象」，唯「忘象」才算「得意」，這種探索有如《莊子》〈外物〉篇中的「得魚忘筌」一樣，對於文學藝術欣賞活動來説顯得十分深刻，因為對美的主觀體驗和感受，不能停留在「言」和「象」上，而是對「言」和「象」的超越，從而獲得「意」所蘊含的精旨妙義。謝赫《古畫品錄》所説的「窮理盡性，事絕言象」的「象外」説，就由「得意忘象」推演而來。庾闡〈著龜論〉云：「是以象以求妙，妙得則像忘。」宋人黃伯思論畫云：「昔人深於畫者，得意忘象。」（《東觀餘論》）楊時也説：「學詩者不在語言文字，

當想其氣味，則詩之意得矣。」（《龜山語錄》）方以智亦云：「必超浮言者，始得其意；超文字者，乃解其宗。」（《文章薪火》）可說是對「得意忘象」在審美領域的一種體悟和發揮，對審美特徵的認識是一個重大的進展，對於「意象」論的形成，應該說是具有啟示意義的。

　　第三，關於「觸類可為其象，含義可為其徵」。這是王弼對「聖人立象以盡意」的概括性闡述，「象」作動詞用有「象徵」的意義。「觸類可為其象」，「觸類」指六十四卦，所謂觸物比類，由此及彼，從而形成具體可感的形象。《周易》〈繫辭上〉說：「引而申之，觸類而長之，天下之能事畢矣。」正是由於《易》象「體萬物之撰」，而且往往可以觸類旁通，使大千世界的許多事物都可以概括於其中，從而發揮《易》象「其稱名小，取類大」的特殊功能。故王弼認為只要符合象徵的意義，就可成其為「象」，並不拘滯於某一固定的「象」，所以他在《周易略例・明象》中說：「義雖博，則知可以一名舉也。」而「含義可為其徵」。在王弼看來，《周易》六十四卦中任何一卦的義理，都具有像徵的意義。這是符合《周易》「以象喻理」的思維方式特點的，八卦就是通過具體圖像象徵吉凶禍福的，故司馬遷就曾指出：「《易》本隱以之顯。」（《史記》〈司馬相如列傳〉）而「立象以盡意」，正是體現了這一表現方法，而這也正是一切藝術最根本的特點，所以它又是和藝術的象徵性要求相一致的。「觸類可為其象，含義可為其徵」，可說是王弼對《周易》〈繫辭上〉「聖人立象以盡意」的闡述和頗有新見的發揮，他的精到之處，還在於從「立象盡意」說出發，經過「忘言」、「忘象」的哲學思辨，最後又回歸到「立象盡意」的命題中來，從而肯定了「象」能盡「意」。這種「意」、「象」相融的觀點，使「意」、「象」之間構成了辯證互補的關係，可謂不期然而然地接觸到了「意象」論的主要特徵，並為此作了理論上的準備。劉勰在《文心雕龍》

〈論說〉中說：「王弼之解易，要約明暢，可為式矣。」孔穎達《周易正義序》云：「惟魏世王輔嗣（王弼）之注，獨冠古今，所以江左諸儒，並傳其學。」所以美學「意象」論的文化學意義，應該引起我們的重視和進一步加以探討。

第二節　劉勰論「意象」

劉勰不僅是我國古典文論的集大成者，也是我國古代美學思想的主要奠基人之一。他的《文心雕龍》體大而思深，提出了許多重要的美學見解，對文學藝術的特殊規律，進行了可貴的探索。魯迅先生曾說：「篇章既富，評騭遂生，東則有劉彥和之《文心》，西則有亞里斯多德之《詩學》，解析神質，包舉洪纖，開源發流，為世楷式。」（《集外集拾遺》〈題記一篇〉）這裡僅就《文心雕龍》〈神思〉篇中「意象」說作一些探討。劉勰說：

古人云：「形在江海之上，心存魏闕之下。」神思之謂也。文之思也，其神遠矣。故寂然凝慮，思接千載；悄焉動容，視通萬里。吟詠之間，吐納珠玉之聲；眉睫之前，卷舒風雲之色：其思理之致乎！故思理為妙，神與物游。神居胸臆，而志氣統其關鍵；物沿耳目，而辭令管其樞機。樞機方通，則物無隱貌；關鍵將塞，則神有遁心。是以陶鈞文思，貴在虛靜，疏瀹五藏，澡雪精神。積學以儲寶，酌理以富才，研閱以窮照，馴致以懌辭，然後使玄解之宰，尋聲律而定墨；獨照之匠，窺意象而運斤。此蓋馭文之首術，謀篇之大端。

〈神思〉是《文心雕龍》創作論的第一篇，所論乃創作構思的特點

和作用，今結合「意象」試以下列幾個問題分述之。

一、藝術構思的特點與規律

藝術構思最主要的特點是想像。劉勰在開首就說：「古人云：『形在江海之上，心存魏闕之下。』神思之謂也。」這是劉勰對「想像」所下的定義。「古人云」語出《莊子》〈讓王〉：「中山公子牟謂瞻子曰：身在江海之上，心居乎魏闕之下，奈何！」原意謂「身在草莽而心存好爵」。劉勰藉以說明「神思」不受時間、空間的限制，具有一種可以由此及彼的聯想功能。這也就是劉勰為什麼把藝術構思稱作「神思」的原因所在，因為這種想像活動有其神妙之處，是一種不受身觀限制的心理現象，所謂「思接千載」、「視通萬里」以致「吐納珠玉之聲」、「卷舒風雲之色」，都可以通過想像而宛然在目，達到了「神思」的極致境界。

那麼，作為藝術構思的規律是什麼呢？從這一段的內在邏輯層次來看，最值得注意的論點，是所謂「思理為妙，神與物游」。「思理」亦即「神思」之理，主要是指主體的「心」與自然「物」之間一種神妙的感應交合作用，這就是說，作家進行藝術構思的過程，實際上也就是「神與物游」的過程，是一種心物交融的合乎規律的思維活動。因此「神思」的活動與作家主觀的精神意念密切相關，「神居胸臆，而志氣統其關鍵」。在劉勰看來「志氣」是綜合心物的關鍵，「關鍵將塞，則神有遁心」，心物綜合也就輟止了，而「物」指客觀物像，「神與物游」恰切地表述了創作活動中主體與客體相互連繫、相互滲透的往復關係。劉勰在《文心雕龍》中曾反覆論述到這種「心」和「物」的交合作用，如〈詮賦〉篇的「睹物興情」、「情以物興」，〈物色〉篇的「情以物遷，辭以情發」，〈明詩〉篇的「感物吟志，莫非自然」等等，都是闡述客觀物像觸發並影響作家的思想感情，使之進入構思想像活動

的境地，同時劉勰認為「物以情觀」（〈詮賦〉），「情往似贈，興來如答」（〈物色〉），「登山則情滿於山，觀海則意溢於海」（〈神思〉），強調了主體情感對外物的能動和主導作用，所謂「目既往還，心亦吐納」（〈物色〉），使主體與客體、情感與對象、心與物雙向交流，融會貫通。所以「神與物游」是藝術構思中符合認識規律的理論概括，同時也指明了形象思維不同於抽象思維的基本特徵。劉勰的「神」就是建立在心和物這個關係上的，「神與物游」即作家主觀精神與客觀物像的契合交融，實際上構成了情物相得遇合的意中之象，劉永濟《文心雕龍校釋》「『物沿耳目』，與神會然後成興象」，即指明了「意象」是建立在心物同一的基礎上的。王昌齡「神會於物」（《唐音癸籤》卷二引），蘇軾的「神與物交」（《書李伯時山莊圖後》），黃宗羲的「情與物游」（《黃孚先詩序》），都可窺見其深遠的影響。

二、藝術構思與「意象」

在探索「心」與「物」的關係時，劉勰側重於對藝術心理的審美特性的分析，所以緊接著強調在構思和醞釀創作時「虛靜」的重要性，也就是必須保持最佳的精神狀態，這是藝術創作審美體驗的重要準備，從而攝取物像，與物交遊，同時從「積學」、「酌理」、「研閱」、「馴致」即學問、理論、經歷、技能等幾個方面闡述了作家應該具備的條件，所謂「才分不同，思緒各異」（〈附會〉），否則往往會產生「暨乎篇成，半折心始」的苦惱，難以將自己的審美體驗表達出來。劉勰正是從「意象」生成的機製出發，認為「意授於思，言授於意，密則無際，疏則千里」，也就是如何處理構思與表現之間的矛盾關係。所以強調文藝創作各種準備的必要性，只有具備了充分的條件，才能使「玄解之宰，尋聲律而定墨；獨照之匠，窺意象而運斤」。這一論斷，揭示了「意」與「象」契合的形象性特徵，使主觀的「意」與客觀的「物」

同構對應，融為一體。一方面「意」對象化了，不再是主觀的思想意念自身；另一方面，「物」也情感化了，不再是自在的物像本身。「意象」作為心物交融的體現，正是「神與物游」的產物。所以劉勰在「贊」中說：「神用象通，情變所孕。」也是說明同一道理，「神」即「神思」，「象」即「物像」，意謂神思與物像感通，是情思變化所孕育的，所以「意象」歸根結底是在情感的孕育和傳達中創造出來的。很顯然，劉勰所說的「意象」，即作家在構思中通過種種感受在內心所形成的形象。在這個意義上，「意象」即「意之象」或「意中之象」，是經過情感所染化了的「象」，是一種呼之慾出即將物化的內視形象。這種主客觀的交融統一，正確地揭示了「意象」形成的規律性，所以，他緊接著強調「意象」在藝術構思中至關重要的地位：「此蓋馭文之首術，謀篇之大端。」意謂這是駕馭創作的主要方法，是佈局謀篇的先決條件。

三、「意象」的構成及其特徵

劉勰在我國美學史上首先將「意」與「象」合成「意象」一詞，開創了審美「意象」說。他所說的「然後使玄解之宰，尋聲律而定墨；獨照之匠，窺意象而運斤」，包含了許多精闢的見解。「玄解之宰」、「獨照之匠」均見《莊子》。《莊子》〈養生主〉云：「古者謂是帝之縣（懸）解。」《莊子》〈徐無鬼〉云：「匠石運斤（斧）成風」。這裡一指文辭的表達，唯有深通玄妙道理的主宰，才能按照和諧的聲律來安排文辭；一指文思的醞釀，唯有獨特感受的藝術匠心，才能使文思窺探意象進行創作。《文心雕龍》〈事類〉篇云：「木美而定於斧斤，事美而制於刀筆。」蓋亦此意。「尋聲律」之「尋」，窺意象之「窺」，都表明構思過程是一個醞釀、探索、聯想、組合的過程，是將審美感受轉化為審美意象的創造性運動過程，也就是「意象」孕育、生成的過程。指明了作家進入創作過程後形成心物交融的複雜情況，並強調這一過

程都離不開「意象」。

劉勰曾在〈物色〉篇中説：「是以詩人感物，聯類不窮，流連萬象之際，沉吟視聽之區，寫氣圖貌，既隨物以宛轉；屬采附聲，亦與心而徘徊。」從而使內心情感與外界物像發生同構效應，「意象」正是這種情意與物像的自然契合，但這時的「意象」還只是一種心象，它僅僅存在於作者的頭腦之中，還未成為可以感知的藝術意象。因而「意象」的創造，還須運用文辭、聲律的媒介，所謂「寫氣圖貌」、「屬采附聲」亦即〈神思〉篇説的「運斤」、「定墨」，最後形成作品。這兩方面的相互矛盾關係，一是「心」與「物」的矛盾關係，一是構思與表現之間的矛盾關係，概言之就是劉勰説的「意授於思，言授於意，密則無際，疏則千里」（〈神思〉篇）的矛盾關係。對此周振甫在《文心雕龍註釋》注云：「意指意象，思指神思，言指語言文辭。神思構成意象，意象產生文辭。這三者的結合有疏有密。有時神與物游，心境交融，作者所想到的就是一個完整的意象，用語言恰好地表達出來，思、意、言密切結合，不煩繩削而自合，即密則無際。有時作者想得很多，到形成意象時，比原來想的已經有了很大改變；用語言表達時，又經反覆修改，對意象又有很大改變，甚至沒有意象，寫不出來，即疏則千里。」這可説是對「意象」生成的特點的深刻理解，而這正是劉勰比之陸機有關論説的深化，從而更接近創作實際，體現了理論的重要價值和實踐意義。劉勰在〈神思〉「贊」中提出：「刻鏤聲律，萌芽比興。結慮司契，垂帷制勝。」意謂依據聲律以語言來從事形象的刻畫，讓「比興」各種手段萌生滋長。創作要運用意匠來構思，定能寫出好的作品。我們如果連繫他的〈比興〉篇「贊」中説的「詩人比興，觸物圓覽」、「擬容取心，斷辭必敢」，則不難發現兩者之間的內在連繫，闡述了「比興」這種藝術表現手法的特點和作用，表明了物像

在「比興」中的重要地位，尤其「擬容取心」的觀點，「心」即主體的「意」，「容」即客體的「象」，強調摹寫用作「比興」的物像即「容」的目的，必須服從於「比興」的意蘊是「心」的需要，「心」和「容」兩者應交合無間，從而使外在的物像情感化，內在的情感形象化。所以劉勰認為運用「比興」手法必須注意「取類」：「觀夫興之托喻婉而成章；稱名也小，取類也大。」（〈比興〉篇）已接觸到對文學藝術概括性的認識。在〈物色〉篇中他總結《詩經》寫物的特點說：「故『灼灼』狀桃花之鮮，『依依』盡楊柳之貌，『杲杲』為出日之容，『漉漉』擬雨雪之狀，『喈喈』逐黃鳥之聲，『喓喓』學草蟲之韻。『皎日』『嘒星』一言窮理；『參差』『沃若』兩字窮形。並以少總多，情貌無遺矣。」這種文學創作中的「以少總多」，實際上闡明了構造意象的具體方法。劉熙載在《藝概》卷二中說：「『昔我往矣，楊柳依依；今我來思，雨雪霏霏。』雅人深致，正在借景言情。若舍景不言，不過曰『春往冬來』耳，有何意味？」如果直接說「春往冬來」，就缺乏詩的意象，也不成其為詩了。而「比興」其實就是要求作詩應「寓情於景」、「情景交融」，創造一種「意象」來感染讀者。在〈隱秀〉篇中劉勰還論述了「意象」的完美標準：「情在詞外曰隱，狀溢目前曰秀。」（佚文，見張戒《歲寒堂詩話》引）詩人馮班在《鈍吟雜錄》卷五說：「隱者，興在象外，言盡而意不盡也。秀者，筆中迫出之詞，意象生動者也。」這是基本符合劉勰的原意的。總之，劉勰正以他睿智的目光，進一步地探索著「意象」構成的方法，這無疑是具有理論認識意義的。

最後談一談劉勰的「意象」說受《周易》與王弼的影響問題。《文心雕龍》整個篇章的安排就是根據《周易》結構而成的，「彰乎大《易》之數，其為文用，四十九篇而已」（〈序志〉篇），並建立了以「道」為本的美學思想體系，認為：「人文之元，肇自太極」，「幽贊神明，《易》

象惟先」（〈原道〉篇），而其引用《周易》〈繫辭傳〉則屢見不鮮。劉
勰在〈論說〉篇對王弼之解《易》有「可為式焉」的評價。「式」，法
式、規範。同時在認知方式上劉勰也深受魏晉玄學的影響，所謂「神
道難摹，精言不能追其極」（〈誇飾〉篇），故范文瀾在《文心雕龍注》
中注「意象」云：「意象，見上〈論說〉篇引王弼《周易略例》〈明象〉。」[3]
〈論說〉篇則在「輔嗣之兩例」下，「姑錄《略例》〈明象〉篇於下」。
可見《周易》〈繫辭傳〉的「立象以盡意」及王弼的「得意忘象」說，
給劉勰的「意象」說提供了哲學基礎，也反映了「意象」論的孕育成
熟，終於完成了作為藝術審美「意象」理論的建構，並賦予了明確的
審美含義。這是劉勰對中國美學的一大貢獻，具有開創性的意義。

3　范文瀾：《文心雕龍注》卷六，人民出版社1962年版，第499頁。

第四章

「意象」説的發展

　　唐、宋時期可說是「意象」說的發展期，起著承前啟後的作用，主要表現在以下三個方面：

　　一是唐、宋的詩論、文論，大多出自詩人、名家之手，創作成就突出，因而他們的詩論與創作的連繫較諸前代尤為密切，或總結創作經驗，或對藝術規律進行探索，或從理論上開拓發揮，從而豐富、充實了「意象」的內涵。

　　二是除詩論外，開始向書論、文論、畫論拓展，融會貫通並相互滲透，使之在理論形態上起著互補和深化的作用。

　　三是一批與「意象」相近的概念和範疇相繼出現，如「興寄」、「興象」、「境」、「意境」及「象外之象」等等，使情意獲得感性形式，建構起所要表現的藝術世界。這無疑對「意象」論起了推動和促進作用。

第一節　唐人的「意象」說

　　唐代是我國文化藝術高度發展繁榮的時期，各類藝術作品千匯萬狀、五彩繽紛，具有昂揚奮發、積極創造的時代精神。唐代文化藝術的繁榮又是以詩歌創作為標誌的，「盛唐之音」開啟了一代詩風。在詩歌創作實踐上，不僅體制豐富多樣，格律趨向完美，緣情體物手法得到創新，而詩歌的意象創作已臻高度成熟。明王世貞說：

　　盧、駱、王、楊，號稱「四傑」。詞旨華靡，因沿陳、隋之遺；骨氣翩翩，意象老境，超然勝之，五言遂為律家正始。（《藝苑卮言》卷四）

　　這是對「四傑」為轉變六朝詩風而開始追求新的審美情趣的中肯評價，在有唐一代詩壇占有承前啟後的重要地位，杜甫曾讚譽為「不廢江河萬古流」（《戲為六絕句》）。王世懋《藝圃擷餘》也說：「盛唐散慢無宗，人各自以意象聲響得之。」盛唐時的詩論，呈現紛紜斑斕的現象，有提倡「雅正」的，有傾心「緣情」的，也有重視「立意取境」的，也有倡導「興寄」、「風骨」的，但詩人仍以創造生動感人的審美意象為其最高的藝術追求，這也是唐詩在藝術上完全成熟的主要標誌。與此同時在理論上出現了王昌齡、皎然及司空圖有關「意象」的論說，反映著唐人詩歌審美觀的深化，正好構成了盛、中、晚唐人「意象」理論變遷的軌跡。

一、從「情景相兼」說起

　　駱賓王說：「情蓄於衷，事符則感；形潛於內，跡應斯通。」（《上吏部裴侍郎啟》）元兢說：「結意惟人，而緣情寄鳥。」（《古今詩秀句

序》）王昌齡在《論文意》中説：「凡詩，物色兼意下為好。若有物色，雖巧亦無用處。如『竹聲先知秋』，此名兼也。」所謂「兼」，即「事須景與意相兼始好」。詩人的情與外界的景要相兼融合，而且須「相愜」，即結合恰當。這是對南朝以來「情興」、「物色」説的一個突破性進展，因為當時文論家還未注意到「情景相兼」的問題。這裡試舉王維的《雜詩三首》其三：

已見寒梅發，復聞鳥啼聲。
愁心視春草，畏向玉階生。

詩的前二句即景抒情，寒梅、鳥聲勾起了他的愁思，使情景相兼而情蘊景中，以致連春草都不敢延伸到石階上來，天然渾成而餘韻無窮。《文鏡秘府論》也主張：「景入理勢者，詩一向言意，則不清及（乃）無味；一向言景，亦無味。事須景與意相兼始好。」分析了「情」與「景」相生相兼的內在連繫，可説成為後世「情景」論的先導。

杜甫詩云：「物情無鉅細，自適固其常。」（《秋日寄題鄭鹽湖上亭三首》之三）「有情則賦詩，事蹟可兩忘。」（《四弦》）韓偓説：「景狀入詩兼入畫，言情不盡恨無才。」高仲武説：「物理俱美，情致兼深。」（《中興間氣集》）皎然説：「與造化爭衡」、「精思一搜，萬象不能藏其巧。」（《詩式》〈序〉）從而使心、物契冥，創造出情景相兼的境界來。司空圖更提出有名的「思與境偕」（《與王駕評詩書》）。這裡的「思」當然並不專指情，但應該包括情感在內。「境」則指作品所抒寫的客體對象。

唐代詩歌情景相兼的理論是與唐詩在藝術上高度成熟密切相關的，所以有的論者認為，真正達到「情景相兼」的詩歌創作是從唐代

才開始的，這是有一定根據的。例子幾乎俯拾即是：

> 移舟泊煙渚，日暮客愁新。野曠天低樹，江清月近人。（孟浩然
> 《宿建德江》）

　　舟中夜宿，所見之景物甚多，詩人只擷取「野曠天低樹，江清月近人」這種富有特色的景物，唯有人在舟中才能感受、領悟：放眼望去，原野曠遠空闊，連地上的樹木也高出天外；月輪映在澄澈的江水中，和舟中的人那麼相近，正如沈德潛所說的：「下半寫景，而客愁自見。」（《唐詩別裁集》）一縷縷淡淡的鄉愁，通過這一片朦朧而又明淨的氛圍，含而不露地抒發出來，使人分不清哪是情，哪是景。這種「情景相兼」的詩歌藝術創造，終於由盛唐詩人完滿地完成了。這不僅是對漢魏古詩的直陳胸臆詩風的突破，同時也是對南朝那種「情必極貌以寫物，辭必窮力而追新」（劉勰《文心雕龍》〈明詩〉），藻繢滿眼，景多情少的詩風的撥正！這是初唐以來詩人所探索和追求的，促使唐詩蘊藉深沉和景象生動，同時也推進了對審美意象內在結構和表現形式的探索，為「意象」說的內涵進一步深化提供了理論依據，因為「情」和「景」可說是構成審美意象不可分離的因素。

二、從王昌齡到司空圖的「意象」說

王昌齡在《詩格》中說：

> 詩有三格：一曰生思：久用精思，未契意象，力疲智竭，放安神思，心偶照境，率然而生。二曰感思：尋味前言，吟諷古制，感而生思。三曰取思：搜求於象，心入於境，神會於物，因心而得。

　　王昌齡說的「三格」是指詩歌創造構思的三種格式或格調。第一
種是所謂「生思」。詩人經過醞釀，「意」與「象」尚未契合，始終未
能產生意象，故不可強作，勿使「力疲智竭」，而需「放安神思」，即
「思若不來，即須放情卻寬之」（見《文鏡秘府論》〈南卷〉），說明王
昌齡所說的「意象」主要是指存在於審美主體的意中之象。「久用精
思，未契意象」即闡明了藝術構思的特點，這與劉勰論「意象」的凝
成極為一致。第三種「取思」，即「搜求於象，心入於境，神會於物，
因心而得」，認為「意象」是「心」與「境」的融合，不僅突出了「心」
的作用即藝術思維的作用，同時「象」、「境」、「物」同一旨揆，即審
美對象之物像或景物，但二者均要求「張之於意」，使審美主體之意與
審美客體之物相互感應，因為「夫作文章，但多立意」、「凡作詩之體，
意是格」，使「意」與「象」高度融洽而豁然自得，由此獲得「意象」。
「生思」與「取思」的區分，主要是從「意」與「象」的契合方面來探
索「意象」的生成的心理狀態，突出了一個「取」字，以「意」取
「象」，反映了對「意」與「象」相互關係的美學思考，也是對詩歌審
美意象的進一步補充和發展。

　　皎然在對詩歌意境的論述中，也涉及有關「意象」的問題，在《詩
式》卷一中說：

　　取象曰比，取義曰興，義即像下之意。凡禽魚草木人物名數萬象
之中，義類同者，盡入比興，〈關雎〉即其義也。

　　皎然認為「比興」的方法，就是實現使詩人主觀之意客觀化的途
徑和方法。「取象曰比」就是選擇與「意」相合的物像，讓讀者循物像
而得「意」；「取義曰興」即「興者」，「立象於前，後以人事喻之」。

所以皎然認為「義即像下之意」，就是説把「意」寄寓於物像之中，因
為它總是與「興」相連繫，已是作者注入物像的情意、興意。「義」或
「意」都是抽象的，無「象」則無從表達「意」，詩中之「意」是無法
離「象」而生。我們如果連繫所説的「假象見意」（《詩式》）或「義
貫眾象」（《詩議》）的構造「意象」見解，以「意」為主而「象」可
「假」，即根據「意」的需要而選擇、提煉、創造「意象」，因為「精思
一搜，萬象不能藏其巧」（《詩式》〈序〉）。説明他對詩歌的審美意象
作出了新的認識和概括，接觸到了「意」和「象」之間的辯證因素。

　　劉禹錫在《董氏武陵集紀》中説：「心源為爐，筆端為炭，鍛鍊元
本，雕鎪群形。糾紛舛錯，逐意奔走。」闡明了藝術創作過程中，要通
過「心源」創造「群形」，要把作家的心意與對物像的描摹結合起來，
但要以「意」為中心，「逐意奔走」，即圍繞立意而構造經營，從而通
過藝術思維綜合構成為藝術意象。這與唐代著名畫家張璪提出的「外
師造化，中得心源」（見張彥遠《歷代名畫記》卷十）的主張相似，心
與物（意中之象）融為一體，可説是對審美意象創造的一種高度概括。
而劉禹錫的詩歌創作即具有「用意深遠」（胡仔《苕溪漁隱叢話》卷二
十）的特色。他們都強調藝術創作必須把心意與物像巧妙地結合起
來。這種對「意象」構成的分析，是建立在藝術思維過程中主客體辯
證統一的認識之上的。

　　陳應行《吟窗雜錄》載舊題白居易寫的《金針詩格》中説：「詩有
內外意。內意欲盡其理，理謂義理之理，美刺箴誨之類是也。外意欲
盡其象，象謂物像之象，日月山河蟲魚草木之類是也。」這裡所説的
「內意」和「外意」，實際上就是指詩歌創作的「意」和「象」。「內意」
是説隱含於「象」中的審美情感，「外意」則指切合所取「象」的屬性，
「內」隱而「外」顯，但兩者都要「欲盡」，即充分涵容並窮盡「意」

和「象」。他認為「以物像為骨，以意格為髓」，表明「象」與「意」的關系，如同「骨」和「髓」，是一種相互依存的關係，但「意」仍處主導作用，所謂「不根而生從意生」（《畫竹歌》）。白居易此説影響頗大，舊題賈島《二南密旨》、宋梅聖俞《續金針詩格》及元楊載《詩法家數》都曾加以引用並得到了發揮。

晚唐詩人徐寅在《雅道機要》中説：「凡為詩須搜覓未得句先須令意在象前，象生意後，斯為上手矣！不得一向只構物像、屬對，全無意味。凡搜覓之際，宜放意深遠，體理玄微，不須急就，惟在積思，孜孜在心，終有所得。」對「意象」的生成機製作了具體的闡述，所謂「意在象前，象生意後」，主要是説作者構思時要以「意」為主，把物像置於「意」的統轄之下，所以強調「不得一向只構物像」，而「宜放意深遠，體理玄微」。當藝術家的情意激發之後，從而對具體物像進行綜合構思而成為審美意象。

綜上所述，由於詩歌創作實踐的發展，對於「意象」問題的討論也逐步深化。這裡他們雖然重點是探討「意」、「象」二者的關係，並未把「意」、「象」連屬組成概念，所涉及的乃是主觀的「意」如何與客觀的「象」相互融合而構成為「意象」的問題，這對我們進一步認識「意象」的生成及組合方式是有啟迪意義的。

司空圖在《詩品》〈縝密〉中説：

是有真跡，如不可知。意象欲出，造化已奇。水流花開，清露未晞。要路愈遠，幽行為遲。語不欲犯，思不欲痴。猶春於綠，明月雪時。

司空圖通過生動具體型象性的描述，指明了「縝密」的藝術風格，

通常是指詩的情感細緻綿密，結構佈局則天衣無縫，不露人工斧鑿痕跡，它必須有生活中的「真跡」作為依據。但當詩人之意賦予它，心中的「意象」開始萌生，這就是「是有真跡，如不可知」的含義。所以接著作者提出「意象欲出，造化已奇」的著名論斷，「造化」泛指大自然，意謂「意象」顯現於胸中，呼之慾出，如同「造化」創造出生命的奇蹟。在這裡，司空圖實際上強調說明，作品「縝密」，是詩人的主觀情意與客觀景物的契合交融，從而創造出自然天成、呼之慾出的「意」中之「象」，説明「意象」不同於純客觀的物像，它是滲透了詩人縝密構思而創造出來的審美意象。對此孫聯奎《詩品臆説》云：「有意斯有像，意不可知，象則可知。當意象欲出未出之際，筆端已有造化，如下文水之流、花之開、露之未晞，皆造化之所為也。造化何奇，然已不奇而奇矣。」可見「意象」二句是對「縝密」的一種總的美學要求，其下八句都是為了表達「意象欲出，造化已奇」所具有的千匯萬狀神態，如春天原野一片碧綠，或如明月照積雪似的一片潔白，既自然天成而又富於奇妙變化，從而也形象地體現了「縝密」風格的特色。總之，司空圖這裡説的「意象」便是主觀的「意」與客觀的「象」融合而成的統一建構，所謂「胸襟萬象」（《擢英集述》），反映了司空圖對於藝術審美意象的認識和追求，並且把「意象」作為標示藝術本體的美學範疇。孫聯奎在《詩品臆説》〈自序〉中曾說：「若司空《詩品》，意志摹神取象。」「得其意象，可與窺天地，可與論古今。」可以説《詩品》本身正是他的「意象」理論所標舉的創作典範。

三、張懷瓘、蔡希綜的書法「意象」説

《法書要錄》（卷四）載張懷瓘論書法「意象」云：

> 僕今所制，不師古法。探文墨之妙有，索萬物之元精。以筋骨立形，以神情潤色。雖跡在塵壤，而志出雲霄。靈變無常，務於飛

動。……探彼意象，如此規模。忽若電飛，或疑星墜，氣勢生乎流變，精魄出於鋒芒，如觀之，欲其駭目驚心，肅然凜然，殊可畏也。

張懷瓘是中唐時期一位著名的書畫鑑賞家，且善書法，他的《書斷》《畫斷》均已遺失。這一段是對書法創作過程審美意象的精闢論述，書法創作不能以「古法」為制，要探求「妙有」，吮吸天地萬物之「元精」，即「創意物像，近於自然」的宇宙精神，使之具有擒虎豹、捉蛟龍、電飛、星墜的飛動之勢，展示了書法「意象」的盎然生機和豐富意韻。所以張懷瓘認為在書法「意象」的探求中，要「囊括萬殊，裁成一相」，通過對自然物像的提煉概括，簡化為一種富有生命動態的線條。「文則數言乃成其意，書則一字已見其心」。「其心」，正是人的生命情緒、生命韻律的體現，給人以奮發鼓舞的力量。

張懷瓘的書法「意象」說，不僅對書法美學的發展具有重要意義，而且對「意象」的美學理論也是很有積極的啟示意義的。

蔡希綜在《法書論》中說：「邇來率府長史張旭，卓然孤立，聲被寰中，意象之奇，不能不全其古制。」張旭為唐代著名草書大家，《唐書》本傳把他的草書與李白詩歌、裴旻舞劍合稱為「三絕」，故以「意象之奇」稱之，體現了豪放昂揚的盛唐風範，在草書藝術的發展中開創了一個新的階段。

第二節　宋人的「意象」說

宋人有關「意象」的論說雖多，但缺乏唐人的理論色彩，究其原因，有如嚴羽在《滄浪詩話》〈詩辨〉中所說，唐人的體式、格調是「吟詠情性」；宋人則「以議論為詩，以才學為詩，以文字為詩」。詩歌的抒情本色起了質的變化，所謂宋詩重「理趣」（包括「禪趣」），將人生

的哲理、理趣融入滲透於物像之中。明胡應麟在《詩藪》中説：「宋人學杜，得其骨，不得其肉；得其氣，不得其韻；得其意，不得其象。」由於宋詩以哲理為中心，所以造成「不得其象」的後果，這無疑在客觀上對「意象」理論造成侷限和影響，如宋代興起的詩話，有名目可考者約一百四十餘種，雖其中也有一些精深的理論探討，但很少涉及有關「意象」的論説，就是明顯的例證。

但宋人對「意象」內涵的多義性有所發展，如將審美意象演化為表象性「意象」，而「意象之表」的提出，顯示「意象」的超象性能，從而成為獨立的審美概念，這是值得重視和探討的。

一、從「情景兼融」説起

張戒在《歲寒堂詩話》中論及「意」與「景」的寓合關係：「目前之景，適與意合」，從而達到「狀溢目前」、「情在詞外」的境界。姜夔《白石道人詩説》論詩有四種高妙：「二曰意高妙」、「出自意外，曰意高妙」。「意外」實即外意，因此構思立意，要能「意中有景，景中有意」。包恢《答傅當可論詩》云：「所謂造化之已發者，真景見前，生意呈露，混然天成。」這等詩有賴主體之「意」對客體之「象」的感興和體驗。葉夢得在《石林詩話》中指出：「『池塘生春草，園柳變鳴禽。』世多不解此語為工，蓋欲以奇求之耳。此語之工，正在無所用意，猝然與景相遇，藉以成章，不借繩削，故非常情所能到。詩家妙處，當須以此為根本，而思苦言難者，往往不悟。」所論雖著重於詩歌創造應抒寫自然真情，但也指出藝術意象的形成是與詩人的審美感受的獲得相關，所謂「精彩華妙之意，自然見於造化之妙，靈運諸詩，可以當此者亦無幾」。從而使「意」、「象」通過審美觀照具體凝結、體現為審美意象。

此外，如蘇軾「景與意會」。范晞文《對床夜語》卷二云：「景無

情不發，情無景不生。」倘無「情」的作用，則無「景」的萌生，所以「情景兼融，句意兩極，琢磨瑕垢，發揚光彩」。並以杜甫《春望》「感時花濺淚，恨別鳥驚心」為例評曰「情景相觸而莫分也」，意謂辨不出何者為情何者為景了！葛立方《韻語陽秋》云：「惟人當適意時情與景會，而物之美若為我設。一有不慊則景物與我漠不相干。」陸游《曾裘父詩集序》云：「托情寓物。」張炎《詞源》評辛棄疾《祝英台近》云：「皆景中帶情，而存騷雅。」又云：「情景交爍。」吳渭《月泉詩社》〈詩評〉云：「意與景融。」其中范晞文的「情景兼融」說是宋人詩話有關「情景」論的理論範例，主要說明創作過程中審美主體與審美客體相互感發、相互依托的關係，它既與「心物感應」說有關聯，又是與「意象」論的發展有直接影響，而同時也為「意象」論的建構提供了理論依據，所謂「景」實際上是反映以物像來表達「意」，使之成為可表現的審美意象，如果「情」與「景」不能「兼融」，主、客體之間就不可能建立審美關係，所以更切合抒情繪景的詩歌創作實際。這無疑是創作理論上的一次新的建樹，不僅發展了唐人的「情景相兼」說，而且對明人的「景媒情胚」、「情景混融」說也產生了影響。

二、「意象」的多義性特點

宋人的「意象」說呈現多義性特點，這似與宋詩尚理趣、好議論有關，因為「意象」作為一種內心觀照，「象」是「意」中之「象」，或是化「意」為「象」，而主要在於「盡意」。但「意象」的多義性又是特定時期創作實踐的產物，可能由於認識上的差異，出現了在運用上的不同，但仍是「意象」範疇的組成部分，而不是自立門戶，當然這是一個有待加以探討的問題。以下僅將有關論說例舉如下：

1.表象性「意象」

宋人唐庚曾說：「謝玄暉詩云：『寒城一以眺，平楚正蒼然』。平

楚猶平野也。呂延濟乃用『翹翹錯薪，言刈其楚』。謂：楚，木叢。便
覺意象殊窘。」[1]「寒城」二句見謝朓《宣城郡內登望》詩，呂延濟引《詩
經》〈周南〉〈漢廣〉中兩句作解，顯然未能顧及全篇所寫：「威紆距遙
甸，巘岩帶遠天。切切陰風暮，桑柘起寒煙」，那種登高遠望的景象。
沈德潛評云：「『寒城』一聯格高，朱子亦賞之。」（《古詩源》）「格高」
指景象開闊，氣象渾雄，因而詩人不禁有「蒼然」之感，如解作「木
叢」，詩的「意象」就顯得窘迫狹隘。這裡的「意象」似指藝術作品中
所表現的景象，亦即表象性「意象」。

　　沈默齋序張晉彥詩云：「近來以學江西詩者，不善其學，往往音節
聱牙，意象迫切且議論太多，失古詩吟詠性情之本意。」[2]這是對江西
詩派末流之流弊的中肯批評。「意象迫切」則指詩的表象性「意象」逼
近生硬而缺乏飽滿、鮮明的特色。

　　黃庭堅《同韻和元明兄知命弟九日相憶》云：「革囊南渡傳詩句，
摹寫相思意象真。」謂詩所摹寫的「相思」形態生動逼真。

　　在中國古代文論中，文論家論及藝術形象，往往以「象」、「形」、
「形似」或「形象」稱之，一般限於繪畫等造型藝術，很少涉及抒情或
敘事作品。「意象」與「形象」由於不同的審美觀照，「形象」重在對
客觀物像的描摹，而「意象」由於「意」的貫通作用和內心觀照，是
「象生於意」，側重於心靈意蘊所獲得的感性表現形式。因此，對上述
「意象」姑稱之為表象性「意象」。總之，審美意像在本質上不同於藝
術形象，但它既有不同時代所賦予內涵的特殊性，更有美學上某些變
易，否則就難以理解我國古代「意象」範疇的豐富內蘊及其本質特徵。

1　見強行父（幼安）《唐子西文錄》。

2　見劉克莊《後村詩話》後集卷二引。

2. 審美意象

蕭立之《題黃立軒西湖百詠》之二云：「欲雕好句老經行，讀子清吟客夢醒。意象見前無筆力，一如前輩說《西銘》。」指明審美意象的創造，應使之富有情意化的表現特徵。而「無筆力」則只能有如《西銘》那樣枯澀滯礙缺乏生氣和韻味。《西銘》為宋理學家張載所撰，乃摭拾經傳中有關天道倫理之說。葉適《北齋》詩云：「及爾風露清，忽感意象諧。」羅大經《鶴林玉露》卷四云：「意象渾融。」吳莘《視聽鈔》錄有《何欽聖詩》，其中有句云：「會通意象如作《易》，不假言語含妙德。倘從對偶音聲覓，洙泗文章少平仄。」據說：「東坡得詩，意不樂，然亦厚遇之。」全詩姑且勿論，而將「意象」追溯到《周易》的「立象而盡意」，可說獨具慧眼，實為難能可貴。陳埴說：「詩人吟詠情性，故意象寬平；老儒執守訓詁，故意象窄狹。」（《木鐘集》卷二〈孟子〉）通過相互類比，來反映作品審美意象不同的整體風貌，說明審美意象的「意」與「象」是相諧成趣，相得益彰的。

在宋人的畫論中也有論及「意象」的，如董逌在《廣川畫跋》〈書列仙圖後〉說：「觀此圖筆力超詣，而意象得之。」所謂「意象得之」，在於「凡賦形出象，發於生意，得之自然」（《書李元本花木圖》），既重視審美主體再創造的功能，又要達到「造化之元精」的境界。黃伯思《東觀餘論》評南齊謝赫畫晉明帝步輦圖云：「雖經傳摹，意象高古。」《蔡寬夫詩話》記載宋學士宣獻公的贊畫詩云：「承明意像今頓出，永與鑾坡為故事。」「鑾坡」，據宋蘇易簡《續翰林志》云：「（唐）德宗時，移翰林院於金鑾坡上。」此等「意象」皆指呈現於作品中的一種審美境界。

3.「意象之表」

郭若虛《圖畫見聞志》認為：張璪之作「由於畫松，特出意象」。

張璪是唐代著名水墨山水畫家，擅長畫松。「特出意象」是對其畫松的具體評價，有如唐人符載在《觀張員外畫松石序》中所論：「意冥玄化，而物在靈府，不在耳目。」「特出意象」亦即在「意象」之外。故沈作喆在《寓簡》卷九評張璪之畫云：「多出意象之表，松石尤奇。」「意象之表」亦即「意象」之外，正概括了一種神遇而跡化的特點，反映了宋人對「意象」含義的一種豐富和演進。

嚴羽《李太白詩醇》評李白《寄東魯二稚子》云：「太白善用『吹』字，都在意象之外。」原詩云：「南風吹歸心，飛墮酒樓前。」詩人欲歸不能，於是不得不將「歸心」、「吹」去，思家思子之情，有似一股激流，流動在遙遠的想像之中，具有「意象之外」的情趣。又評《送友人入蜀》云：「頷聯意象逼仄，乃見高奇。」詩的頷聯為：「山從人面起，雲傍馬頭生。」寫蜀道之險絕難行，山崖宛如迎面而來，雲氣依傍馬頭而生。嚴羽評為「意象逼仄」。「逼仄」謂迫迎、密集貌，故此「意象」由景入情全以神運而達到「意象之表」，所謂「乃見高奇」也。「詩而入神」（《滄浪詩話》）是嚴羽確立的評詩標準。劉學箕《方是閒居小稿》云：「發為毫墨，意象蕭爽。」則指「意象」所呈現的瀟灑爽健的氣象和風貌。

「意象之表」在宋人以後已成為一種獨立的審美概念，是「意象」的一種超象顯現，具有寄意深遠、含蓄無窮的審美意蘊。「意象」與「氣象」有著一種內在的連繫，實際上是指「意象」所具有的風格或一種精神風貌。

「意象」的多義性是隨著創作實踐、審美認識的深化而出現的，是承傳過程中出現的某些變易，但這種多義性，又是「意象」整一範疇的組成部分，歸根結底是在以意立象的審美意象建構中體現出來，否則就不成其為「意象」了。

　　這裡須加提及的，在宋人的詩作及筆記中屢屢寫到「意象」，但這種「意象」乃指一種意態或容貌，與已有一千餘年歷史的「意象」範疇概念有質的區別，當不能加以混同，今舉例於下：

　　范成大《讀白傅洛中老病後詩戲書》云：「樂天號達道，晚境獨作惡；陶寫賴歌酒，意象頗沈著；謂言老將至，不飲何時樂？」「意象」乃指神態，謂其鬱悶不露於外。周煇《清波雜誌》云：「既入，見茅屋數間，二道人在焉，意像甚瀟灑，顧使臣：『此何人？』對以蘇學士。」陳亮《何茂宏墓誌銘》云：「公狀貌端厚，意象軒聳。」陸游《病起寄曾原伯兄弟》云：「意象殊非昨，筋骸劣自持。」此等「意象」，《辭源》釋云：「心情與容貌。」它是漢語詞語的一個義項，與審美意象的概念實不相關，所以應作別論。

第五章

「意象」説的成熟

　　明代可説是「意象」説臻於成熟的時期，作為一個美學範疇的理論體系已趨於建立，不僅論説者多有發揮，並運用「意象」對前人的作品進行廣泛的評論，涉及詩論、畫論、書論、文論及曲論，尤其在內涵上有新的演進，此可以王廷相提出的「意象透瑩」説為代表，概括了審美意象以實顯虛的審美特徵。此外如「意象玲瓏」、「意像風神」、「意象之表」、「神韻意象」及「意廣象圓」等，形成一個含義連繫密切的範疇序列，對「意象」範疇應該説是很大的拓展和深化，同時也使「意象」的含義更趨縝密，更具理論性了。

第一節　「意象」範疇的廣泛使用

　　為什麼「意象」範疇在明代詩論家中得到廣泛的使用？除受整個社會文化思潮的影響外，大致有以下諸方面的因素：

　　第一，他們不滿宋代理學家「窒情明性」的文藝觀，並承繼了前人有關「情」、「景」關係的探討，出現與「重理」相對立的「尊情」的主張，如茶陵派的首領李東陽在《麓堂詩話》中強調詩歌「托物寓情」的特徵，「惟有所寓托，形容摹寫，反覆諷詠，以俟人之自得，言有盡而意無窮，則神爽飛動，手舞足蹈而不自覺。此詩之所以貴情思而輕事實也。」

　　「貴情思」而「有所寓托」，這正是中國抒情詩獨具的美學特色。「前七子」之一的李夢陽在《梅月先生詩序》中說：「情者，動乎遇者也。」所謂「遇者」即「物也」，所以「動由於遇，然未有不情者也」。並提出了「真情」說：「真者音之發而情之源也。」（《詩集自序》）「後七子」之一的謝榛在《四溟詩話》中多次論到「情」與「景」的關係：「作詩本乎情、景，孤不自成，兩不相背。」他認為「景乃情之媒」，即情感的表現是有待於景物作媒介的；「情乃詩之胚」，是說情是主導因素，同一景物，由於作者不同的感受，即所謂「觀者同於外，感則異於內，當自用其力，使內外如一」，才能「與造物者同妙」。所以一首好詩要做到「情景相因」（卷三）：「情景相觸」、「情景俱工」（卷四），使之情真景切，密合無間，才能達到上乘。對「情」與「景」的辯證關係，作了頗為深入的辨析，故杜約夫曾稱頌說：「子能發情景之蘊，以至極致，滄浪輩未嘗道也。」（卷二引）王世貞在《藝苑卮言》中曾多次表示了對明代詩壇剽竊雷同之風的不滿，所謂「剽竊模擬，詩之大病」（卷四），並認為「然則情景妙合，風格自上，不為古役，不墮蹊徑者，最也」。（卷五）明確地指出「情」與「景」的妙合無垠，不墮古人蹊徑者為最上。在《皇甫百泉三洲集序》中說：「其山川風日物候民俗偶得其境以接吾意，而不為意於其境。」則強調詩應出於「情」與「境」的自然結合，而不應把主觀的「意」強加於客觀之「境」，而

要達到「神與境合」（卷一），揭示了「情」、「景」結合方式的某些奧秘。此外如胡應麟「情景混融」（《詩藪》內編卷四），徐禎卿「情有喜怒哀樂之異」，「夫情能動物，故詩足以感人」（《談藝錄》），李贄「見景生情，觸目興嘆」（《焚書》卷三），李開先「情與景會」（《塞上曲後序》），袁宏道「情與境會」（《序小修詩》），王嗣奭「作詩者情景相發，不可放過」（《管天筆記外編》卷下）等，都是主張詩歌創作必須把「情」與「景」妙合無垠地結合起來，正如茅坤所說：「各得其物之情而肆於心故也。」（《與蔡白石太守論文書》）他所要發現的是作者之情與物之情相湊泊的一種境界。

而湯顯祖說：「第云理之所必無，安知情之所必有邪！」（《牡丹亭題詞》）王驥德也說：「凡理有窮，惟情難盡。」（《千秋絕豔賦》）賦予情以質的規定性，突出了審美觀照的主體性和創造性，體現了情感論的流變和發展。這種詩學思潮貫穿了整個明代，這與我國傳統詩論中的「意象」多指通過心物交感、托物寓情、情景交融的內在有機統一是相一致的。審美意象要在以情構象，以象表情的藝術構思中，將詩人內心複雜微妙的情感體驗，通過意象表現出來，才能顯得意味深長，富有情趣，從而獲得感人的藝術魅力和藝術價值。正如李東陽所說：「此詩之所以貴情思而輕事實也。」而這也正是審美意象的審美特性。

明代詩論家對於「情景交融」的探討，重在要求作家為抒發情意，必須具有真切的情感體驗和精神個性，並將它融注進所描繪的客體對象之中，反映出對詩的審美特徵的理解和重視，這無疑推進了對審美意象認識的不斷深入，從中可以把握「意象」理論發展、深化的線索。

第二，明人以盛唐為師是貫穿詩歌理論的一個中心思想。王偁《唐詩品彙序》云：「備風人之體，惟唐詩為然。」而《唐詩品彙》一書「終

明之世，館閣宗之」（《明史》〈文苑傳〉）。李東陽在《麓堂詩話》中
說：「宋詩深卻去唐遠，元詩淺去唐卻近。顧元不可為法，所謂取法乎
中僅得其下耳。」宋詩、元詩既不滿人意，當然就只有唐詩可以為法
了。李夢陽《缶音序》云：「宋人主理不主調，於是唐調亦亡。」認為
宋詩重說理議論而不注重感發情思。胡應麟在《詩藪》中則明確指出
宋人「得其意，不得其象」，讚揚盛唐律絕「氣象渾成，神韻軒舉」。
李開先《題高秋悵離卷》云：「詩須唐調，詞必元聲，然後為至。」這
種「詩必盛唐」，雖具有復古的傾向，而前、後「七子」以模擬盛唐為
能事，確有可議之處，但他們對唐詩的重感興情思的肯定，對雄健壯
闊格調的嚮往，以及辨析唐、宋詩的異同方面，發表了不少很有見地
的議論，如胡應麟曾說：「禪家戒事、理二障，余戲謂宋人詩病正坐
此：蘇、黃用事而為事使，事障也；程、邵好談理而為理得，理障
也。」（《詩藪》〈內編〉卷二）因而這種重視詩歌藝術特徵的認識，與
對審美意象創造的探究，兩者之間應該說是相互影響、相互作用的，
如果只在說理、用事上下功夫，陷於「事障」、「理障」自然談不上「意
象」的創造了，所以要以盛唐詩為法，而不要流於宋調。這對探討總
結前代詩文創作的藝術經驗和規律，大有裨益，並取得了顯著的成
績。但也有人對「詩必盛唐」之說頗不以為然，如都穆就曾為宋詩正
名：「予觀歐、梅、蘇、黃、二陳至石湖、放翁諸公，其詩視唐末可便
謂之過，然真無愧色者也。」（《南濠詩話》）這見解無疑是符合實際
的，所以不能一概而論。

　　第三，明代詩歌創作流派紛呈，如「前七子」派、唐宋派、「後七
子」派、茶陵詩派以及竟陵派、公安派等，它們各有自己的文學理論
主張，同時隨著戲曲、小說創作的繁榮，民間文學的批評也相當活
躍，論家輩出，如孟稱舜、卜世臣、沈德符、吳偉業、顧仲方等都曾

發表過有關戲曲意象的論説，就是明顯的例證，而且各派的理論主張，相互影響，就是在一派之內如前七子派也曾產生李（夢陽）何（景明）之爭，並且直接涉及有關「意象」的「乖」、「合」問題。又如胡應麟主張「興像風神」説，認為「作詩大要不過二端，體格聲調、興像風神而已」（《詩藪》內編卷五）。「興像風神」主要通過「興」來寄託情思，重在詩的情感意興，使之雋永悠長而耐人尋味，實際上是力求使詩所描繪的「意象」更富有藝術魅力，所以他認為漢魏古詩尤以《古詩十九首》「興象玲瓏，意致深婉」，這與他評「古詩之妙，專求意象」，「〈大風〉千秋氣概之祖，〈秋風〉百代情致之宗，雖詞語寂寥，而意象靡盡」在對詩歌藝術特徵的認識基本上是相一致的，目的都是達致一種「渾然無跡」、「形跡俱融」的藝術至境，而這正是作者專意於主客體的自然融合的結果。此外如李東陽的「格調」説，王世貞的「境界」説，李贄的「童心」説，王世懋的「神韻」説，袁宏道的「性靈」説，朱承爵的「意境」説，屠隆的「理超象外」説等等，亦與「意象」説有著先後承繼與相互影響的關係，因為這種理論意向反映了明代詩論家對詩歌審美特徵的認識和注重，客觀上也推動了「意象」範疇的深化。

　　此外當時的書論、畫論、曲論對「意象」範疇的內涵也有很大的豐富作用，如項穆在《書法雅言》中提出「因象而求意」、「得意而忘象」；王履在《華山圖序》中説「意在形，舍形何所求意」，認為情意是寓於形象之中的，因而「得其形者意溢乎形，失其形者形乎哉！」唐志契在《繪事微言》中説：「畫雲便要流動不滯，或瑣或屯，或聚或散，飄飄欲飛意象。」描述了云之意象的傳神形態；李日華在《竹嬾論畫》中説：「勢者，轉折趨向之態，可以筆取，不可以盡筆取，參以意象，必有筆所不到焉。」所以他認為：「大都畫法以佈置意象為第一。」

這對詩論中的「意象經營」說是有一定的影響的，從而建構成了審美意象獨特的組合形式。曲論中有關內容見中編第三章「戲曲意象」，此不贅述。

第二節 「意象」說的演進和拓展

「意象」內涵在明代新的演進和拓展，大略有以下諸方面：

一、關於「意」與「象」的關係

何景明在《與李空同論詩書》中，闡述了「意」、「象」應合的關係：

> 夫意象應曰合，意象乖曰離，是故乾坤之卦，體天地之撰，意象盡矣。

他認為李夢陽在「丙寅間詩為合，江西以後詩為離」。「意」與「象」相應合，「意象」才能建構，故「叩其音，尚中金石」。反之，則「乖」，即「意」與「象」相背離，則將不能依情設景，所以認為乾、坤兩卦，體現了天地的變化規律，達到「意象盡矣」的地步。他批評李夢陽所持的根據是：「江西以後之作，辭艱者意反近，意苦者辭反常。」這種「辭」與「意」的矛盾，是由於李夢陽「刻意古範，鑄形宿鏌，而獨守尺寸」所造成，其結果必然因「辭」而失「意」，所以何景明認為學古應該是「富於材識，領會神情，臨景構結，不仿形跡」。不僅應得其形貌，更重要的是應得其精神，重在神似，從而達到「辭斷而意屬，聯類而比物也」的和諧一致，因此「法同則語不必盡同」，要能「舍筏達岸」，意謂登岸必須舍筏，要富於變化。此可作為何景明對

「意象應曰合」的闡釋。

　　王世貞對「意」、「象」的相互關係也多有所論述，在《於大夫集序》中說：「要外足於象，而內足於意，文不減質，聲不浮律。」所謂「足」就是要加以充分地表現，不論外在的物像或內在的情意，但在文采、聲律方面的運用以不掩質和不浮律為依據，即不違反自然為原則。但對「意」與「象」的應合認為要以「意」為主，「務使意足於象，才劑於格，縱之可歌，而抑之可諷」（《徙倚軒稿序》）。唯有「意足於象」，才能有詩的意象之美，可歌，可諷，反映了對「意足」重要性的充分認識。在《藝苑卮言》卷一中王世貞又說：「有俱屬象而妙者，有俱屬意而妙者，有俱作高調而妙者，有直下不偶對而妙者，皆興與境詣，神合氣完使之然。」他主張詩歌創作有以「象」超妙的，也有以「意」超妙的，說明在藝術作品中的「意」與「象」的成分會有所偏重，如評曹植《洛神賦》曰：「其妙處在意而不在象。」（卷二）雖然曹植對洛神的形象刻畫得如此生動細膩，但主要是由於表達了作者對美好理想的傾慕和追求。如果從所說「皆興與境詣，神合氣完使之然」來看，所論仍是「意」與「象」的相互融合，達到「象」以「意」而「氣完」，「意」以「象」而「神合」的妙境，如同他在談到七言律時所說：「大抵一開則一闔，一揚則一抑，一象則一意，無偏用者。」（卷一）在《王少泉集序》中，他曾更加明確地提出在「意」、「象」之間「折其衷」的觀點：「公於意非不能深，不欲使其淫於思之外；於象非不能及，不欲使其游於見之表。」這就是他所說的「意象衡當」（《謝茂秦集序》），即「意象」既表現得充分又能處置得表裡衡稱，而歸根結底則要達到「意象合」的審美要求：「庀材宏矣，養氣完矣，意象合矣，聲實衡矣，庶所謂充實有光輝者哉！」（《青蘿館詩集序》）才能達到藝術創作「充實有光輝」的至境。他在評胡元瑞的詩時說：「元瑞材高

而氣充,象必意副,情必法暢。」(《胡元瑞綠蘿館詩集序》)「象必意副」,即「意象合矣」。在他看來,要達到「意象合」在於氣完意工,如論唐人七絕云「七言絕句,盛唐主氣,氣完而意不甚工」(《藝苑卮言》卷四)可證。王世貞關於「意」、「象」關係的觀點,可能受到何景明的影響,在《藝苑卮言》中曾徵引了何景明的話,但在理論上卻作了較為全面發揮,甚為特出,無疑具有積極的理論意義。

此外,後於何景明八十餘年的葛應秋,又兼攝詩文而提出了「意象合」的命題。他說:「詩家論詩貴意象合,不知經藝亦貴意象合。有像而無意,謂之傀儡形,似象非其象也。有意而無象,何以使人讀之愉惋悲憤,精神淪痛。」(《制義文箋》)葛應秋的所謂「合」,明顯是指「意」與「象」之間的和諧統一,否則有「象」而沒有「意」,這樣的「意象」就成了缺乏生命的傀儡形。反之,「意」雖很豐滿,如果沒有「象」,這樣的「意」也就失去了感人的力量。因而他認為「象不至,則意个工也」,「意在象中者為佳」,達到「象中有意」、「意中有像」,對「意象合」的命題作出了辯證的闡明,揭示了「意」、「象」關係的某些規律性。胡應麟評宋人詩「得其意,不得其象」(《詩藪》內編卷四),並作了具體的闡述:「宋人專用意而廢詞,若枯卉槁梧,雖根干屈盤,而絕無暢茂之象。」(卷五)反映了對宋詩流弊的看法,關鍵在於未能處理好「意」與「象」的關係,談得明確而切實,並不持徹底否定的態度。而岳正所謂「在意不在象,在韻不在巧」(《畫葡萄說》),則是強調「神似」的意思,其說與陸時雍「離象得神」(《詩鏡總論》)、湯顯祖「意象生於神」(《調象庵集序》)可說是一脈相通。

二、關於「意象」的本體

明代的詩論家較多地將「意象」作為詩的首要特徵,認為乃詩的本體,如王廷相在《與郭價夫學士論詩書》中說:

夫詩貴意象透瑩，不喜事實粘著。古謂水中之月，鏡中之影，可以目睹，難以實求是也。《三百篇》比興雜出，意在辭表；《離騷》引喻借論，不露本情……斯皆包韞本根，標顯色相，鴻才之妙擬，哲匠之冥造也。……嗟乎！言徵實則寡餘味也，情直致而難動物也。故示以意象，使人思而咀之，感而契之，邈則深矣。此詩之大致也。

王廷相以《三百篇》、《離騷》等為例，用來說明詩歌通過「賦」、「比」、「興」手法創造審美意象，使主體的情意與客體的物像相融冥合，所以它一方面不宜執著於對物像的模擬，所謂「不喜事實粘著」，因為詩不是實事的記錄；另方面也不是情意的赤裸裸的表現，所謂「情直致」，那終究是不能使人感動的。故他對「意象透瑩」的具體闡釋是：「包韞本根，標顯色相」。「本根」比喻詩人作詩的本意，應包韞於詩之中而不可直露；「色相」，佛家語，這裡指呈現於外的形式，則要通過「比興」的手法和形象的語言來加以表現，所以推崇《三百篇》和《離騷》為「鴻材之妙擬，哲匠之冥造」。這種「意象」給人的美感效果，猶如「水中之月，鏡中之影」，虛實相生而以實顯虛，既含蓄蘊藉又空靈透瑩。因此，作家在創作中如果「示以意象」，就能「使人思而咀之，感而契之」，讓你百思不倦，咀嚼玩味，又能有所感悟而情意契合，這樣的作品才能達到「邈哉深矣」的最高境界。王廷相提出「意象透瑩」的美學主張，對審美意象的內涵和特徵作出了明確的規範和透徹的闡述，揭示了審美意象乃詩歌的本體，所謂「此詩之大致」，表現了這一詩歌理論的臻於成熟。這是王廷相對「意象」論最有價值的詩學貢獻，並對清初王夫之、葉燮的「意象」說也有重要影響。但王廷相以審美意象來貶低杜甫的《北征》等一系列具象寫實的敘事詩，則是失之片面的。

　　安磐《頤山詩話》云：「詩無論工拙，且論意象；無論深淺，且論興致；無論聲律，且論氣韻。二者隨其學力所至，各具一境，不可強而同也。論詩者持是以概諸作，其有爽者哉！」反映了對詩歌審美意象本體特徵的理解和重視，並認為乃是論詩的準則。陸時雍在《詩鏡總論》中說：「古人善於言情，轉意象於虛圓之中，故覺其味之長而言之美也。」認為詩要以審美情感為導向，化實為虛，用一種虛圓的玲瓏剔透的藝術手段加以表現，使「意象」具有更多的想像空間和不盡的情思，以達到味長而言美的效果。他認為《詩經》最具典範，「《三百篇》賦物陳情，皆自然而不必然之詞，所以意廣象圓，機靈而感捷也」。那麼，何謂「意廣象圓」？在於達到「意象玲瓏」、「神色畢著」的境界。所以他一再強調：「善言情者，吞吐深淺，欲藏還露，便覺此衷無限。善道景者，絕去形容，略加點綴，即真像顯現，生韻亦流動矣。」正概括「意廣象圓」的精神內蘊之所在，既空靈又蘊藉，以實顯虛，若即若離，所論和王廷相的「意象透瑩」意思完全吻合。何良俊《四友齋叢說》卷二十六云：「我家沈先生詩，但不經意寫出，意象俱新，可謂妙絕，一經改削，便不能佳。」以上諸家所說的「意象」均指含蓄蘊藉，使人玩味無窮的審美意象，可說是對詩歌創作的本質特徵認識的深化，在理論上又作了進一步的發展，使「意象」具有本體性的美學內涵，對「意象」論的演進有很大的影響，對於今天仍有較大的借鑑價值。

三、關於「意象」的建構

　　「意象」的建構方式，體現了「情」與「景」、「心」與「物」、主體與客體相互交流、融匯的過程，這種探討已經過了長期的歷史積澱，而明代詩論家從藝術審美的具體經驗出發，進一步探索了審美意象內部虛與實、深與淺、形與神的多層面關係，而且開始細緻地辨析

它在詩中的建構方式及其美學意蘊。

　　明何景明《畫鶴賦》云：「想意象而經營，運精思而馳騖。」生動地描述了「意象」經營那種運構精思，馳騁想像的過程，不為時空所限，體現了主體的能動性，為其提供了廣闊的天地。李維楨在《來使君詩序》中說：

　　夫詩有音節，抑揚開闔，文質淺深，可謂無法乎？意像風神，立於言前而浮於言外，是寧盡法乎？

　　李維楨強調「意象」與「風神」的相互滲透和連繫的獨特的深層建構方式，從而突出了「意象」的風采神情的審美感受，成為對某種精神狀態的寫照，因而具有言外之韻味。所以他認為「情事配合，意象適均，博不猥雜，新不險僻」（《逍遙園集序》），才能達到虛實相生、內外表裡的藝術效果，這對我們分析「意象」結構也頗具啟發意義。李東陽在《麓堂詩話》評溫庭筠《商山早行》「雞聲茅店月，人跡板橋霜」二句云：「音韻鏗鏘，意象具足，始為難得。」這種意象建構往往呈現出一種相互交替的組合方式，即並置式與承續式同時並用，通過六個名詞詞組的並置，與上下兩句時間上的承續，使之成為「意象具足」的佳句。又云：「『樂意相關禽對語，生香不斷樹交花』。論者以為至妙。予不能辯，但恨其意象太著耳。」此為石曼卿詩中句，所謂「意象太著」就是過於膠著在對象身上，難以超越，成為外在物像的羅列，缺乏含蓄的情致，在意象結構上必然導致削弱審美意象的藝術生命力。陸時雍在《詩鏡總論》中說：「專尋好意，不理聲格，此中晚唐絕句所以病也。詩不待意，即景自成。意不待尋，興情即是。王昌齡多意而多用之，李太白寡意而寡用之。昌齡得之椎練，太白出於

自然，然而昌齡之意象深矣。」陸時雍主張「詩不待意」、「意不待尋」，所以注重因物而生的感悟，以情勝而不以意勝，所謂「即景自成」、「興情即是」。這與他所說的「善用意者，使有意如無，隱然不見」的見解是一致的，但他認為王昌齡雖「多意而多用之」，由於錘煉得當，因而「意象深矣」。王昌齡的詩，既注重「意象」的凝練性，又注重「意象」的豐富性，使「意象」的深化和情感的深化同步，渾然一體，這種建構形態，使王昌齡具有含蓄蘊藉的一貫風格。陸時雍又認為詩歌應當「實際內欲其意象玲瓏，虛涵中欲其神色畢著」。作品中創造的「意象」既要玲瓏透瑩不離實際，又能達到神色畢著、氣韻流動。這種內外的有機組合，使建構的「意象」更富意蘊，可見他是深諳藝術的辯證法的。因此在藝術構思時要能達到「意廣象圓」的要求，不能原原本本地描摹事物的形貌，否則就浮淺直露，難以顯示「意象玲瓏」的美學情趣。據此，陸時雍還提出「詩須觀其自得」的主張，認為「齊梁老而實秀，唐人嫩而不華，其所別在意象之際」。通過這種比較，說明「意象」是個別時代審美風貌的區分標尺，也是詩人風格異同的集中體現，所謂「此皆得意象先，神行語外，非區區模仿推敲之可得者」。構造「神行語外」的「意象」，構成它獨特的內在生命力，從而顯示出別具一格的風格特徵。李鎮在《五岳山房文集序》亦持此種觀點：「然詩之神韻意象，雖超於字句之外，實不能不寓於字句之間，善學者須就其所已言者而玩索其不言之蘊，以得於字句之外也。」這種虛實相生、形神兼備而超以言外的觀點，顯示「意象」內在運動流程的聯結和融合，具有主體意向性的自我認識和自我體驗，將「意象」的內部建構深入了一個層次。

　　何良俊《四友齋叢說》卷二十六云：「乃知詩家作用，意出幻入，不可以神理推，不可以意象測。情景日新，由人自取，巧者有餘，拙

者不足，蓋所授有限，終不能以力強也。」「作用」指作家進行創作時的思維活動，亦即藝術構思，主要是通過心與物的交融寓合，而不能力強而為之。彭輅《彭比部詩集自序》：「蓋詩之所以為詩者，其神在象外，其象在言外，其言在意外。」則通過三個層遞關係，説明這種「意象」建構的內在邏輯，達到超時空的渾涵境界，即所謂「象外之象」、「景外之景」（司空圖語）。湯顯祖在《調象庵集序》中説：「聲音出乎虛，意象生於神。固有迫之而不能親，遠之而不能去者。」則明確提出「意象生於神」的美學論斷，這與他所説：「世總為情，情生詩歌，而行於神」（《耳伯麻姑游詩序》）是相一致的，認為「神」是構成「意象」的基本美學特徵。這是湯顯祖對「意象」內部建構的深入分析和開拓。王思任亦説：「神吻意象，澹蕩靈逸。」（《蓓園近草序》）一個「吻」字，突出了「神」與「意象」的相互融合。

　　總之，「意象」建構的形態是多種多樣的，但主要是求得主體與客體之間完美和諧的統一和契合，而虛與實、深與淺、形與神又擴大了「意象」建構的有序化交融，達到了心與物的高度融合，「意」與「象」的反復滲透，形成多元化特徵，使其呈現出多姿多彩的審美意蘊和風姿，造成一種全新的審美感受，正如黃溥《詩學權輿》卷六所説：「作詩固在有興，尤在構思之精耳。思之既精，則神會意得，順理成章，不期而工矣。」所謂「構思之精」意即構思的精微，使「神會意得」，創造性的「意象」便應運而生。這或許是中國古典詩歌「意象」充滿生機的藝術生命力的奧妙所在。

四、關於「意象」的特性

　　「意象」作為作家藝術家審美活動的產物，首先具有鮮明的個性特性。陸時雍在《詩鏡總論》中説：「『東飛伯勞西飛燕』，《河中之水歌》，亦古亦新，亦華亦素，此最豔詞也。所難能者，在風格渾成，意

象獨出。」將「意象」與風格相對待，正反映了「意象」這種個性化的特性，這是風格形成的主導性依據，而作家所描寫的對象特性，則是客觀依托，而這「獨出」的「意象」，可說自成一家，從而創造出真正屬於自己的藝術世界。於慎行在《馮宗伯詩集序》中說：「夫自《三百篇》以降，至於漢魏及唐，體裁不同，要以褎然意象之表，不可階梯，正在神情耳。」「神情」，他有時又稱之為「君形」，即神，所以認為詩當「神在象先，而輔之以氣」，從而使「意象」能於「象外」傳神，而「意象之表」，可說是「意象」的超象顯現，構成一種言有盡而意無窮的表現形式，這是對「意象」的特性的一大深化和拓展。唐汝洵《唐詩解》評李白《秋浦歌》「白髮三千丈」云：「托興深微，當求之意象之外。」白髮怎能達到「三千丈」！可正是通過這種奇特的誇張，充分表達了詩人難以言說的憂憤和悲傷。此「意象之外」，亦即「意象之表」。惲格《題潔庵圖》云：「諦視斯境，一草一樹，一丘一壑，皆潔庵靈想之所獨闢，總非人間所有。其意象在六合之表，榮落在四時之外，將以尻輪神馬[1]，御冷風以游無窮。真所謂藐姑射之山，汾水之陽，塵垢粃糠，綽約冰雪，時俗齷齪，又何能知潔庵游心之所在哉！」惲南田自己也是一位畫家，專尚寫意，自成一家，因此他認為唐潔庵「游心之所在」，就是獨闢的靈想，以畫寄情，天趣盎然，達到天地四方之外，所以宗白華說：「創造的意象，作為他藝術創作的中心之中心。」（《中國藝術意境之誕生》）

何良俊在《四友齋叢說》中則進一步探索了「意象」與「性情」的關係：「況六義者，既無意象可尋，復非言筌可得。索之於近，則寄在冥邈；求之於遠，則不下帶衽。又何怪乎今之作者之不知之耶？然

1　「尻輪神馬」，典出《莊子》〈大宗師〉。「尻」，尾骨、屁股；「輪」，借用作車。

不知其要則在於本之性情而已。不本之性情，則其所謂托興引喻與直陳其事者，又將安從生哉？」（卷二十四）他主張「以性情為主，《三百篇》亦只是性情」。離開「性情」作為「賦」、「比」、「興」的六義則難以生成。而「意象」的個性特性是與「意象」的整體風貌是相互制約的。王世貞在《藝苑卮言》卷四說：「盧、駱、王、楊，號稱『四傑』。詞首華靡，固沿陳、隋之遺，骨氣翩翩，意象老境，超然勝之。五言遂為律家正始。」、「骨氣翩翩」顯示「四傑」新的創作傾向，從而形成詩歌獨具特色的「意象」境界，表現出作者曠達的胸襟和積極的抱負，因此雖然受到六朝餘風的影響，但比六朝邁進了一大步。「意象老境，超然勝之」，使作品自成一家，顯示出「四傑」詩的個性特性和精神風貌。

　　陶明濬在《詩說雜記》中認為詩人的學識對形成「意象」規模的影響：「有才則靈變無常，務於飛動；有學則採彼意象，入此規模；有識則跡在塵寰，志在雲霄。備此三者，然後可以言透徹。」學識是一種精神素質和運籌能力，展現出人的智慧、感知和領悟，因而「采彼意象，入此規模」，達到內蘊豐富，詩意盎然的空間幅度，因而容易產生強烈的審美效果。李日華在《恬致堂詩話》卷一中說：「秋風落葉，入詩最饒意象。……如『秋風吹渭水，落葉滿長安』。」「秋風」二句是賈島《憶江上吳處士》一詩中的名句，由於經過作者濃郁情思的熔鑄，顯出長安深秋時節一派蕭瑟的景象，又寄寓了詩人深沉憶念想望的情思。可謂景中寓情，情景渾融，從而表達了一種感傷與孤獨的情調。正如高友工、梅祖麟所說：「一個中國讀者能夠在秋風落葉面前不感到悲涼的情緒嗎？事實是，對於一個中國讀者，把秋風落葉與悲涼情緒分開只是一種邏輯的可能性，但他是不會這樣做。」[2]這樣的審美意象，

2　〔美〕高友工、梅祖麟：《唐詩的魅力》，上海古籍出版社1989年版，第135頁。

由於設身處地的審美體驗和審美感興，是獨創的，不可重複的，才真正得到天然之妙，也體現了鮮明的個性特性，但從整體上又具有一種普遍的超越性的效果，以致為不少名家引用，如周邦彥《齊天樂》詞中的「渭水西風，長安亂葉，空憶詩情宛轉」。白朴《梧桐雨》雜劇中的「傷心故園，西風渭水，落日長安」都是化用這兩句而成的，足見影響之深。

由上可見，詩歌意象具有強烈的個性特性，最能見出詩人的風格。實際上個性特性包含了豐富性、可感性以及創造性，正如徐禎卿在《談藝錄》中所說：「詩以言其情，故名因象昭。」由於各種詩體的不同而表現出各自不同的特點，但這種不同的特點和形態，從總體上說是受個性特性的制約的，它發揮了一種內驅力的作用。這種主體性與客體性相統一而形成獨特的風格，使之在審美意象中獲得藝術化的表現。

五、關於以「意象」評詩

明人以「意象」評詩，特為突出，從而也拓展和深化了「意象」的內涵，擴大了「意象」論的影響。李東陽《麓堂詩話》評韓愈《雪》詩云：「韓退之《雪》冠絕古今。其取譬曰：『隨風翻縞帶，逐馬散銀盃』，未為奇特。其模寫曰：『穿細時雙透，乘危忽半摧』，則意象超脫，直到人不能道處耳。」他認為《雪》詩兩句所寫意像有些板滯，不若《詠雪贈張籍》二句為佳，從原詩中翻出新意，工巧奇警，意象超脫，把紛飛的白雪描繪得奇特而有靈性。胡應麟在《詩藪》中曾反覆以「意象」評詩，如：「古詩之妙，專求意象。」又：「漢仙詩，若《上元》、《太真馬明》，皆浮豔太過，古質意象，毫不復存，俱後人偽作也。」（內編卷一）「子建雜詩，全法《十九首》意象，規模酷肖，而奇警絕到弗如。」又：「國初季迪勃興衰運，乃有《擬古樂府》諸篇，

雖格調未遒，而意象時近。」（內編卷二）「《大風》千秋氣概之祖，《秋風》百代情致之宗，雖詞語寂寥，而意象靡盡。」（內編卷三）「五言古意象渾融，非造詣深者，難於湊泊。」（內編卷五）論唐崔國輔《流水曲》、儲光羲《江南曲》、王維《班婕妤》等，「皆酷得六朝意象，高者可攀晉、宋，平者不失齊、梁。唐人五言絕佳者，大半此矣」（內編卷六）。此外在《古詩鏡》、《唐詩鏡》中亦多以意象評詩，此僅各舉一例，如評阮籍《詠懷》「意象憤懣之極」（卷二十七）。評李白七言樂府《戰城南》云：「七言樂府意象作用得自西漢樂府居多，淋漓痛快，往往追神入妙。」（卷十八）可說縱評歷代，橫論諸體，不僅廣泛全面，而所論更注重詩歌意象的審美韻味，具有歷史的、發展的觀點。

　　臧懋循在《冒伯麟詩引》中評唐代《樂府》云：「予因謂唐時《樂府》，雜於《饒歌》。五言窮於漢魏，獨歌行近體七絕。有前人所不能加，蓋其氣格渾厚，意象含蓄，聲調和平，一唱三歎，深得《國風》微旨故也。」《饒歌》始於漢，為一種新興之胡曲，李德裕《鼓吹賦》云：「厭柔濮之遺音，感簫鼓之悲壯。」蓋唐時「饒歌」尚流行。此或指「因意命題，無所依傍」的新樂府。鐘惺、譚元春《唐詩歸》評李白《獨坐敬亭山》云：「『只有』二字人皆作『蕭條』、『零落』，沿襲可厭。惟『相看兩不厭』之下，接以『只有敬亭山』，則此二字竟是意象所結，豈許俗人浪識。」通過「只有」的「意象所結」，使人與山渾然一體，彼此相對、相知、相融、相愛，故沈德潛《唐詩別裁》評云：「傳獨坐之神。」體現了意象以實顯虛的精神特質。評皎然《苕溪草堂四十三韻》云：「長詩意象靜深，而色味芳潔，法變氣老，猶有盛唐人風蘊。」評杜甫《晨雨》詩云：「意象浮動其內。」陸時雍《詩鏡總論》云：「西京崛起，別立詞壇。方之於古，覺意象蒙茸，規模逼窄，望湘累之不可得，況《三百》乎？」認為漢代的詩作，意象錯雜，比之屈

原之《離騷》已遠遠不及，更何況《詩經》？此是頗具見地之論。徐獻忠在《唐詩品》中也多以意象評唐人詩，如評王維詩曰：「右丞詩發秀自天，感言成韻，詞華新朗，意象幽閒。」評沈佺期曰：「其摛詞麗則，如春花瑤池，氣色照映，自含華態，可謂意象縱橫，詞鋒姿媚者也。」評許渾曰：「今觀其集，旨趣物理，研窮意象，天然秀出，不可變動，如『湘潭雲盡暮山出，巴蜀雪消春水來』。」在〈序〉中曾評「元和而下」詩曰：「意象疏略，音旨直致，無尚於風人之軌者耶！」可見他認為詩的「意象」，既要直接來源於生活感受，同時又能「天然秀出」，自然工妙，意蘊無窮。

以上所引明人關於以「意象」評詩的事例，反映明人對「意象」的充分重視，把「意象」作為評論詩的一條審美準則，同時其本身就是一種藝術審美活動，以「意象」評詩更能窺見詩的「意象」的內在意蘊，因為詩人往往把自己真摯、豐富的情感融匯、貫注在詩篇所創造的審美意象之中，所以這對於如何解讀詩的「意象」是有啟發意義的，總之，讀詩、評詩、論詩不能脫離詩所提供的審美意象，否則將是緣木而求魚。

總之，明代是我國「意象」理論進入了一個拓展、豐富、深入、成熟的時期。此時，「意象」概念在文學藝術各門類中都得到了廣泛的運用，與「意象」相關的許多理論問題也得到了相應的較深入的研究，遂使「意象」範疇漸次臻於基本完善的境地，但明代詩論家仍留下了一條尚未走完的道路，在一些觀點上也存在折中而含混的傾向。而明末清初的王夫之、葉燮可說沿著這條尚未走完的道路，對「意象」論作了進一步的開拓，進入了總結時期。

第六章

「意象」説的總結

清代詩論家繼明人之後，對「意象」範疇的內涵及其多層面關係，又作了深入的分析和開拓。這是審美認識深化發展的表現，從而對「意象」論進行了總結，為它的充實和進一步成熟做出各自獨到的理論貢獻。

第一節　王夫之的「意象」體系

王夫之是清初傑出的唯物主義哲學家、詩論家，對「意象」的性質和藝術特徵，進行了哲學的思考，多有發明而精審卓識，揭示了「意象」創造的一些藝術規律，並提出了一系列重要的命題。

一、「意象」的本體性

王夫之的詩論是以詩歌審美意象為中心的，他提出「以意為主」的命題：

　　無論詩歌與長行文字，俱以意為主。意猶帥也。無帥之兵，謂之烏合。李、杜之所以稱大家者，無意之詩十不得一二也。煙雲泉石，花鳥苔林，金鋪錦帳，寓意則靈。（《姜齋詩話箋注》卷二）

　　此「意」蓋指作者的情感意蘊，所以他認為「詩以道性情」（《明詩評選》卷五），「總以靈府（心）為達徑，絕不從文字問津渡」（《古詩評選》卷一曹丕《秋胡行》評）。因而「意」和「象」作為一對基本範疇，兩者的關係是辯證統一的。他曾說：

　　言情則於往來動止、縹紗有無之中；得靈蟹而執之有像；取景則於擊目經心絲分縷合之際，貌固有而言之不欺。（《古詩評選》卷五謝靈運《登上戍石鼓山》）

　　這表現了對「意」與「象」關係的總體認識。「言情」云云，指詩人對情意活動的捕捉，所謂「欻然情動而意隨」（《詩廣傳》卷一），表現在似有若無、興會神到之間。由於這種捕捉經過了主體的反覆內化和審美體驗，所以獲得了「靈境」和「物像」的審美發現。「靈蟹」，據《說文解字》云：「蟹，知聲蟲也。」連繫王夫之對「靈」的界說，謂「通遠得意者謂之『靈』」（《唐詩評選》卷三）猶言一種「得意」的靈妙境界。「象」則指物像而言，所謂「形聲者，物之法象也」（《思問錄》內編）。使「意」與「象」融合為一體，從而構成創作本體的意象，否則物像只是客體自身具有的一種屬性。而「取景」指選取客觀景物作為描寫對象，在評庾信《詠畫屏風》時云：「取景從人取之，自然生動。」所謂「從人」即服從主體情意抒發的需要，才能使意象自然生動。因此「取景」實即取象，指詩人對引起詩情的物像的捕捉。它

既要「擊目經心」於精微之處，使自在之物成為審美對象，又要通過作者的不欺之言來表現蘊含之情。這種從主客體審美關係立論來探討審美意象，説明「意象」的本體在於審美認識和審美情感之融合，使之「意」中存「象」而「象」中有「意」，在王夫之看來，這種「象內」之「意」也可能觸發為「象外」之意，所謂「蓋意伏象外，隨所至而與俱流，雖令尋行墨者不測其緒」（《古詩評選》卷一《秋胡行》評）。即意蘊超越於物像表層之外，唯有通過讀者的體悟和品味才能體現出來。「意伏象外」可説是王夫之對「意象」內涵一種新的概括和規範，故他又稱「意象」為「象意」，在《唐詩評選》卷四評趙彥昭《奉和初春太平公主南莊應制》詩云：「三四象意霏微，不於名言取似。」「象意」即像外之意。王夫之十分重視詩歌創作中的「象外」，所謂「規以象外」（《姜齋詩話》卷一）、「多取象外，不失圜中」（《古詩評選》卷五）、「言有象外」（《明詩評選》卷四）、「象外偏令有餘」（《唐詩評選》卷一），蓋指一種虛實結合的境界。詩人在直接審美興中，「意」與「象外」自然契合而昇華，從而構成審美意象。這是對「意象」含義的拓展和深化，實際上也是對「意象」從不同角度所提出的美學要求。

　　但王夫之又曾反覆強調，「詩」既不等於「意」或「志」，也不同於「史」的觀點。他説：

　　詩之深遠廣大，與夫舍舊趨新也，俱不在意。唐人以意為古詩，宋人以意為律詩、絕句，而詩遂亡。如以意，則直以贊《易》陳《書》，無待詩也。「關關雎鳩，在河之洲，窈窕淑女，君子好逑。」豈有入微翻新，人所不到之意哉？（《明詩評選》卷八高啟《涼州詞》評）

他甚至說：「故知以意為主之說，真腐儒也。詩言志，豈志即詩乎？」（《古詩評選》卷四）王夫之既提出「以意為主」的命題，又反對「以意為主」之論，甚至斥之為「腐儒」之見，這豈不自相矛盾？其實《薑齋詩話》所說的「以意為主」的「意」，是指審美意象的情意而說的，而所反對的「以意為主」的「意」，則指詩人事先擬定的抽象的思想意圖或敷說儒家經義而言，這是遭到王夫之否定的。這種按照先入為主的「命意」所寫出來的詩，那是難以使人感動的，故王夫之認為「非志即為詩」（《唐詩評選》卷一），因為詩本體不是「意」或「志」，否則作為本體的審美意象就傳達不出來，甚至破壞了詩歌的審美特徵，而且詩中的「意」、「象」本應在詩人的審美感興中相互俱化，並非詩人隨意湊泊而得來，「關關雎鳩」所以好，就在於體現了審美意象，並不是有什麼「入微翻新，人所不到之意」。他對兩種「意」的辨析，具有對詩歌藝術的深刻見解。王夫之又把「詩」和「史」加以明確的區別。他在《古詩評選》卷四說：

> 詩有敘事敘語者，較史尤不易。史才固以隱括生色，而從實著筆自易。詩則即事生情，即語繪狀，一用史法，則相感不在永言和聲之中，詩道廢矣。此《上山采蘼蕪》一詩所以妙奪天工也。

他認為「詩」雖然也可敘事敘語，但並不等於「史」，因為寫史是「從實著筆」，而寫詩則要「即事生情，即語繪狀」，即進行意象的創造。「故《詩》者，與《書》異壘而不相入者也。」（《詩廣傳》卷五）說明詩與史有著原則性的區別。

王夫之通過對於「詩」與「意」、「志」及「史」的辨析，其目的在於說明詩歌的審美特徵，從而把審美意象的本體傳達出來。因此，

在某種意義上，我們可以把王夫之的詩學劃歸為審美意象說，這不僅在於他把審美意象視為詩的本體，同時也在於他的詩學的中心是創作論，是論述如何創造審美意象的。

二、「意象」的結構性

王夫之論「意象」先述情景不可分，認為「情」、「景」的統一乃是詩歌意象的基本結構。他說：

情景雖有在心在物之分，而景生情，情生景，哀樂之觸，榮悴之迎，互藏其宅。（《薑齋詩話箋注》卷一）

王夫之認為作為審美主體之情與作為審美客體之物，雖有「在心在物之分」，但兩者是相互聯結、相互滲透、相互生發、相互作用的，所謂「互藏其宅」，正是情景相互依存的形象說明：「情景名為二，而實不可離，神於詩者，妙合無垠。」但他認為：「景以情合，情以景生，初不相離，唯意所適。」（《薑齋詩話箋注》卷二）只有在「意」的基點上，才能使「情」和「景」之間建立有機的連繫，亦即「意象」結構。他曾舉例說：「以神理相取，在遠近之間。……『青青河畔草』與『綿綿思遠道』，何以相因依，相含吐？神理湊合時，自然恰得。」（《薑齋詩話箋注》卷二）所謂「神理相取」，即情、景之間具有「意中之神理」的契合，從而引之使遠，拉之使近，交互為用，所以初看這兩句詩似乎缺少關聯，但通過詩人感興的連繫，使詩的「情」和「景」顯得有虛有實，自然渾成。這位滿懷離緒的思婦看到河邊的草發青了，由於節序的推移，更觸愁思，從而由草色的綿綿，想到當年踏著這條道路遠去的人，使青草與人的感情之間建立了內在的連繫，所以不言情而情自無限，亦即「妙合無垠」的「意象」結構，「構此者非

以為脈絡,正使來去低回,倍增心曲爾」(《古詩評選》卷四陸機《為顏彥生贈婦》評)。可見王夫之所注重探索的是詩的這種內在「意象」結構,所謂「全以結構養其深情」(《古詩評選》卷四左思《詠史》評),經過王夫之的概括總結就成了一條可貴的藝術經驗。「情」和「景」結合的主要途徑或結構的基本形態,最理想的是「妙合無垠」的情景交融,然而這較難達到。一般的情況,可以分為「情中景」與「景中情」二類:

　　巧者則有情中景,景中情。景中情者,如「長安一片月」,自然是孤棲憶遠之情;「影靜千官裡」,自然是喜達行在之情。情中景尤難曲寫,如「詩成珠玉在揮毫」,寫出才人翰墨淋漓、自心欣賞之景。(《姜齋詩話箋注》卷二)

　　「情中景」是以表達主體的內在感情為主,再現生活景象為輔的審美意象,如所引杜甫《奉和賈至舍人早朝大明宮》中「詩成珠玉在揮毫」,詩稱賈至之才,雖也寫了某些客觀物像,但重點是寫出了這位賈舍人「翰墨淋漓、自心欣賞之景」,形成鮮明的抒情主人公形象。又如評曹植《當日來大難》曰:「『今日同堂,同門異鄉』,情之景也。」(《古詩評選》卷一)評杜甫《登岳陽樓》曰:「『親朋無一字,老病有孤舟』……嘗試設身作杜陵憑軒遠望觀,則心目中二語,居然出現,此亦情中景也。」(《姜齋詩話箋注》卷二)王夫之認為,這種情中景是在直接審美感興中自然得到的,使「情」和「景」不是外在的拼湊,而是內在的統一。王夫之認為「情中景」比「景中情」、「尤難曲寫」,因為要使情中顯出了景,「則身心中獨喻之微輕安拈出」,把心中獨特的感受寫出來,所以「於情得景尤難」。

　　所謂「景中情」，即以景寓情，使景物具有感情色彩。如前面引文所舉李白《子夜吳歌》中的「長安一片月」，寫的雖是長安月夜景色，但其中卻有「孤棲憶遠之情」。又如杜甫《喜達行在所》中的「影靜千官裡」，表面寫的是百官上朝面君時的景象，但其中「寫出避難倉皇之餘收拾仍入衣冠隊裡一段生澀情景，妙甚。非此則千官之靜亦不足道也。」（《唐詩評選》杜甫《喜達行在所》評）這就是融情入景，所謂「帶景帶情融物入化」（《明詩評選》楊慎《詠堠子》評）。具有完美的物化形態，達到「天地山川無不自我而成其榮觀」（《古詩評選》陶淵明《擬古》評）的詩歌境界。

　　王夫之充分注意到這兩類「意象」結構，都是建立在「情」、「景」相互影響觸發、相互促進的基礎上的，它是詩人審美認識和審美感情的結合，因此他一再指明「意象」結構與外在語言形式結構的區別：

　　　　景語之合，以詞相合者下，以意相次者較勝。即目即事，本自為類，正不必蟬連，而吟詠之下，自知一時一事。有於此者，斯天然之妙也。「風急鳥聲碎，日高花影重」，詞相比而事不相屬，斯以為惡詩矣。「花迎劍佩星初落，柳拂旌旗露未乾」，洵為合符，而猶以有意連合見針線跡。如此云：「明燈曜閨中，清風淒已寒」，上下兩景幾於不續，而自然一時之中寓目同感，在天合氣，在地合理，在人合情，不用意而物無不親。嗚呼，至矣！（《古詩評選》卷四劉楨《贈五官中郎將》評）

　　所謂「以詞相合者」，即外在的語言形式結構，詞雖相比可事不相屬。「有意連合見針線跡」，這種「有意」為之連接的結構，有明顯的人工匠氣。所謂「即目即事，本自為類，正不必蟬連」的結構，即評

劉楨詩「明燈曜閨中，清風淒已寒」所說「上下兩景幾於不續，而自然一時之中寓目同感」的「意象」結構。這種融情於景而寓理事中的「寓目同感」，合情合理合氣，不用意而自然地互相連接，正是最具審美特性的結構方法。雖「上下兩景幾於不續」，但所留下的時空空白，卻在讀者心中展示了更為廣闊的想像世界，正如他所說：「合離之際，妙不可言。」（《古詩評選》卷五謝朓《和宋記室省中》評）王夫之還探討了「意象」結構形成過程中「意」和「勢」的關係。他說：

> （詩）以意為主，勢次之。勢者，意中之神理也。惟謝康樂為能取勢，宛轉屈伸以求盡其意；意盡則止，殆無剩語；夭矯連蜷，煙雲繚繞，乃真龍，非畫龍也。（《姜齋詩話箋注》卷二）

「勢者，意中之神理也」，闡明了「意」和「勢」之間的動態結構關係，使主體的審美體驗逐步深化，在「意」與「象」之間建立起「宛轉屈伸」的有機連繫，方能成為煙雲繚繞的景象，使詩具有無限的生命力，「乃真龍，非畫龍也」。換言之，這種將「意象」整合起來的「勢」，使結構的內在規律發揮更大的作用，如評陶潛《擬古》云：「結構規恢，真大作手。端委紆夷五十字耳，而有萬言之勢。」（《古詩評選》卷四）這種結構容量的豐富性，它不僅說明了「意象」結構是一種高度凝練的情感體驗，而且概括了以有限表現無限虛實相生的傳統藝術特徵，所以他把「勢」定義為：「墨氣所射，四表無窮，無字處皆其意也。」（《姜齋詩話》卷二）使之能動地演化為一種具有更大功能的「意象」結構，從而達到「意伏象外」而又「不失圜中」的高妙境界。

三、「意象」的獨創性

王夫之認為詩歌的審美意象必須從審美直覺的感興中產生，就是只有心物相觸所產生的審美意象，是具體、感性而獨創的。王夫之說：

當其天籟之發，因於俄頃，則攀援之徑絕而獨至之用弘矣。若復參伍他端，則當事必怠，分疆情景，則真感無存。情懈感亡，無言詩矣。（《古詩評選》卷四潘岳《哀詩》評）

「天籟之發，因於俄頃」，審美意象常常表現作者瞬間出現的審美感興。這種審美感興用概念難以直接表達清楚，只有藉助於「意象」來傳達，因而「攀援」的捷徑斷了，而「獨至」的作用卻大了。如果參較其他的事或把情景分開，則當事必怠，真感無存，也就不可能產生審美意象，而且導致「情懈感亡，無言詩矣」的結果。因此他認為：「合情而能達，會景而生心，體物而得神，則有靈通之句，參化工之妙。」（《姜齋詩話箋注》卷二）重在論證在「意象」創造過程中，主體之心神與客體之景物，通過審美主體的直覺感興，即景會心，體物得神，自然可以「參化工之妙」。「化工之妙」就是詩歌審美意象自然靈妙的獨創性。例如：「『池塘生春草』，『蝴蝶飛南園』，『明月照積雪』，皆心中、目中與相融浹，一出語時，即得珠圓玉潤，要亦各視其所懷來而與景相迎者也。『日暮天無雲，春風散微和。』想見陶令當時胸次，豈夾雜鉛汞人能作此語？」（《姜齋詩話箋注》卷二）詩情本身是詩人在接觸外物之際「心中、目中與相融浹」的產物，因此詩人有怎樣的胸襟、懷抱、情感，就會「迎」著具有相應審美特徵的外界景物，融合成為獨創性的審美意象。「日暮天無雲，春風散微和」所描繪

的意象，就是陶潛當時胸襟、懷抱、情感的體現，所謂「非陶令不能
自知如此也」。由於審美感興的獨特性和不可重複性決定了審美意象的
獨創性，就不能依靠邏輯或詞句作簡單化的分析，而應該通過詩人的
審美感興去把握審美意象獨特的藝術特徵。如他分析王維的《終南
山》、《觀獵》等詩云：

> 工部之工，在即物深致，無細不章，右丞之妙，在廣攝四旁，圈
> 中自顯。如終南之闊大，則以「欲投人處宿，隔水問樵夫」顯之；獵
> 騎之輕速，則以「忽過」、「還歸」、「回看」、「暮雲」顯之。皆所謂離
> 鉤三寸，鲅鲅金鱗，少陵未嘗問津及此也。(《唐詩評選》卷三王維《觀
> 獵》評)

王夫之對王維的這種審美意象構成特點的分析應該說是很精到
的。王維的詩不侷限於具體物像的描摹，而是「廣攝四旁」由實得虛，
如「離鉤三寸」的「鲅鲅金鱗」，若即若離，顯示出無限的意態和生
氣，從而收到「意餘於象」的藝術效果。正是通過對詩的整體意象作
設身處地的審美體驗，王夫之認為在有明一代，也不乏獨創性的作
家。「若劉伯溫之思理，高季迪之韻度，劉彥昺之高華，貝廷琚之俊
逸，湯義仍之靈警，絕壁孤騫，無可攀躡，人固望洋而返，而後以其
亭亭岳岳之風神，與古人相輝映。次則孫仲衍之暢適，周履道之蕭
清，徐昌穀之密贍，高子業之戍削，李賓之之流麗，徐文長之豪邁，
各擅勝場，沉酣自得。正以不懸牌開肆，充風雅牙行；要使光焰熊
熊，莫能掩抑。」(《姜齋詩話箋注》卷二)這種詩歌意象美感的豐富
性和差異性，就因為詩歌的審美意像是從詩人各自的審美感興中產生
的，因而具有各自創作的特色和風格。基於這種對於詩歌審美意象獨

創性的認識，他反對在詩歌創作中忽視「意象」而片面強調形式主義的死法以及門戶習氣。他說：「才立一門庭，則但有其局格，更無性情，更無興會，更無思致；自縛縛人，誰為之解者？」（《姜齋詩話箋注》卷二）主張自出胸臆，反對建立門庭。他又說：「死法之立，只緣識量狹小。如演雜劇，在方丈台上，故有花樣步位，稍移一步則錯亂，若馳騁康莊，取涂千里，而用此步法，雖至愚者不為也。」（《姜齋詩話箋注》卷二）如果給詩歌創作定下一套死法，形成一種特殊的門庭家數，那麼只能寫出一些模擬的仿造之作，而決不可能有審美意象的獨創性。

四、「意象」的虛擬性

王廷相在《與郭價夫學士論詩書》中關於「夫詩貴意象透瑩」的論述，說明「意象」應該富有以實顯虛的審美特徵，同時又十分重視虛構在「意象」形成中的作用，所謂「擺脫形模，凌虛結構」。王夫之繼承了王廷相這一美學觀點，並把它充分地展開了。如評丘遲《芳樹》曰：「丘詩之妙，全寬於用少，用少既寬，即少自足，少之既足則四維上下，皆在忘言之中矣。」（《古詩評選》卷五）評曹植《七哀》「明月照高樓，流光正徘徊」曰：「可謂物外傳心，空中造色。」（《古詩評選》卷四）「物外」亦即「象外」，即所謂：「蓋意伏象外，隨所至而與俱流。雖令尋行墨者不測其緒，要非如蘇子瞻所云『行雲流水，初無定質』也。」（《古詩評選》卷一曹丕《秋胡行》評）可見他非常重視詩歌審美意象的「物外」、「象外」的虛像的存在，這實際上是詩人心靈中感受最深的意蘊所在，「以追光躡景之筆，寫通天盡人之懷，是詩家正法眼藏」（《古詩評選》卷四阮籍《詠懷》評），「一片心理就空明中縱橫熳爛」（《明詩評選》卷五蔡羽《暮春》評），「一往深折引人，正在縹緲間」（《明詩評選》卷五袁凱《送張七西上》評），從而使「意象」

的創造達到實像與虛像、內外表裡相融的狀態。所以他十分讚賞謝靈
運的「池塘生春草」:「『池塘生春草』,且從上下左右看取,風日雲物,
氣序懷抱,無不顯著,較『蝴蝶飛南園』之僅為透脫語,尤廣遠而微
至。」(《古詩評選》卷五謝靈運《登池上樓》評)所謂「廣遠而微至」,
使人透過「池塘春草」的生意,聯想到廣遠無邊的春回大地的氣息及
詩人思歸的情懷。王夫之正是通過春草的最突出的審美特徵,而這審
美特徵又與詩人心中的綿綿情思,因依含吐,渾然一體,所以他認為
詩是人的內心的形象顯現:「命以心通,神以心棲,故詩者,像其心而
已矣。」(《詩廣傳》卷五)體現了以「有像」之物而顯「無象」之心
的特殊功能。但他又指出感覺是認識的基礎:「見聞所不習者,心不能
現其象。」(《張子正蒙注》卷三)而這正與其樸素的辯證觀點相一致。

　　「意象」的虛擬性與詩人的想像和聯想密切相關。王夫之在評溫子
升《搗衣篇》時指出該詩:「從聞搗衣者想像即為雅。代搗衣者言情,
即易入俗雅。其妙尤在平渾無痕。」(《古詩評選》卷一)所謂「雅」
即內心中的自然感發,從而領悟其中所含的意蘊,即所謂:「凡雅之
道,言在而使人自動,則無不動者。」(《古詩評選》卷四左思《詠史》
評)王夫之又把想像稱之為「取影」、「影中取影」。他說:

　　唐人《少年行》云:「白馬金鞍從武皇,旌旗十萬獵長楊。樓頭少
婦鳴箏坐,遙見飛塵入建章。」想知少婦遙望之情,以自矜得意,此善
於取影者也。「春日遲遲,卉木萋萋,倉庚喈喈,采蘩祁祁。執訊獲
丑,薄言還歸。赫赫南仲,玁狁於夷。」其妙正在此。訓詁家不能領
悟,謂婦女采蘩而見歸師,旨趣索然矣。(《姜齋詩話箋注》卷一)

　　王昌齡《青樓曲》(案:原引作《少年行》疑誤)云「樓頭少婦鳴

箏坐，遙見飛塵入建章」，乃是少年戰士自矜得意想像中的情景。《詩經》〈小雅〉〈出車〉是徵人在出征歸來途中想像其妻子歡欣鼓舞的情景，即所謂：「遙想其然，而徵人之意得可知矣。乃以此而稱『南仲』，又影中取影，曲盡人情之極至也。」甚至連她稱呼「南仲」的口吻，都想像得逼肖生動。這種通過馳騁想像從而構成虛實相生的審美意象，達到「曲盡人情之極至」的藝術效果，在更高層次上反映了外在世界和詩人內在世界的情感形態，這種從藝術想像的角度來進行分析是頗具特色的。但是，王夫之認為藝術想像必須以現實生活經驗為基礎，以客觀事物為根據。他說：「『精爽交中路』，想像空靈，固有實際，不似杜陵魂來魂去之語設為混沌，空有虛聲而已。」（《古詩評選》卷四潘岳《內顧詩》評）「『索江色』一『色』字幻妙。然於理則幻，寓目則誠。苟無其誠，然幻不足立也。」（《唐詩評選》卷三杜甫《祠南夕望》評）「誠」指詩人情感的真實，就是說，「百丈牽江色」的意象顯現一種虛幻的「理」，但這種「理」，是以真實的感受為基礎的，正如他所說的：「空中樓閣如虛有者，而礎皆貼地，戶盡通天。」（《古詩評選》卷五江淹《效阮公詩》評）辯證地闡明了由實得虛，以虛出實，虛實結合的對立統一。

　　以上是王夫之關於詩歌審美意象的主要論述，它涉及審美意象的本體、結構及其特性，其中對於「意」與「象」關係的剖析，揭示了如何達到「意」與「象」合是主客體在辯證運動基礎上的相互交流，使之「意」中有「象」、「意」中存「象」。由於王夫之十分重視詩歌的意象美，因此他對審美意象偏重於藝術特徵的探討，認為審美意象具有「伏意象外」的品格，是有限與無限在彼此激發中相互轉化的融合。提出了一系列比較深刻的、比較辯證的獨立見解，而他的有名的「情景」說，則為「意象」的基本結構奠定了堅實的理論基礎，並作了深

入而具體的分析，正如葉朗在《中國美學史大綱》中所說：「他建立了
一個以詩歌的審美意象為中心的美學體系。這是一個博大精深的唯物
主義美學體系，是中國古典美學的一種總結的形態。」

第二節　葉燮的「默會意象之表」（附沈德潛）

　　葉燮的《原詩》是一部自成體系的詩歌理論著作，對於詩歌的發
展規律、創造原則都曾作了深刻的闡述，如從詩歌的本源出發，提出
了詩歌所必備的審美觀照的客體「理」、「事」、「情」（情狀）與審美
主體「才」、「膽」、「識」、「力」，從主客體的結合上論證了詩歌創作
的根本要素，前者是詩人表達的對象，後者是指詩人表達的素質和能
力。其次是他的美論，如在《集唐詩序》中說：「凡物之美者，盈天地
間皆是也，然必待人之神明才慧而見。」美是客觀的存在，但這種客觀
性離不開審美主體的認識和發現。在《二取亭記》中說：「凡物之義不
孤行，必有其偶為對待。」認為美是相對的，因一定的條件而變化的，
即所謂：「大約對待之兩端各有美有惡，非美惡所偏於一者也。……推
之詩獨不然乎？」這一見解無疑具有素樸的辯證因素，具有相當突出
的理論價值。他的「審美意象」說就是建立在這種本源論和美論的基
礎上的，現分述於下。

一、詩歌審美意象的藝術特徵

　　葉燮強調詩歌藝術要真實地反映客觀的「理」、「事」、「情」，但
是詩的本體乃是審美意象，這就似乎產生了矛盾，但如果作進一步深
入的探討，不難發現正是在這個問題上，表現出葉燮作為一個美學家
的卓識，從而對詩歌的藝術特徵作出了較為獨到的把握。他說：

詩之至處，妙在含蓄無垠，思致微渺，其寄託在可言不可言之間，其指歸在可解不可解之會，言在此而意在彼，泯端倪而離形象，絕議論而窮思維，引人於冥漠恍惚之境，所以為至也。（《原詩》內篇下）

首先，葉燮認為，詩歌審美意象的藝術特徵主要表現在「含蓄無垠，思致微渺」。也就是說，審美意象的情致意趣是含而不露，隱而不顯，包含著無限豐富的審美意蘊，既不為其語言自身的意義所侷限，也不為其表現的情懷所約束，「言在此而意在彼」即蘊含著變幻的非確指性。總之，從審美意象內涵的無限豐富性上，揭示其重要的藝術特徵。

其次，詩歌審美意象的另一重要特徵，即「引人於渺漠恍惚之境」。在葉燮看來，優秀的詩歌應該是「泯端倪而離形象，絕議論而窮思維」。意謂泯滅頭緒超離形象而追求象外的藝術效果，杜絕議論而全神貫注地思量物態的深蘊，從而形成「冥漠恍惚」的境界，達到「實像」與「虛像」內外表裡相融，也就是他所說的「虛實相成，有無互立」的意象化創造。

基於對詩歌審美意象的藝術特徵的認識，他著重指出，藝術雖然必須反映客觀的「理」、「事」、「情」，但不等於是實寫「理」、「事」、「情」。他說：

可言之理，人人能言之，又安在詩人之言之！可徵之事，人人能述之，又安在詩人之述之！必有不可言之理，不可述之事，遇之於默會意象之表，而理與事無不燦然於前者也。」（《原詩》內篇下）

在這裡葉燮把「可言之理」、「可徵之事」與藝術要寫的「不可言之理」、「不可述之事」加以區分，指出後者是通過審美感興的創造而加以表現和反映的，即所謂「遇之於默會意象之表」。詩人寄寓之意，經過「默會」的想像活動，便能「無不燦然於前者」，因此不必「一一徵之實事」，從而達到更高一級的藝術真實，生發出「意象之表」，形成了一種令人咀嚼不盡的審美特徵。

二、詩歌審美意象的審美特性

葉燮為了進一步論證「默會意象之表」的見解，曾例舉杜甫的「碧瓦初寒外」、「月傍九霄多」、「晨鐘雲外濕」、「高城秋自落」等詩句來加以說明，如他認為杜甫的《冬日洛城北玄元皇帝廟作》中的「碧瓦初寒外」，若「逐字論之」，「『初寒』何物，可以內外界乎？」、「初寒無象無形，碧瓦有物有質；含虛實而分內外，吾不知其寫碧瓦乎？寫初寒乎？寫近乎？寫遠乎？」如果從一字一字對它作邏輯分析，確乎會產生許多疑慮，「初寒」本無所謂內外，而「碧瓦」又怎能獨居於外，但如果「設身而處當時之境會，覺此五字之情景，恍如天造地設」，領悟到詩人因瓦之碧色，聯想到草木之青翠，在初冬的寒氣中這眼前碧瓦仍給人以溫暖之感，從而產生獨處寒氣之外的感受，表達了詩人拜謁這座老子廟時的崇敬心情。此「象」此「意」是這樣融洽無間，這就是葉燮說的「呈於象，感於目，會於心」，也就是說審美意象必須表現出詩人一時一地的特殊感受和特殊印象，從而成為只可意會而難以言傳的「冥漠恍惚之境」，是通過心領神會而獲得的。葉燮認為這是審美意象的最基本的審美特性。

其次，葉燮指出審美意象不同於邏輯思維的特點，在於「想像」的作用。他說：「意中之言，而口不能言，口能言之，而意又不可解，劃然示我以默會想像之表，竟若有內，有外，有寒，有初寒，特借『碧

瓦』一實相發之。」如果用抽象的概念來作邏輯的分析，就會覺得它根本不通。他還例舉「蜀道之難，難於上青天」、「似將海水添宮漏」、「春風不度玉門關」、「天若有情天亦老」、「玉顏不及寒鴉色」等句，概括説：「要之，作詩者實寫理、事、情，可以言言，可以解解，即為俗儒之作，惟不可名言之理，不可施見之事，不可徑達之情，則幽渺以為理，想像以為事，惝恍以為情，方為理至、事至、情至之語。」即藝術的「理」、「事」、「情」是通過想像的作用而融匯寄寓於意象之中，所以它具有微妙精深、朦朧迷離的特點。這正是藝術思維區別於邏輯思維的特殊規律，如上舉杜甫《宿左省》的「月傍九霄多」，月一般言圓缺、明暗、高下，怎説是「多」呢？「而惟此『多』字可以盡括此夜宮殿之景象」。因為詩人當時獨特的感興，不能在客觀景物中找到合適的表現形式，只得憑藉自己的想像力，對自然表象進行重新的藝術組合，使之打破時間、空間的限制，描摹出整個宮殿的景象，從而表達了詩人夜宿緊鄰宮禁之左省的內心感受，這正是詩歌審美意象所獨具的特性。又如杜甫《夔州雨濕不得上岸作》「晨鐘雲外濕」可謂純屬想像，「聲中聞濕，妙語天開」，表達了對「江鳴夜雨懸」的寂然思緒，是生發於內心觀照的意象化顯現，形成多層次、多側面的審美意蘊。總之，如果離開了藝術想像的作用，而實寫「理」、「事」、「情」，「即為俗儒之作」，如果用抽象概唸作邏輯分析，也就失去了審美意象的審美特性。

　　葉燮著重論述了詩歌審美意象的兩個特性：第一，審美意像是不能用抽象的概唸作邏輯的分析，而是「言在此而心在彼」，使之具有「含蓄無垠，思致微渺」的品格；第二，審美意象只有在整體上才能發揮它的藝術感染作用，即所謂「默會意象之表」，使之具有「虛實結合，有無互立」的特徵。這種概括比起前人來顯然有了新的開拓與深

化，而且更富理論色彩，足以顯出其高度審美辨識力。

沈德潛是葉燮的弟子，也是他的詩論的後繼者，雖然以後因意見分歧而分道揚鑣。沈德潛在詩學思想上雖株守政教功能的舊傳統，但其詩論仍有許多可取之處。他論詩強調「意」的作用，明確提出「詩貴寄意」、「有言在此而意在彼者」（《説詩晬語》卷下），這與葉燮「詩之至處，妙在含蓄無垠」、「言在此而意在彼」（《原詩》內篇）等觀點一脈相承。在沈德潛看來，「意」與「情」是相互連繫的，所謂「舍至情無以成詩」。這種「至情」是詩意的主要內涵，乃「從心坎流出」（《清詩別裁集》卷十八）。故優秀的詩作「無不有性情面目存乎其間」（《東隅兄詩序》），但這種詩情、詩意不是通過直接表現，而是如他所説：「事難顯陳，理難言罄，每托物連類以形之；郁情慾舒，天機隨觸，每借物引懷以抒之；比興互陳，反覆唱嘆，而中藏之歡愉慘感，隱躍欲傳，其言淺，其情深也。倘質直敷陳，絕無蘊蓄，以無情之語而欲動人之情，難矣。」（《説詩晬語》卷上）「托物連類」、「借物引懷」，就是通過「比興」來表達感情，反映了「意」與「象」的內在連繫。所以他認為詩人在進行藝術構思時應該「意得像先，縱筆所到，遂擅古今之奇。」（《説詩晬語》卷上）在「意」與「象」二者的關係上，確定作品的情意要先於形象的創造，並指導著形象的創造。在評孟郊詩時他説：「孟東野詩，亦從風騷中出，特意象孤峻，元氣不無斫削耳。以郊、島並稱，銖兩未敵也。」（《説詩晬語》卷上）此「意象」用來指稱孟郊作品的總體藝術特徵，近似藝術風格。又評陶淵明詩云：「過江之後，淵明胸次浩然，天真絕俗，當於言語意象外求之。」（《唐詩別裁集·凡例》）「意象外」強調了「意象」的超越性，是一種「神化不可到境界」（《説詩晬語》卷上），實際也就是超越了語言、「意象」之外的一種審美境界。

第三節　章學誠的「人心營構」說（附紀昀等）

　　章學誠是乾嘉時期一位重要的史學家，也是一位著名的文論家。其《文史通義》在論史的同時，對文學理論中的某些藝術規律也作了探討和闡述。在《易教》中首先敘及文學藝術與形象的關係問題，章學誠認為，《易經》之「象」不僅僅是《易》象，如《詩經》〈樂記〉《尚書》、《春秋》等都包含有形象的問題，其中《易》象與《詩經》比興「尤為表裡」，「《易》之象也，《詩》之興也，變化不可方物矣」。如《詩經》〈關雎〉篇中男女相互傾慕的愛悅，那「左右采之」的窈窕形象引起男子希望成為配偶的願望。〈樂記〉所記載的「鐘聲鏗鏗」，「君子聽鐘聲，則思武臣」，表明了音樂與形象相通的關係。他指出：「萬事萬物，當其自靜而動，形跡未彰而像見矣。」一切事物都具有訴諸人的感官的外部形象，具有廣泛的涵蓋性。其次他把「象」分為「天地自然之象」與「人心營構之象」兩類：

　　有天地自然之象，有人心營構之象。天地自然之象，〈說卦〉為天為圜諸條約略足以盡之；人心營構之象，睽車之載鬼，翰音之登天，意之所至，無不可也。然而心虛用靈，人累於天地之間，不能不受陰陽之消息；心之營構，則情之變易為之也。情之變易，感於人世之接構，而乘於陰陽倚伏為之也。是則人心營構之象，亦出天地自然之象也。（〈易教下〉）

　　前者為「物像」，而後者即為「意象」。審美意象的創作過程是由「天地自然之象」與「人心營構之象」來完成的。他認為「人心營構之象」是由「情之變易」所引起的；而「情之變易」又是「感於人世之

接構」，即通過自然界和社會生活的接觸而生發的種種情感。因此「人心營構之象」是來源於「天地自然之象」的，所謂「宜察天地自然之象而衷之以理」，從而依照自然的神姿妙態來「觀物取象」，文學創作活動是以「意」建「象」，以「象」表「意」，由此而建構成「意」與「象」相融合的審美意象，因此章學誠認為詩中的「比興」，實際上就是一個「取象」的問題：「深於比興，即其深於取象者也。」反映了作者對文學形象特點的認識。由於主體的「心虛用靈」，所以他舉《莊子》《離騷》等虛擬、想像的作品為例，並加闡述和肯定：「《莊》《列》之寓言也，則觸蠻可以立國[1]，蕉鹿可以聽訟[2]；《離騷》之抒憤也，則帝闕可以上九天，鬼情可察九地。」因而「意之所至，無不可也」，「人心營構之象」，即人心虛構之「象」，它藉助想像訴諸感官的審美形式來表現，正反映了文學創造富於想像而「變化不拘」的特點，這其實是對「意象」特徵的理論概括，指明了文學創作活動實際上是「意象」的物態化過程，來建造所要表達的「人心營構」的審美意象。

在此時期，詩論、畫論中有關「意象」的論說，也頗為精當，紀昀在《儉重堂詩序》中說：「意象所生，方圓隨造。」概括了「意象」的創造功能，而形像是不可能「隨造」的。紀昀在《四庫全書總目提要》論及高啟《大全集》時說：「特其摹仿古調之中自有精神意象存乎其間。」「精神意象」，蓋指意象的精神內蘊。馮班《鈍吟雜錄》卷五云：「隱者興在象外，言盡而意不盡也；秀者，章中迫出之詞，意象生動者也。」劉勰《文心雕龍》〈隱秀〉篇云：「隱也者，文外之重旨者

1 　典出《莊子》〈則陽〉：「有國於蝸之左角者曰觸氏，有國於蝸之右角者曰蠻氏，時相與爭論而戰⋯⋯」

2 　典出《列子》〈周穆王〉。記鄭國有薪於野者，擊斃了鹿，以蕉葉覆之，後被人取去，二人訟而爭之。

也；秀也者，篇中之獨拔者也。」劉勰用「獨拔」來解釋「秀」字。《歲寒堂詩話》曾引劉勰佚文的一句話「狀溢目前曰秀」，「狀溢目前」就是「意象生動」，所以才動人心弦，這是符合劉勰的原意的。陳香《竹林答問》云：「執典實訓詁而失意象，拘格式比興而遺性情，謂之泥。」他將「泥」視為詩的「三弊」之一，拘泥於典實訓詁自然無「意象」之可言。陳因《明詩紀事戊簽》〈華察〉云：「華君詩灑然自立於塵埃之表，意象超越，音奏淒清。」「意象超越」以現在的術語來說，就是指「意象」具有超象性的顯現。李重華《貞一齋詩說》云：「若悟其空中之音，即取象命意，自可由淺入深。」作者通過「取象命意」的完美融合，讀者可在深層的結構中體悟、捕捉其「象外」的審美意蘊。阮葵生在《茶餘客話》卷十一說：「作者當時之意象，與千古讀者之精神，變相融洽。」從審美鑑賞來論「意象」的較為少見，因此頗具識見，因為這確是一個帶有規律性的事實，同時深刻地指明「意象」的審美功能和作用。

畫論如方薰《山靜居畫論》云：「作畫時意象經營，先具胸中丘壑，落筆自然神速。」明確提出了「意象經營」說，指明作畫的藝術構思時，要首先具有生活積蓄和心靈感受，才能進入真正的藝術創造境界。鄒一桂《小山畫譜》（卷下）描述「意象」結構的情境時說：「想其結構時，意象慘澹，圖成後，落落大方，推陳出新，真切而不落纖巧，乃為結構。」說明畫家是按照美的創造規律來結構審美意象的，使之成為通體靈動、生氣貫注的有機整體。沈宗騫《芥舟學畫編》〈山水〉〈摹古〉云：「學畫者必須臨摹舊跡，猶學文必須揣摩傳作，能於精神意象之間，如我意之所欲出，方為學之有獲。」應該說這確是一個帶有規律性的事實，而「精神意象」在清代似已通用，頗具識見和新意。劉熙載在《藝概》〈書概〉中說：「書之意象變化，不可勝窮，約之，

不出神、能、逸、妙四品而已。」以繪畫「意象」的營造來作為品評的標準，反映了繪畫藝術的最高審美追求和理想。

第四節　方東樹的「意象分大小高下」（附潘德輿）

　　方東樹是桐城派姚鼐的四大弟子之一，以桐城派論文的「義法」移來論詩，自有其侷限，但仍有一些很精到的見解，如論詩強調「作詩本乎情景」，但必須達到情景交融：「詩乃模寫性情之具，情融乎內而深且長，景耀乎外而真且實。或則情多，或則景多，皆有偏而不融之病，即造化不完。」（《昭昧詹言》卷二十一，本節下文引該書之文只注卷次，不標書名）情與景應該是高度完美地融合，「情景融合，含蓄不盡，意味無窮」（卷三）。要做到情景融合，作家在創作過程中，要能「就景中寫意」（卷一），「象中取義」（卷十七），「意中有景，景中有意」（卷二十一）。因此他要求詩人對於客觀審美對象進行深入的觀察和體驗，「觀於人身及萬物動植」（卷一），達到「即物取象」（卷十九），同時十分重視詩人審美主體的「創意」即創造新意：「凡學詩之法，一曰創意艱苦，避凡俗淺近習熟，迂腐常談，凡人意中所有。」（卷一）他曾以一個「滿」字來概括情、景都要溢出言外：「所謂滿者，非意滿、情滿即景滿。」才能開拓和深化作品的意象。他舉例說：「以朱子《三峽橋》詩與東坡較，僅能詞足意盡，終不得滿，無有奇觀。」（卷一）朱熹的《三峽橋》詩意蘊凡陋，「無有奇觀」，而蘇東坡同一題材的詩則意蘊豐滿，「溢出為奇」。這就是說，面對同一客觀審美對象，由於作者各自感受深淺的不同，創造出作品意象的高下亦不同。所以他批評那些缺乏真情實感的詩作為「客氣假象」：「古人各道其胸臆，今人無其胸臆，而強其詞，所以為客氣假象。」（卷二）「胸臆」

謂作家的精神氣質，即所謂：「凡詩、文、書、畫，以精神為主。精神者，氣之華也。」（卷一）方東樹認為，「氣」的昇華，便是「精神」，因此詩人的精神氣質與創作審美意象密切相關。他說：

> 讀古人詩，須觀其氣韻。氣者，氣味也；韻者，態度風致也。如對名花，其可愛處，必在形色之外。氣韻分雅俗，意象分大小高下，筆勢分強弱，而古人妙處十得六七矣。（卷一）

他把詩人精神氣質的雅俗，作為權衡「意象」大小高下的依據，詩歌意象的審美價值是由於言情素質決定的，「意象大小遠近，皆令逼真（情真景真，能感人動人）」（卷八）。他認為陶淵明詩「須知其直抒即目，直抒胸臆，逼真而皆道腴，乃得之」。可見「逼真」乃指情感的真實，此正是詩人淡泊風格的有機表現形態。在評鮑照《圓中秋散》時說：「此直書胸臆即目，而情景交融，字句清警，真孟郊之所祖也。但郊才小，時見迫窘之形，明遠意象才調，自然流暢也。」（卷六）又評韓愈詩云：「韓公詩，文體多，而造境造言，精神兀傲，氣韻沉酣，氣勢馳驟，波瀾老成，意象曠達，句字奇警，獨步千古，與元氣侔。」（卷九）以致與天地陰陽和諧之氣相齊。

方東樹往往以「精深華妙」作為評詩的美學標準，如稱漢詩《西北有高樓》曰：

> 此言知音難遇，造境創言，虛則實證之，意象氣勢文法極奇，可謂精深華妙。（卷二）

所謂「精深華妙」，指詩歌意象的用意精深，形象生動奇妙，如他

評杜甫詩云：「杜公包有夢得、子厚、樂天，而有精深華美之妙。」又如他評姚鼐詩「沉精間乏華妙」（《考槃集古體題辭》），即批評姚詩說理精到卻缺乏詩歌意象的生動奇妙，所以他認為：「文字精深在法與意，華妙在意象與詞。」（《昭昧詹言》卷一）可見方東樹雖然主張以理入詩，但也反對在詩中直陳事理或理過其辭，從而損害詩的意象美。

此外，如潘德輿《養一齋詩話》卷七說：

用前人成句入詩詞者極多，然必另有意象以點化之，不能用入排偶或寫偶句也。如歐公長短句云：「平山欄檻倚晴空，山色有無中。」此實別有意象。故坡公復作長短句云：「認得醉公語，山色有無中。」以王摩詰語專歸之歐，轉見別緻。若韋蘇州「綠陰生晝夜，孤花表春余」，而王荊公直襲「綠陰」全句，又對之曰「幽草弄秋妍」，此可云意象點化乎？

此說頗為精當，所謂「然必另有意象以點化之」。也就是指擷取前人成句入詩，要加以變化再創造，在提煉詩情時應從內心感受出發，同時要滲透詩人自己的表象積累。「山色有無中」，原本是王維《漢江臨眺》中的成句，原詩為「江流天地外，山色有無中」，寫出江上遠望景色。歐陽修卻在《朝中措》詞中寫出登臨平山堂遠眺所看到蒼茫迷濛的景象，因此「另有意象」。蘇軾在《水調歌頭》中所寫，系有意將張偓佺黃州快哉亭與歐陽修平山堂作比，所以「轉見別緻」。而王安石所寫既直襲了韋應物的「綠陰生晝夜」全句，又對之「幽草弄秋妍」，在時序上一春景，一秋色，所以潘德輿認為未能達到「意象」的點化。

通過上述介紹表明，清代「意象」論的範圍較為廣泛，涉及「意象」的性質、內涵、特徵以及審美功能、文藝欣賞諸多方面，對詩歌

創作的特殊規律，具有總結性的意義。其次他們還將「意象」理論引入書法、繪畫藝術，並得到了普遍的使用，說明這種開拓深化，體現和反映了「意象」論已成為我國古代美學最有價值和影響的美學範疇，考察和探討它們的演進歷史，將有助於我們瞭解其形成和發展的特點和軌跡，而他們對「意象」論所作的總結，仍是不乏可取之處的。

中編

「意象」的建構和形態

　　中國的文學藝術系統，從某種意義上來說就是「意象」系統，不論是抒情、敘事，或是造型藝術如繪畫等，從藝術本體上進行界定，可説都是屬於「審美意象」範疇，但隨著不同的體式，其「意象」的表現建構與形態特徵也就各有其特點，這一方面是在流變的過程中通過創作實踐自然形成的；另一方面在於審美意象生成的途徑和構成的關係不同，所以有著很大的互補性，並深入到各個不同的層面，不斷擴展其內涵的容量和意蘊，這就規定了各種體式不同「意象」的美學特徵，從而形成了藝術作品的不同風貌特色。

第一章

詩歌意象

　　明代胡應麟在《詩藪》中提出了「古詩之妙，專求意象」的美學判斷，這不僅是對「古詩」表現特點的評價，也是對中國詩歌美學的最基本體認。從劉勰開始，許多理論家在探討「意象」時，論其審美功能都是與詩歌創作相關聯的，即所謂：「詩一向言意，則不清及無味；一向言景，亦無味；事須景與意相兼始好。」（《文鏡秘府論》）正揭示了「意象」創造的基本原則。事實上，正是在詩歌藝術的創造中，審美意象的功能才能得到充分的展示。所以「意象」是詩歌藝術的基本特徵，有沒有「意象」，是詩與非詩的根本區別，因此，審美意象乃是詩歌的本體。

第一節　詩歌意象的生成

　　由於中國古典詩歌獨特的抒情傳統，使得「意象」成為詩歌藝術

的本質特徵之一，是詩歌美學的重要審美範疇。

　　王昌齡在《詩格》中說：「欲為山水詩，則張泉石雲峰之境極麗絕秀者，神之於心，處身於境，視境於心，瑩然掌中，然後用思，了然境象。」詩人構思時，主要進行「意象」思維，詩即是「意象」的一種整體運動形式。皎然在《詩式》〈團扇二篇〉中則十分簡略地闡發了「假象見意」的「意」、「象」關係。正是在這種「心」與「物」、「情」與「景」、「意」與「象」的相互交流融匯中，從而產生感興體驗，審美意象才得以生成。對此楊萬里在《答建康府大軍庫監門徐達書》中，把這個意思說得更明確：「我初無意於作是詩，而是物是事適然觸乎我，我之意亦適然感乎是物是事，觸先焉，感隨焉，而是詩出焉。」「感」即感興，是詩的決定性因素，但詩人要把這種感興表現出來，還必須通過藝術的構思，細心地捕捉「意」與「象」，並熔鑄提煉鮮明生動富於顯像性的語言，而這些都是經過詩人自覺的思維活動來進行的，正如徐禎卿所說：「情實眇眇，必因思以窮其奧。」（《談藝錄》）通過冥思苦想而證悟心意，創造出屬於他們自己的詩的意象世界。因為主客體的交流是雙向流動的，所以「意象」是通過內心觀照而立意盡象的過程形成的，有些論者把這種藝術思維用概括的語言來表達，即是「意象經營」，是詩人竭盡心智通過「意象經營」所創造出來的。宋釋惠洪說：「詩者，妙觀逸想之所寓也。」（《冷齋夜話》）但是此時「意」或「象」畢竟還是屬於觀念形態的東西，必須經過詩人藉助語言的媒介材料，把它定型、物化，才能談得上真正的藝術表現，正如劉勰所說：「物沿耳目，而辭令管其樞機。」（《文心雕龍》〈神思〉）對於詩中這種顯像性的語言，有的論者徑稱之為「意象」，所謂「意象表現在詩歌中即是一個個語詞」，並舉王昌齡的《長信秋詞》（其一）為例：「奉帚平明金殿開，且將團扇共徘徊；玉顏不及寒鴉色，猶帶昭陽日影來。」

認為這首詩則由平明、金殿、團扇、玉顏、寒鴉、昭陽、日影等「意象」組合而成。這樣把「意象」僅僅著眼於單個詞語或名詞詞組，既脫離了詩人在感興支配下的藝術構思，也有悖於「意象」生成的實際，充其量只是一種客體表象或客體物像，而不是經過詩人聯結整合的整體性「意象」。沈德潛曾說：「以無情之語而欲動人之情，難矣。」（《說詩晬語》）藝術語言是審美意象的載體，但只有按照立意盡象並寄託滲透作者的審美評價，傳達特定的思想感情，才能成為審美意象，《長信秋詞》正是將兩種並不相干的事物連繫在一起作比，表達了宮廷婦女深沉的怨憤，否則「玉顏」之美與「寒鴉」之醜的對照，也就難以增強讀者對其怨恨的感受，所以「意象」孕育、生成的整個過程，實際上是一個主客體雙向建構過程，它的作用是綜合而不是單項的，也就是說，作品中的藝術語言不是各自孤立地存在著，而是在一個統一的主題和構思之下組合起來，從而在審美意象的整體上發揮它的藝術感染作用，否則就成為沒有「意」貫串的散珠碎玉，便失去了整體所賦予的情感意味。故沈德潛《唐詩別裁集》卷十九評三四兩句云：「優柔婉麗，含蘊無窮，使人一唱三歎。」朱庭珍《筱園詩話》亦云：「用意全在言外。」「神味不隨詞意而俱盡。」因此語詞怎麼能等同於「意象」？又如杜甫在《春望》中所寫「感時花濺淚，恨別鳥驚心」並不是反映「花」或「鳥」的本身特性，而是移情於物，通過「花」、「鳥」反映詩人當時憂國傷懷的心理體驗。李重華評云：「其蘊含只在言中，其妙會更在言外。」（《貞一齋詩說》）而這種「言外」之精髓，又如何用這種「詞語」、「意象」來規範和說明呢？因此把詩中的相對語詞徑稱之為「意象」，勢必造成概念內涵的寬泛性，同時與詩歌的創作實際也不相應合。

　　當然，詩中完整的「意象」，是由語詞構成的，如溫庭筠《商山早

行》中的「雞聲茅店月，人跡板橋霜」，詩從「商山早行」的意興著眼，寓意於象，通過雞聲、茅店、月、人跡、板橋、霜等六個名詞組合在一起，體現著路途辛勞的主體之情與凄清迷惘的客體之物的高度統一。李東陽《麓堂詩話》評云：「人但知其能道羈愁野況於言意之表，不知二句中不用一二閒字，止提掇出緊關物色字樣，而音韻鏗鏘，意象俱足，始為難得。」此「物色字樣」，亦即代表典型景物的名詞的選擇和組合，使「早行」之情與景都得到完美的表現，所以他認為這一聯詩在整體上是充分意象化的，不是「強排硬疊」的隨意組合。唯其如此，才創造出這一聯「含不盡之意見於言外」（梅堯臣語）的千古名句。

　　還有一種是原型「意象」，它的生成是與民族文化的演進密切相關，可說是一種歷史的積澱，如明月、秋風、落花、流水、歸雁、楊柳、杜鵑、長亭、古道等等，如「風雨」，它在《詩經》中經常出現，如：「我來自東，零雨其濛」（〈豳風〉〈東山〉），「風雨淒淒，雞鳴喈喈」（〈鄭風〉〈風雨〉）。這裡的「雨」、「風雨」是作為一種具體的場景描寫，但隨著時間的推移，逐漸成為一種原型「意象」，在送別時，不管是否下雨或颳風，詩人的意緒都與「風雨」相關聯：

　　　　寒雨連江夜入吳，
　　　　平明送客楚山孤。（王昌齡《芙蓉樓送辛漸》）

　　　　渭城朝雨浥輕塵，
　　　　客舍青青柳色新。（王維《送元二使安西》）

　　　　樽前遇風雨，

窗裡動波濤。（岑參《陝州月城樓送辛判官入秦》）

惟有別時今不忘，
暮煙秋雨過楓橋。（杜牧《懷吳中馮秀才》）

　　詩人在「風雨」中寄寓了自己離別的情懷，正如建安詩人王粲《贈蔡之篤》詩中所說：「風流雲散，一別如雨。」簡直成了深層美感心態的象徵，有如李日華所說：「風雨落葉，入詩最饒意象。」（《恬致堂詩話》）作為原型「意象」，一是具有象徵性的特徵，從而使我們激發對客體對象的具體知覺和相應感性經驗；二是原生性特徵，即具有原生性的審美物像，從而為審美意象提供了必要的富有生命力的素材，它是詩人憑藉對生活的感受和體驗而獲取積累的，也可以通過對其他作品的閱讀從而在潛意識中積澱形成，使之成為一種具有歷史性的文化心態。

　　總之，詩歌意象的生成，大體經歷了感興、構思、選煉語言這樣三個階段。這三個階段是相互連繫而缺一不可，但它們都受到「立象以盡意」的整體構思的制約，反過來它們又豐富和拓展了審美意象的流程，使之呈現出千姿百態的「意象」美。因此，詩歌藝術中的審美問題始終是一個「意象」生成的問題。

第二節　詩歌意象的組合

　　詩歌意象結構的組合方式是豐富多彩、靈活多變的，但其實質是「意」與「象」交互作用的有序化，即按照詩人的構思，根據審美形式的規律，在服從主題表達的前提之下，合成為審美意象。舊題白居易

《金針詩格》說：「詩有內外意，內意欲盡其理，理謂義理之理……外意欲盡其象，象謂物像之象。」（見陳應行《吟窗雜錄》引）元代楊載在《詩法家數》中也說：「詩有內外意，內意欲盡其理，外意欲盡其象，內外意涵蓄方妙。」「意象」在組合和建構上正體現了這種主客體的交流、融匯的過程，否則將導致有「意」無「象」，或有「象」無「意」，最後造成對詩的整體「意象」的損害和破壞。胡應麟在《詩藪》中批評宋人學杜甫詩「得其意，不得其象」，正是基於上述完整的「意象」有機體的認識。我國古典美學所說的「情景交融」、「思與境偕」，其實質就是審美情感與審美對象結合而成為審美意象，但由於審美情感與審美對象結合方式的不同，形成審美意象的不同組合方式和建構形態，從總體上可分為有序性組合與無序性組合。有序性組合指「意象」的組合是依照主體的「意」對外在的「象」的能動作用，使之有序化，也就是說，這種有序性組合是沿著情感發展的順序進行有層次的更遞或轉換。無序性組合，是相對於有序性組合而言，往往捨棄過程的連續性、因果性，從而組合建構成一種空靈而蘊藉的藝術境界。

一、有序性組合

1. 並置式組合

唐代詩人李白和杜甫各寫有一聯十分相似的詩句：

山隨平野盡，江入大荒流。（李白《渡荊門送別》）

星垂平野闊，月湧大江流。（杜甫《旅夜書懷》）

李白與杜甫的詩，都是按時間、空間順序並置組合，它們各自獨立，又相互連繫，構成詩的審美意象。如果有什麼區別的話，李白這

二句詩描繪了船出三峽後長江兩岸的景色，通過「隨」、「盡」、「入」、「流」四個動詞，寫出群山與大江那掙脫了束縛後的氣勢，表現了詩人這次出蜀難以抑制的興奮和喜悦心情。而杜甫則通過四個名詞和四個動詞，形成「星」對「垂」、「野」對「闊」、「月」對「湧」、「江」對「流」的鮮明對照，描繪了岸上星垂、平野廣闊、舟前月湧、大江東流的景象，正反襯了詩人這次離蜀東下淒苦無依的心情，所以結句説：「飄飄何所似？天地一沙鷗。」胡應麟在《詩藪》中曾説：「『山隨平野闊（按：「闊」字誤，應為「盡」），江入大荒流』，太白壯語也；杜『星垂平野闊，月湧大江流』，骨力過之。」説明二詩都是通過並置組合，而描寫的客觀景物都是大江、曠野，但由於詩人心境的不同，詩句的審美意象也迥然有別，李詩有豪邁飛動之情，杜詩則有蒼茫渾厚之概。這種並置組合在古代詩歌中是大量存在的，如王維的「漠漠水田飛白鷺，陰陰夏木囀黃鸝」（《積雨輞川莊作》），李華的「芳樹無人花自落，春山一路鳥空啼」（《春行寄興》），劉長卿的「家空歸海燕，人老發江梅」（《酬秦系》）。總之，並置式組合多用名詞或動詞按照一定的情感邏輯並列在一起，上下句往往形成相輔相成的同構對應或對比關係，突出這種情感質素，使詩歌意像在相互作用中產生新的功能，而很少關聯詞語的介入。

2. 覆疊式組合

覆疊式組合實際上是多層面疊加的組合方式，把兩個不同的時間與空間巧妙地疊加在一起，從而深入到事物的深層連繫，形成前後轉換、傳遞的關係，以便於詩人情感流動過程的表達和詩的複雜內涵的展示，使之取得更大的表現效果。它可分為並置疊加與多層疊加二類，例如陰鏗《廣陵岸送北使》云：

行人引去節，送客艤歸艫。

即是觀濤處，仍為郊贈衢。

汀洲浪已息，邗江路不紆。

亭嘶背櫪馬，檣轉向風烏。

海上春雲雜，天際晚帆孤。

離舟對零雨，別渚望飛鳧。

定知能下淚，非但一楊朱。

　　這是一首借江景而抒離別之情的詩，而「離悲」是全詩的基調，除開頭、結尾兩句破題和總綰全詩外，極有層次含蓄地表現這一「離悲」的情愫，表面上寫詩人佇立江邊眺望景色，實際上是通過並置疊加將送者和「行人」的視野相互交織在一起，兩情依依，產生了類似電影蒙太奇「疊印」的藝術效果。孟浩然「微雲淡河漢，疏雨滴梧桐」（見王士源《孟浩然集序》引），「淡」字描繪出微雲遮蓋星河的視覺形象，「滴」字則傳達出稀疏細雨滴落在桐葉上的聽覺感受，使視覺與聽覺互相滲透。陳衍《石遺室詩話》評云：「兩相湊泊，不覺以『淡』字『疏』字寫之而成佳語。」高適的「少婦城南欲斷腸，徵人薊北空回首」（《燕歌行》），則將不同時間與不同空間相互交接，產生強烈的對照；岑參的「白髮悲花落，青雲羨鳥飛」（《寄左省杜拾遺》），寫出了詩人低頭俯視地上落花而倍感神傷，抬頭遠望高空飛鳥而無限感慨；黃庭堅的「桃李春風一杯酒，江湖夜雨十年燈」（《寄黃幾復》），通過並置疊加，使昔日的交情與當前的思念，從強烈的對照中表現出來；陸游的「樓船夜雪瓜洲渡，鐵馬秋風大散關」（《書憤》），「樓船」、「鐵馬」表事，「夜雪」、「秋風」表時，「瓜洲渡」、「大散關」表地，從夜雪到秋風，從南國瓜洲渡到塞北大散關，產生了雄放豪邁的意蘊，傳達了

邊防重鎮的氛圍，在時間空間上取得了最經濟的效果，在前後傳遞轉換之中，大大增加了詩的容量，所以歷來為人們所傳誦。

其次是多層疊加組合，例如陳子昂《度荊門望楚》云：

> 遙遙去巫峽，望望下章台。
> 巴國山川盡，荊門煙霧開。
> 城分蒼野外，樹斷白雲隈。
> 今日狂歌客，誰知入楚來。

多層疊加，就是通過情感的承續遞進的內部連繫，從而開拓詩的輻射面，強化認識的穿透力，形成在更多層面的疊加，如果說覆疊式組合主要是通過對偶的連接作用，使兩組不同時間、空間的「意象」組合在一起，那麼多層疊加則通過多層次結構，展示遞進演變的內在連繫，如陳子昂的《度荊門望楚》，寫詩人從巫峽沿江東下，過荊門而遠望楚地的情景。紀昀評點此詩說：「連用四地名不覺堆垛，得力在『度』字，『望』字分出次第，使境界有虛有實，有遠有近，故雖排而不板。」（《瀛奎律髓刊誤》）正好指出了此詩意象組合上多層疊加的特點。又如李白《峨眉山月歌》云：

> 峨眉山月半輪秋，影入平羌江水流。
> 夜發清溪向三峽，思君不見下渝州。

詩的時間、空間的跨度很大，一連用了峨眉山、平羌江、清溪、三峽、渝州五個地名，為我們漸次展開一幅千里蜀江行旅圖，而江行思友之情溢於言外。這種情感的流向與全詩的景色行程相互交織，由

於多層疊加的作用，使全詩氣勢奔放，意蘊無窮，所以地名雖多，並不呆板，而且增添詩歌的意象性，正如王世貞所說「此是太白佳境」（《藝苑卮言》卷四）。

3. 對比式組合

這種組合主要通過揭示客觀事物的對立和矛盾，從而產生相得益彰的藝術效果，如杜甫《絕句》二首其二中有詩句：「江碧鳥逾白，山青花欲燃。」漫江碧透從而愈顯出水鳥翎毛之白，滿山青翠更襯托朵朵鮮花紅豔得似燃燒著的火，色彩的對比十分鮮明，意象清新，令人賞心悅目，但細加尋繹，詩通過以樂景寫哀，表達「今春看又過，何日是歸年」的漂泊傷感之情，從而構成全詩更深一層的對比。

王籍《入若耶溪》云：「蟬噪林逾靜，鳥鳴山更幽。」通過「愈」、「更」二字，突出了「靜」，使得動靜的對比效果更形強烈。曾季貍《艇齋詩話》云：「南朝人詩云：『蟬噪林逾靜，鳥鳴山更幽。』荊公嘗集句云：『風定花猶落，鳥鳴山更幽。』說者謂上句靜中有動意，下句動中有靜意。此說亦巧矣。至荊公絕句云『茅簷相對坐終日，一鳥不鳴山更幽』，卻覺無味。蓋鳥鳴即山不幽，鳥不鳴即山自幽矣，何必言更幽乎？」「風定花猶落」，是南朝謝貞《春日閒居》詩中句，王安石用此句對「鳥鳴山更幽」。通過對比使靜動相映成趣。但曾季貍對「一鳥不鳴山更幽」句卻覺無趣味可言，顧嗣立《寒廳詩話》更直斥為「是死句矣」。實則王安石原詩《鐘山即事》此二句意謂閒坐終日，唯有「茅簷相對」，因而尋求「一鳥不鳴」的真正幽靜，表達了再度罷相後孤寂的心境，使詩句蘊含著環境與心態的對比，讀後仍耐人尋味。

此外如高適《燕歌行》云：「戰士軍前半死生，美人帳下猶歌舞。」張俞《蠶婦》云：「昨日入城市，歸來淚滿巾。遍身羅綺者，不是養蠶人。」通過詩所構成截然相反的畫面相互組接，進行情理對比，使之醒

人心目，從而引起讀者情感的深刻共鳴。

還有一種不是結構大體相稱或詩句並列組接的情況，而是由多句詩構成的畫面與結句形成對比，如李白的《越中覽古》云：「越王勾踐破吳歸，戰士還家盡錦衣。宮女如花滿春殿，只今惟有鷓鴣飛。」最後一句進行大幅度的逆轉，從而形成偏正對比，取得某種特殊的藝術效果。

4. 主體式組合

「意」與「象」的關係是以「意」為主而以「象」達「意」，突出了主體的能動性和創造性。吳喬在《圍爐詩話》中說：「詩之中須有人在。」趙執信曾云：「余服膺以為名言。」（《談龍錄》）袁枚也認為：「作詩，不可無我。」（《隨園詩話》卷七）而王夫之所論更具理論色彩：「詩文俱有主賓，無主之賓，謂之烏合。……立一主以待賓，賓無非主之賓者，乃俱有情而相浹洽。」（《姜齋詩話箋注》卷二）又云：「詩之為道，必當立主御賓，順寫現景。」（《唐詩評選》卷三）「主」即審美主體，「賓」則是審美對象，「賓無非主之賓者」，即通過情感之對象化，使對象轉化為意象，因而在詩中往往形成審美主體的意向性組合方式。王夫之在詩評中曾提出以下幾種賓主關係：

一是「景中有人」即賓中有主，如謝朓《之宣城郡出新林浦向板橋》中的兩句：「天際識歸舟，雲中辨江樹。」王夫之評之曰：「隱然一含情遠眺之人，呼之慾出。」（《古詩評選》卷五）通過一個「識」字，一個「辨」字，天際歸帆，一一可以辨認，雲繞江樹也隱約可見，則抒情主人公對故鄉的懷戀之情也見於言外了。

二是「人中景」，即主中賓。任昉《濟浙江》詩云：「昧旦乘輕風，江湖忽來往。或與歸波送，乍逐翻流上。近岸無暇日，遠峰更興想。綠樹懸縮根，丹崖頹九壤。」王夫之評曰：「全寫人中之景，遂含靈

氣。」(《古詩評選》卷五）詩是途中之作，寫出詩人江行所見的景物，並以其獨特的審美眼光使客觀景物帶上作家的主觀色彩。三是景中有人，人中有景，即賓中有主，主中有賓。如劉令嫻《美人》詩云：「花庭麗景斜，闌牖輕風度。落日更新妝，開簾對芳樹。」王夫之評曰：「景中有人，人中有景。」(《古詩評選》卷三）前二句寫景，乃「心目相取」，使人感到有人在那裡獨自徜徉。下二句隨著時間的推移，那位開簾凝視這片晚景的少女就突出在我們面前。

那麼關於這種主體式的組合究竟是怎樣實現的？王夫之認為主要是通過審美感興，使情與景自然契合融為一體，即所謂：「語有全不及情，而情自無限者，心目為政，不恃外物故也。」(《古詩評選》卷五）例如李白《送孟浩然之廣陵》云：

故人西辭黃鶴樓，煙花三月下揚州。
孤帆遠影碧空盡，唯見長江天際流。

前二句看來似乎是敘事，交代送別的地方以及友人的行程，但透過詩的氣氛和環境，則寫出詩人與故人的將別和竟別。後兩句看似寫景，浩蕩的長江，一望無際，一片孤帆，愈去愈遠，但在寫景中依依惜別的詩人形象蘊含其中：朋友已上船了，詩人仍站在那裡；船已經離岸了，詩人仍在那裡目送遠去的風帆；帆影漸漸地模糊，消失在碧空的盡頭，然而詩人仍站在那裡舉目凝望；「唯見長江天際流」，最後只看見浩浩蕩蕩的一江春水向天際流去。在全詩中處於主導地位的「意」，就是詩人對故人一片深摯的友情，並組合、融會在如畫的圖景之中。全詩可說一句情語也沒有，但卻能生發出無限之情。岑參也有類似的名句：「山回路轉不見君，雪上空留馬行處。」(《白雪歌送武判

官歸京》）許渾《謝亭送別》詩句云：「日暮酒醒人已遠，滿天風雨下西樓。」也都是借景抒情的送別之作，其主體性組合方式與李白詩非常相似：化自然之景為我之情，不言情而情自在其中，給讀者留下廣闊的想像空間。作為主體式組合，另一種是直抒胸臆之作，用賈島《二南密旨》中的話說，即「取詩中之意，不形於物像」。例如：

> 民生各有所樂兮，余獨好修以為常。
> 雖解體吾猶未變兮，豈余心之可懲！（屈原《離騷》）

> 前不見古人，後不見來者。
> 念天地之悠悠，獨愴然而涕下！（陳子昂《登幽州台歌》）

屈原的詩情和抒情的方式，是充分個性化的，以表達他那「獨立不遷」的感情。陳子昂則以蒼勁質樸的語言，抒發出天地無窮而壯志未酬的慨嘆。黃周星謂此詩：「胸中自有萬古，眼底更無一人。」（《唐詩快》）又如李白「棄我去者昨日之日不可留，亂我心者今日之日多煩憂」（《宣州謝朓樓餞別校書叔云》），形象地顯示出詩人鬱結之深、憂憤之烈的精神苦悶。王安石「爵位自高言盡廢，古來何啻萬公卿」（《賈生》），可說是王安石發自內心深處的政治抒情，直接地抒發了詩人的人生態度。這種直抒胸臆之作，有如詩人內心的獨白，從而形成有序的內在情感結構組合，重在表現主體對社會、對人生的深沉的憂患意識和哲理思考，表現著客體被主體精神化的關係。有序式組合不論並置、覆疊對比或主體式組合，主要是通過「意象」的相互聯結和轉化來實現的。由於作品的題材和情感內容的不同，其組合方式多種多樣或迥然有別，但其中貫穿一條明確的軌跡，就是詩人內在情感的連

繫，不論承續、對比、對應、遞進、疊加，都是直線型，既層層深入，又渾成一氣，從而表現出詩人情感的流程與詩的主題思想，顯示審美意象的「以意立象」、「以象表意」的結構特點。

二、無序式組合

1.詞句的無序式

指詞句之間無先後順序，使畫面與畫面之間缺乏邏輯上的連繫，呈現出無序組合的狀態，例如王維《過香積寺》詩云：

泉聲咽危石，日色冷青松。

由於語序的倒裝而造成「泉聲」與「咽」之間，「日色」與「冷」之間的無序性，但正由於通過語序的顛倒，把泉聲、危石、日色和青松都變成了有生命有感情的東西，傳達了兩種獨立的感覺。張岱《瑯嬛文集》〈與包嚴介〉云：「《香積寺》詩：『泉聲咽危石，日色冷青松』，泉聲、危石、日色、青松皆可描摹，而『咽』字『冷』字，決難畫出。」一個「咽」字與一個「冷」字，從聽覺與視覺上，突出了入耳泉聲的幽咽和觸目日色的寒冷，這是多麼荒僻而幽靜的境界。岑參有詩句云：「舟移城入樹，岸闊水浮村。」（《與鄂縣源少府泛渼陂》）城當然不可能入樹，村也不會浮在水上，畫面與畫面之間可說毫無邏輯意義上的連繫，而是將時空切割後以一種情感性的順序來組合，用方東樹的話來說，是「語不接而意接」（《昭昧詹言》卷一），但這正寫出詩人一種內心的獨特感受，構建成異常空靈飛動的審美意象。又如李白的「秋水清無力，寒山暮多思」（《勞勞亭》），劉長卿的「深入泉源去，遙從樹杪回」（《自道林村西入路至麓山寺》），詩人通過這種無序式組合，將內心的感受和體驗形成一種感覺性的意象，從而激發讀者

的藝術想像力。

2. 交錯式組合

兩組詞語交錯組合，結合成完整的意象，使全篇生姿添色，豐富了詩的內涵。如王維《送梓州李使君》詩云：

> 萬壑樹參天，千山響杜鵑。
> 山中一夜雨，樹杪百重泉。

第一聯寫樹——山，第二聯則寫山——樹，交錯組合而互文見義。「山中」句承首聯「山」字，「樹杪」句承首聯「樹」字，天然工巧又挺拔流暢，充分表現出山勢的高峻突兀和山泉的雄奇秀美。

又如杜甫《賓至》詩云：

> 幽棲地僻經過少，老病人扶再拜難。
> 豈有文章驚海內？漫勞車馬駐江干。
> 竟日淹留佳客坐，百年粗糲腐儒餐。
> 不嫌野外無供給，乘興還來看藥欄。

兩組意象交錯言之，分屬：賓—主，主—賓，賓—主，主—賓。正如朱瀚所評：「一主一賓，對仗成篇，而錯綜照應，極結構之法。」（《杜詩詳注》卷九引）說明這種無序式組合富有結構的張力，從而構成開闊而意蘊豐富的藝術空間，「意中雖極欲款留，而勢必難款留」（《金聖歎選批杜詩》評）。這對分析古典詩歌「意象」結構也頗具啟發意義。

總之，詩歌意象的組合方式是多種多樣、千姿百態的，上面所述

僅從主要組合方式提供一個大概的輪廓，但不論如何多種多樣，都是
在一個統一的主題和構思之下巧妙地組合形成的。杜甫說：「詔謂將軍
拂絹素，意匠慘澹經營中。」（《丹青引》）宋惠洪《冷齋夜話》卷二引
則作「意象慘澹經營中」，說明「慘澹經營」者，即苦心構思，精心安
排「意象」的美學結構也。因為首先是審美主體通過直接感興和體驗
而按照美的規律加以對象化，由於表現的內心世界不同，便把它們組
合成不同的結構關係，而最後才能表現為審美意象，形成一種全新的
審美感受，此正是王夫之所說，詩歌「全以結構養其深情」（《古詩評
選》卷四）。因此可以說，「意象」生成途徑與「意象」建構關係這兩
個方面，是詩歌審美意象的兩個理論支點和基本因素，表達出藝術創
作中主客體關係的奇妙深邃意蘊，這顯然是詩歌審美創造最本質的特
點。

第二章

詞意象

　　在中國古代美學中，一般以「意境」或「境界」論詞，如王國維在《人間詞話》中開宗明義說：「詞以境界為最上，有境界則自成高格，自有名句。五代北宋之詞所以獨絕者在此。」實則同時期的詞學論著《白雨齋詞話》、《蕙風詞話》，已屢屢出現「境」、「境界」、「意境」的概念。探其究竟，他們所說的「境界」，實即「情」與「景」的統一，況周頤在《蕙風詞話》中說：「蓋寫景與言情，非二事也。善言情者，但寫景而情在其中。此等境界惟北宋詞人往往有之。」王國維也說：「境非獨謂景物也，喜怒哀樂，亦人心中之一境界。故能寫真景物、真感情者，謂之有境界。」兩人所說如出一轍，其實質在於強調情景交融。為此況周頤還提出「詞心」的作用：「吾聽風雨，吾覽江山，常覺風雨江山外，有萬不得已者在。此萬不得已者，即詞心也。」這種詞人作詞的心理狀態，正如黃霖《近代文學批評史》所分析：「況周頤的『詞心』既是指作家『心物交感』後捕捉到的意象，又包含著一種強烈的

創作衝動，比較正確地揭示了創作前藝術思維的特徵。」

第一節　詞意象與詩歌意象的區別

　　李清照《詞論》創詞「別是一家」之說，以嚴詩、詞之別。可是李清照未加具體論述，但從她批評蘇軾的詞為「皆句讀不葺之詩爾」，就可看出她的傾向來。任何一種文學樣式原應有它的特殊性能和傳統風格，詞是由詩演變而來，但同中有異。在體式上，詞是通過長短句來配合詞調聲律，所謂按譜填詞，依曲定體，所以許多詞家都是妙解音律的，因此聲律的獨特是造成詞「別是一家」的重要因素。但這僅是從入樂與否來區別詩與詞。還有些論者從藝術表現上加以區分，如王國維在《人間詞話》中說：「詞之為體，要眇宜修。能言詩之所不能言，而不能盡言詩之所能言。」所謂「要眇宜修」，是指詞的藝術特徵的婉約曲折，這可說是詩與詞在藝術特徵上的不同之處。所以王國維又說：「詩之境闊，詞之言長。」但是詞中也有豪放超逸的，劉熙載云：「東坡詞頗似老杜詩，以其無意不可入，無事不可言也。若其豪放之致，則時與太白為近。」（《藝概》〈詞曲概〉）所以「要眇宜修」實難以概括蘇軾詞的這種藝術特徵。明朱承爵則以「意象」來論詩與詞的異同。他說：

　　　　詩、詞雖同一機杼，而詞家意象或與詩略有不同，句欲敏，字欲捷，長篇須曲折三致意，而氣自流貫乃得。（《存餘堂詩話》）

　　朱承爵認為詞與詩有同有異，從同的方面看，所謂「同一機杼」。「機杼」見《魏書》〈祖瑩傳〉中：「瑩以文學見重，常語人云：『文章

須自出機杼，成一家風骨，何能共人同生活也。』」意謂詩文中構思和佈局的新巧，因而可引申為抒情詠懷，寫景狀物，本來詩詞的內涵，就不外「情景」二字。李漁《窺詞管見》云：「詞雖不出『情景』二字，然二字亦分主客。情為主，景是客；説景即是説情，非借物遣懷，即將人喻物。」田同之在《西圃詞説》中也説：「詞與詩體格不同，其為攄寫性情，標舉景物一也。」也就是説詞與詩在抒情寫景的作用上是一致的，但在體式即藝術表現手法上卻有所不同。試以秦觀的《調笑令十首並詩》為例，第一首《王昭君》詩曰：

　　漢宮選女適單于，明妃斂袂登氈車。
　　玉容寂寞花無主，顧景低徊泣路隅。
　　行行漸入陰山路，目送征鴻入雲去。
　　獨抱琵琶恨更深，漢宮不見空回顧。

曲子曰：

　　回顧，漢宮路，捍撥檀槽鸞對舞。玉容寂寞花無主，顧影偷彈玉箸。未央宮殿知何處，目斷征鴻南去。

　　詩與詞題材相同，所表達的內容，都是借昭君的哀怨抒發自己的情懷，但在藝術表現手法上有明顯的不同，詞略去了詩中「選女」、「登車」及「漸入陰山路」的描述，只是著重刻畫明妃內心的一片惆悵哀傷，「未央宮殿知何處，目斷征鴻南去」兩句，是極寫其思鄉懷歸之情，形成了深婉的抒情味，特別細膩精緻。

　　詞由於合樂的關係，打破了詩的整齊句式形成長短句，不僅使語

言的音節更為動聽，而且語言的句式比五七言近體詩更為敏達、靈活，即所謂「句欲敏，字欲捷」。而在章法上則「曲折三致意，而氣自流貫乃得」。謝章鋌《賭棋山莊詞話》云：「短章醞藉，大篇有開闔乃妙。不醞藉則吐露，言盡意盡，成何短章；無開闔則板拙。」因而詞的章法應寫得曲折多變，具有較大的跳躍性。那麼這種語言句式、章法與詞的「意象」創造到底具有何種關係，這是值得加以探索的問題。例如劉體仁云：「『夜闌更秉燭，相對如夢寐』。叔原則云：『今宵剩把銀釭照，猶恐相逢是夢中』，此詩與詞之分疆也。」（《七頌堂詞繹》）把杜甫《羌村三首》之一中的詩句與晏幾道《鷓鴣天》詞加以對比，認為這就是詩與詞的區別。光從語言來看，杜詩渾厚古樸，晏詞清麗淒婉，但是透過語言所創造的意象，杜詩寫出「宜睡而復秉燭，以見久客喜歸之意」（陸游《老學庵筆記》卷六），是夜闌秉燭相對而坐的意象。晏詞兩句，一寫動作，一寫心理：「剩把」，言舉燈再三相照，表達出驚疑不定的神情；「猶」字、「恐」字，寫出了擔心又是夢中相見的心理活動，比之杜詩更多輕靈妍美之致。說明所謂「詩和詞的分疆」，主要不僅在語言上，而在通過語言所創造的不同「意象」上。雖然晏幾道所寫是由杜詩衍化而來，其情也與杜詩中所寫者相似，而表達於詞，所創造的「意象」卻迥然有別，因而在風格上也具有各自不同的特點。

　　詩的章法變化有一個大體的規律，所謂起承轉合；而詞的章法，常注重曲折多變，即「空中蕩漾，最是詞家妙訣」（劉熙載《藝概》〈詞曲概〉）。試以歐陽修《蝶戀花》為例：

庭院深深深幾許？楊柳堆煙，簾幕無重數。玉勒雕鞍遊冶處，樓高不見章台路。雨橫風狂三月暮，門掩黃昏，無計留春住。淚眼問花

花不語，亂紅飛過鞦韆去。

　　沈雄《古今詞論》引毛先舒曰：「詞家意欲層深，語欲渾成。作詞者，大抵意層深者語便刻畫，意渾成者語便膚淺，兩難兼也。或欲舉其似，偶拈永叔詞云：『淚眼問花花不語，亂紅飛過鞦韆去。』此可謂層深而渾成。何也，因花而有淚，此一層意也；因淚而問花，此一層意也；花竟不語，此一層意也；不但不語，且又亂落，飛過鞦韆，此一層意也。人愈傷心，花愈惱人，語愈淺而意愈入，又絕無刻畫費力之跡，謂非層深而渾成耶？」這首詞抒寫了封建社會上層婦女的苦悶，所謂「層深而渾成」，實是結構與「意象」的完全相契相融，因為詞的章法結構適合表現婉轉曲折的感情，一唱三歎，讀之令人有「情思舉蕩漾無邊」（沈際飛《草堂詩餘正集》評語）的感受，說明歐陽修這首《蝶戀花》意象的多側面、多層次、多曲折而又渾然一體，層層都在表示「無計留春住」，層層都在加重「愁無那」，充分表現了她不能掌握自己命運的愁苦和悲哀。可見朱承爵以「句欲敏，字欲捷，長篇須曲折三致意，而氣自流貫乃得」，來區分詞意象與詩歌意象的不同，這話甚有創見，頗足供我們思考，說明詞意象具有多層含義顯示其審美內涵的豐富性。又如白居易《長恨歌》「秋雨梧桐葉落時」的意象，在溫庭筠的《更漏子》中生發開去成為：「梧桐樹，三更雨，不道離情正苦。一葉葉，一聲聲，空階滴到明。」從實到虛，從視覺到聽覺，構成氣氛濃郁的意象。說明詞在表達感情或摹寫景物時，更可以發揮其委婉曲折多變的作用。正如查禮《銅鼓書堂詞話》所說：「情有文不能達、詩不能道者，而獨於長短句中，可以委婉形容之。」從而形成在意象上的不同形態和意蘊。又如秦觀《滿庭芳》詞云：「斜陽外，寒鴉數點，流水繞孤村。」乃襲用隋煬帝詩「寒鴉千萬點，流水繞孤

村」，只增了一句「斜陽外」，便獲得詞人晁補之的讚賞：「雖不識字人，亦知是天生的好言語。」（胡仔《苕溪漁隱叢話》引）賀貽孫《詩筏》評云：「余謂此語在煬帝詩中，只屬平常，入少游詞，特為妙絕。蓋少游之妙，在『斜陽外』三字，見聞空幻。……遂如一幅佳圖。」可謂盡得「詞味」。

詩中「賦」、「比」、「興」兼有，而詞中卻特多「比」、「興」，常州詞派的周濟提出了詞的「比興寄託」說：「夫詞，非寄託不入，專寄託不出。」（周濟《宋四家詞選目錄序論》）詩中當然也有托意，駱賓王的《在獄詠蟬》全詩可說都是比興深婉的妙句，但「無人信高潔，誰為表於心」，則明顯帶有自況的意味。而詞則不然，如姜夔《點絳唇》云：

燕雁無心，太湖西畔隨雲去。數峰清苦，商略黃昏雨。第四橋邊，擬共天隨住。今何許？憑欄懷古，殘柳參差舞。

結句通過「比興寄託」的手法，寄情於「參差舞」的殘柳。陳廷焯《白雨齋詞話》評云：「感時傷事，只用『今何許』三字提唱；『憑欄懷古』下，僅以『殘柳』五字詠歎了之，無窮哀感，都在虛處。」所謂「虛處」，即通過「比興寄託」的手法，寄情於「參差舞」的殘柳。又如辛棄疾《摸魚兒》的結句：「休去倚危欄，斜陽正在煙柳斷腸處」，寄託了國勢衰微已如斜陽煙柳的怨憤之情。張惠民說：「說寄託，著重對於作品意象內蘊的領會。」[1]因此如何理解領會詩詞有無寄託的不同

1　　張惠民：《宋代詞學審美理想》，人民文學出版社1995年版，第249頁。

之處，應探求「意象」的內蘊，由此亦可見「詩詞之辨」。

第二節　詞的審美意象的表現形態

「情」和「景」的統一是詩歌乃至詞的意象的基本結構，「景」不能脫離「情」，「情」也不能脫離「景」，否則就不能構成審美意象。《填詞叢話》卷五謂：「詞雖有寫景言情之分。然寫景若非緣之以情，景亦不深，故說來亦是情語。惟所見於文字者，各有輕重耳。情景糅雜之作，更當融成一片，使讀者迴環往復，無從辨其為景為情，斯為名制。」所論一指寓情於景，即情在景中；一指情景交融，而使情景糅合融成一片。

先說情在景中。詞人寫詞往往多以融情入景的手法來表達情感，從而使景中有情，情中含景。周濟《介存齋論詞雜著》云：「北宋詞多就景敘情，故珠圓玉潤，四面玲瓏。」田同之《西圃詞說》云：「深於言情者，正在善於寫景。」王國維《人間詞話》〈刪稿〉云：「詞家多以景寓情，其專作情語而絕妙者，如牛嶠之『甘（當作「須」）作一生拼，盡君今日歡』，顧『換我心為你心，始知相憶深』，歐陽修之『衣帶漸寬終不悔，為伊消得人憔悴』，美成之『許多煩惱，只為當時，一餉留情』。此等詞，求之古今人詞中，曾不多見。」又說：「不知一切景語，皆情語也。」賀裳《皺水軒詞荃》謂：「凡寫迷離之說者，止須述景，如『小窗斜日到芭蕉』、『半床斜月疏鐘後』，不言愁而愁自見。」又如賀鑄的名篇《青玉案》詞曰：

凌波不過橫塘路，但目送、芳塵去。錦瑟華年誰與度？月橋花院，瑣窗朱戶，只有春知處。飛雲冉冉蘅皋暮，彩筆新題斷腸句。試

問閒愁都幾許？一川菸草，滿城風絮，梅子黃時雨。

羅大經《鶴林玉露》卷七評曰：「蓋以三者比愁之多也，尤為新奇，兼興中有比，意味更長。」沈謙《填詞雜說》云：「『一川菸草，滿城風絮，梅子黃時雨』，不特善於喻愁，正以瑣碎為妙。」沈際飛《草堂詩餘正集》也說：「疊寫三句閒愁，真絕唱！」賀鑄因此被當時人戲稱為「賀梅子」。羅大經所說的「興中有比」的「興」，即指寓情於景，將「閒愁」之情寓於具有季節特徵的菸草、風絮、梅雨的江南暮春景色之中，通過詞意象把抽象的閒愁變成可以觸及的東西，正如有些論者所分析：「『煙草』連天，是表示著『閒愁』的無處不在；『風絮』顛狂，是表示著『閒愁』的紛煩雜亂；『梅雨』連綿，是表示著『閒愁』的難以窮盡。」就全詞來看，除下片換頭「飛雲冉冉蘅皋暮，彩筆新題斷腸句」，一句寫景，一句言情外，無不寓情於景，顯得妥帖自然而不著痕跡，就因為詞人在寫景時，能把自己的精神、感情灌注在裡面，所以寫來「不言情而情自見」。難怪黃庭堅在《寄賀方回》詩中寫道：「解作江南斷腸句，只今惟有賀方回。」黃庭堅讚賞賀鑄結合江南暮春景色來表現令人斷腸的「閒愁」，這正好說明《青玉案》詞獨特的意象表現形態。黃氏《蓼園詞評》評徐師川《卜算子》詞云：「按不言所愁何事，曰『千種』，曰『遮不斷』，意象壯闊，大約為憂時而作。」所以他認為「意致自是高迥」。

鄭文焯在《手批東坡樂府》中評蘇軾《洞仙歌》云：「坡老改添此詞數字，誠覺意象萬千，其聲亦如空山鳴泉，琴築並奏。」[2]蘇軾原詞如下：

2　見唐圭璋《宋詞三百首箋注》第57頁「評箋」引，中華書局1958年版。

洞仙歌

　　余七歲時，見眉州老尼，姓朱，忘其名，年九十歲。自言嘗隨其師入蜀主孟昶宮中，一日大熱，蜀主與花蕊夫人夜納涼於摩訶池上，作一詞，朱具能記之。今四十年，朱已死久矣，人無知此詞者，但記其首兩句。暇日尋味，豈《洞仙歌》令乎？乃為足之云。

　　冰肌玉骨，自清涼無汗。水殿風來暗香滿。繡簾開，一點明月窺人，人未寢，欹枕釵橫鬢亂。起來攜素手，庭戶無聲，時見疏星渡河漢。試問夜如何？夜已三更，金波淡，玉繩低轉。但屈指西風幾時來，又不道流年暗中偷換。

　　據《歷代詞話》卷五引《詞苑》云：「楊元素作本事曲記，言錢塘老尼能誦蜀主詞，云：……《漫叟詩話》如此，與東坡序小異，當以序為正。」因此鄭文焯所說「坡老改添此詞數字」，或當指《漫叟詩話》引楊元素作記《洞仙歌》云云，此實難以考證，但從全詞看，不是什麼擬作，也不是那種濃豔的宮詞，「當以序為正」。這裡僅就「意象萬千」來看這首詞的特色。首兩句為原句，寫人的豐姿綽約，蘇軾補足「水殿風來暗香滿」。「暗香」荷花的清香，再加上臨水臨風，景色的清涼，更增添了人的清涼。接著兩句，通過「窺」字，將月擬人化，不僅寫景而且也是寫人。「人未寢」兩句，就明月窺出釵橫鬢亂的風姿，情景宛然。下片換頭，寫月下攜手徘徊，更是一番清幽景色，夜深人靜，庭院無聲，抬頭仰望浩瀚的天空，不時看見稀疏的流星從銀河上飛過。「試問」三句，漏滴三更，斗轉星斜，仍情意綿綿，喁喁私語，徘徊尤久矣。「但屈指」句，屈指計算秋天何時才會降臨，但深惜似水流年，結處著一個「偷」字，無限怨恨之意溢於言表，將人物的內心

世界揭示得入木三分。詞通過對蜀主孟昶與花蕊夫人故事，實際上是借題發揮，抒發了作者對良辰可惜，美景難逢，年華似水，人生易老的感慨之情。在寫法上把寫景、抒情巧妙地融合為一體，既有對人物內心世界的刻畫，也有對整體形象栩栩如生的描繪，而通過景物所寄寓的情思也含蓄地點逗出來，相互交錯，和諧地糅合在一起，此可說是鄭文焯所評「意象萬千」的意蘊所在，體現了作者高超的藝術創造力。蘇軾詞的風格以豪放為主，但這首詞寫得比較宛轉清麗，別具一格。

　　詞的情景交融，其表現方式又可分為先景後情，或先情後景兩種。劉熙載《藝概》〈詞曲概〉云：「詞或前景後情，或前情後景，或相間相融，各有其妙。」「先景後情」如柳永《雨霖鈴》起句云：「寒蟬淒切。對長亭晚，驟雨初歇。」結句云：「此去經年，應是良辰好景虛設。便縱有千種風情，更與何人說？」這種「先景後情」在詞中是最常見的。起句「寒蟬」點明秋令，「長亭」是啟行之地，「驟雨初歇」則為下文「催發」張本，創造出一種充滿離愁的氣氛。結句盡情傾吐，又可產生「含不盡之意見於言外」的效果，突出了離人別後內心無限的悵惘情緒。全詞情景交融，舒捲自如。從寫景看，有實景、虛景，有遠景、近景；從抒情看，有情事、情態、情景，又有別後難堪之情愫，迴環往復而又一氣貫注，通篇渾然成為一體，正如夏敬觀所評：「層層鋪敘，情景兼融，一筆到底，始終不懈。」從而創造了淒切纏綿的離別意象。「先情後景」如辛棄疾《念奴嬌》起句：「我來弔古，上危樓，贏得閒愁千斛。」開門見山，以「閒愁」總括全篇。結句：「江頭風怒，朝來波浪翻至。」通過景物來烘托憂國之情。作品中躍動著鮮明的詞人形象，突出了主人公滿腔憤激而深曲沉摯的內心意象。

　　總之，詞意象的內涵，不外「情」、「景」二事，情在景中和情景

交融，是詞意像兩種主要的表現形態，在抒寫主觀感情方面的委婉深曲，描繪自然景物方面的精妙細膩，以及兩者相融契合方面的渾涵圓美，它為讀者展現了斑斕多姿、豐蘊細膩的意象世界。潘德輿《養一齋詩話》評歐陽修《朝中措》詞云：「『平山欄檻倚晴空，山色有無中』。此實別有意象。」所謂「別有意象」，在於不僅描繪了平山堂氣勢凌空的景色，而且表達了這位太守舊地重遊的深情，使情與景融，通過客觀物像顯示審美主體心理和情感特徵，使作者的情感貫串於意象之中，達到心物一體的境界，有如張德瀛在《詞徵》卷一中所說：「詞之訣曰情景交煉。」所以仇遠論詞一言以蔽之：「鉛汞交煉而丹成，情景交煉而詞成。」（《玉田詞題辭》）說明「情」和「景」是構成詞意象的兩個最基本因素，唯有如此，才能創造出趣味無窮的審美意象來。

第三章

戲曲意象

　　戲曲意像有自己的特定內涵，它既不同於詩、詞等抒情文體的意象，也不同於繪畫等造型藝術的意象，主要是由演員進行舞台表演，運用多種藝術手段，展開情節的矛盾衝突。明程羽文《盛明雜劇序》云：「曲者，歌之變，樂聲也；戲者，舞之變，樂容也。」王國維《戲曲考源》：「戲曲者，謂之歌舞演故事也。」在《宋元戲曲考》中進一步論述了戲曲藝術形態的特徵：「必合言語、動作、歌唱，以演一故事，而後戲劇之意義始全。」這三者合而為古典戲曲藝術最基本的藝術特徵，這就把戲曲與一般的文藝樣式區別開來，戲曲是通過載歌載舞的人物動作展開衝突來演出故事，說明戲曲是一種綜合性藝術，是一種獨具特色的意象創作。

第一節　戲曲的人物意象

　　孟稱舜認為：「迨夫曲之為妙，極古今好醜、貴賤、離合、死生，因事以造形，隨物而賦象。」（《古今名劇合選序》）戲曲不僅表現和反映生活的容量很大，而且要寫男女、貴賤、善惡各類人物的苦樂真情。故湯顯祖對戲曲的衝突形態作了這樣的概括：「一勾欄之上，幾色目之中，無不紆徐煥眩，頓挫徘徊。」（《宜黃縣戲神清源師廟記》）王國維說：「歌舞之人，作古人之形象矣。」（《宋元戲曲考》）戲曲塑造人物形象不僅在外形的塑造上，更為主要的是在對人物內在精神意態的把握上，如對《琵琶記》第二十八出「五娘尋夫上路」中趙五娘描畫公婆真容時所唱的兩支曲子，李贄評曰：「二曲非但傳蔡公、蔡婆之神，並傳趙五娘之神矣。」（《李卓吾先生批評琵琶記》）陳眉公評曰：「兩人真容，一生行境，俱在五娘口中畫出，絕妙傳神文字。」（《陳眉公批評琵琶記》）說明戲曲對人物性格的刻畫，重在以形寫神，它是作家對特定情境中人物性格的深入開掘，從而傳達出其複雜的心理狀態，「休休，縱認不得是蔡伯喈當初爹娘，須認得是趙五娘近日來的姑舅」。情真意切，感人至深。湯顯祖評《焚香記》曰：「其填詞皆尚真色，所以入人最深，遂令後世之聽者淚，讀者顰，無情者動心，有情者腸裂。何物情種，具此傳神乎？」王驥德《曲律》〈論引子〉云：「我設以身處其地，模寫其似。」「似」即神似。祁彪佳《遠山堂曲品》也指出：「蓋情至之語，氣貫其中，神行其際。」對此，李贄說得更為透徹，在《西廂記》〈妝台窺簡〉一出批道：「嘗言吳道子、顧虎頭，只畫得有形象的。至如相思情狀，無形無象。《西廂記》畫來的逼真，躍躍欲有，吳道子、顧虎頭又退數十舍矣。千古來第一神物，千古來第一神物！」吳道子、顧愷之都是著名的大畫家，他們的畫都達到窮極造化的境界，顧愷之在《魏晉勝流畫贊》中提出了「以形寫神」的藝術主張，從而奠定了中國古代美學「以形寫神」的理論基礎，可見李

贊對崔鶯鶯所以要「賴簡」的神情意態描寫的傾倒，這個「神」就是
人物形象的精神世界，也就是「無形」的「相思情狀」。因而中國戲曲
刻畫人物，往往不拘泥於對生活中人的自然形態的模仿，而是以其對
外部言行動作的自然狀態的突破作為揭示其性格特徵的重要手段，即
通過變其形而傳其神，所以有人認為，在中國戲曲中，與其說塑造的
是形象，毋寧說是心象，這是有道理的，如李漁評《琵琶記》「賞月」
四曲曰：「同一月也，牛氏有牛氏之月，伯喈有伯喈之月。所言者月，
所寓者心。」（《閒情偶寄》）劇作家讓主人公在規定情境下強烈抒發內
心的意象。李漁為此總結了一條寫作經驗：「代人立心。」也就是說，
作者要深入體驗人物的心理特徵，並把作者的感情融合在人物的內心
世界中，使之充滿了內心意象。蘇軾說過：「優孟學孫叔敖抵掌談笑，
致使人謂死者復生，此豈舉體皆似；亦得其意思所在而已。」（《東坡
續集》）反映戲曲在萌芽時期已將審美情趣放在「得其意思」上，強調
對神似的追求，已表露出注重意象的傾向。明何良俊在《四友齋叢說》
中評析《王粲登樓》云：「托物寓意，尤為妙絕，豈作調脂弄粉語者可
得窺其堂廡哉。」所謂「托物寓意」即借託事物而寄寓情意。毛奇齡在
《毛西河論定〈西廂記〉》卷五第十七折〔逍遙樂〕曲批云：「外極其
象，內極其意。此填詞最高處。」從而深化了崔鶯鶯「何處忘憂」的內
心意象的律動。對此，湯顯祖曾作過很好的論述：

　　聲音出於虛，意象生於神。因有追之而不能棄，遠之而不能去
者。（《湯顯祖詩文集》第二十九卷《調象庵集序》）

　　他認為「神」者，「其勢然也」。在湯顯祖看來，此「亦人情之大
致」。這與《答呂姜山》信中所說的「凡文以意氣神色為主」觀點是相

一致的。他的玉茗堂「四夢」可説正是實踐了自己的這種美學主張，從而達到傳「情」之「神」的妙處。卜世臣在《冬青記》末附云：

> 吳郡詞隱先生閲是編，謂意象音節，靡可置喙。間有點板用詞處，尚涉趨時，宜改遵舊式。

卜世臣《冬青記》寫義士唐珏、林景熙收宋帝諸陵骸骨以葬，並植冬青樹為記，為題材所決定，該劇風格悲憤豪壯，「一抒其哀與怨」（《花朝生筆記》）。據呂天成《曲品》載，在蘇州虎丘演出時，「觀者萬人，多有泣下者」。沈璟所評的「意象」，指的就是這些富有民族氣節的忠貞之士的神韻氣概。戲曲的人物意象重在特定的衝突和情境中揭示人物的精神面貌和性格特徵。

有些論者認為，戲曲與詩、詞的藝術表現不同，前者主要以人物藝術形象為主，而重人物形象的刻畫，後者則以抒情為主，往往沒有直接出現人物形象。這種探索是有意義的，將「意象」的表現與形象的刻畫加以區別，也就使各自的主要藝術特徵顯得更為豁目了，尤其對小説而言。但對於戲曲來説應又作別論，我國古典戲曲不僅把抒情與敘事加以完美的結合，而且要像抒情詩描寫詩人自己的內心世界那樣描寫劇中人物內心的意象，並把它轉化為外部的形體動作，例如《西廂記》第一本第一折張珙所唱：

> 〔油葫蘆〕九曲風濤何處顯；則除是此地偏。這河帶齊梁，分秦晉，隘幽燕。雪浪拍、長空天際秋雲卷；竹索纜、浮橋水上蒼龍偃。東西潰九洲，南北串百川。歸舟緊不緊如何見？恰便似弩箭乍離弦？

　　這何異是一首描寫黃河的出色抒情詩，實際上也確乎是一首歌頌黃河的抒情名篇，但在劇中又是通過劇中人物張珙面對氣象萬千的滾滾黃河，抒發了心潮澎湃起伏以及那脫俗不凡的胸襟，使張珙的神韻和風貌外化為可以品味領悟的意象，故金聖歎評云：「張生之志，張生得自言之，張生之品，張生不得自言之也。張生不得自言，則將誰代之言？而法又決不得不言，於是順便反借黃河，快然一吐其胸中隱隱岳岳之無數奇事。嗚呼！真奇文大文也。」又說：「借黃河以快比張生之品量。」（《貫華堂第六才子書西廂記》卷四）在人物內心意象的塑造上，可說是絕妙的傳神文字，說明戲曲塑造舞台人物意象與詩歌創造意象的精神是相一致的，可說是詩歌創造意象的戲劇化，故有人稱中國戲曲為「劇詩」。在物我交融中，完成了「意」與「象」的統一、真實性與傾向性的統一，不過作者的主體，卻隱沒在客觀的人物關係之中，這可說是我國戲曲藝術領域中一種奇觀，也是戲曲意象的主要藝術特徵。對此，明沈德符曾作了很有意義的闡述：

　　雜劇如《王粲登樓》、《韓信胯下》、《關大王單刀會》、《趙太祖風雲會》之屬，不特命詞之高秀，而意象悲壯，自足籠蓋一時。（《顧曲雜言》〈雜劇院本〉）

　　沈德符對上列諸劇的評價是相當高的，所謂「然《西廂》到底不過描寫情感。余觀北劇，盡有高出其上者。」如鄭德輝的《王粲登樓》，摹寫羈懷壯志，直抒胸臆，具有深沉的悲劇情調。關漢卿的《關大王單刀會》，則極力渲染關羽不屈的精神、豪邁的氣概和威武的性格。如劇中《雙調》〈新水令〉的「大江東去浪千疊」，以景托情，寫來氣勢豪壯，一句「二十年流不盡的英雄血」，把關羽的品格、氣節、

襟懷、意志表現得淋漓酣暢，使人物的精神面貌得到深入的開掘。關漢卿在劇中對關羽形象的創造，在於深刻地揭示其內心意象，從而達到「氣旺神全」的藝術化境。其他諸劇也有異曲同工之妙，長於揮灑英雄、烈士的襟懷，此正是沈德符所説的「意象悲壯」的重要原因，其成就固不在形跡間也。這種傳形之神的內心意象，成為我國古代戲曲主要的審美特徵，我國最傑出的戲曲作品，創造了眾多傳神的人物形象，並成為傳神文學的範例，至今仍活躍在戲曲舞台上。

第二節　戲曲的場景意象

　　任何藝術理論均來自藝術實踐，反過來又指導藝術實踐，我國戲曲對於場景藝術的美學思想，在元曲中即已確立、成形了，在戲曲領域中顯示了卓越的智慧和創造。清吳偉業在《〈北詞廣正譜〉序》中說：

　　而元人傳奇又其最善者也。蓋當時固嘗以此取士，士皆傅粉墨而踐排場，一代之人文皆從此描眉畫頰、詼諧調笑而出之，固宜其擅絕千古。……其馳騁千古，才情跌宕，幾不減屈子《離騷》、子長感憤，真可與漢文、唐詩、宋詞連鑣並轡。而其中屬詞比事，引宮刻羽，不爽尺寸，渾然天成，仍自雕畫眾形，細若毫髮。而意象豪邁，不為法律拘縛者，又多以北調擅場。

　　吳偉業全面論述了作為綜合性藝術的元雜劇的崛起、成因及其輝煌成就，同時對其體制一些帶有規律性的現象，諸如唱詞賓白、宮調運用、角色行當以及場景藝術的表現特色等等作了闡述。這裡的「意

象豪邁」，即通過「意象」用來表現場景的宏大氣魄，形成舞台時間和
舞台空間的意象化，例如羅貫中《宋太祖風雲會》第二折「梁州第七」
云：

> 護中軍七層劍戟，守先鋒萬隊槍刀，五方旗四面相圍繞。朱幡皂
> 蓋，黃鉞白旄；箭攢雕羽，弓掛龍弰。滴溜溜號帶齊飄，威凜凜掛甲
> 披袍，撲咚咚鼓擂春雷，雄糾糾人披繡襖。不剌剌馬頓絨絛，咆哮，
> 戰討。馬和人飛上紅塵道，金鐙穩，玉鞭裊，催動龍駒把彎搖，轉過
> 山腰。

簡略幾筆，就把趙匡胤率領將士出征的盛大場面和情景突現在讀
者面前，這裡有劍戟、弓箭、刀槍等威武的兵器；有四繞的旌旗、號
帶；有咆哮的戰馬和如雷的鼓聲；有掛甲披袍的隊隊將士，真是千軍
萬馬，呼之慾出，為行軍情節造成一種浩大的聲勢和氣氛，把觀眾置
於共同感受的情緒之中，這是符合戲曲場景的藝術要求的。這種場景
的創造，既有戲曲本身所形成的歷史條件，也明顯受到傳統詩歌、繪
畫創造意象的影響。湯顯祖云：「凡物氣而生象，象而生畫，畫而生
書，其噭生樂。」故「有質、有風、有光、有響」（《答劉與威侍御論
樂》）。它是物我交融的產物，是「意」與「象」的結合，是隨著演員
的虛擬表演，使舞台上的場景與劇中人的感受相互融合在一起，組成
了一卷千軍萬馬的出征圖。這就是對場景的一種「意象經營」，也就是
一種意象化。與「意象經營」相與生發的是運用虛擬表演，把整個場
景的意象介紹給了觀眾，並向觀眾證實這個場景的存在，因此作為戲
曲的表現形式，具有虛實相間的特點，所以有人認為這就是「意象」
的假定，如上述場景時空的表述是虛境，它是通過唱詞和圓場來顯示

白日行軍的動態，所謂「行不幾里，又早天晚也」。通過虛實相生這種辯證的轉化，它可以在方丈舞台上，形成百里疆場、千里江河、萬仞高山，以至幾個圓場就過去了，這就使場景可以在空間中自由轉換，稱得上「咫尺有萬里之勢」，並通過戲曲唱做念舞的虛擬表演把它展現出來向觀眾證實劇情規定的戲劇環境的存在，否則整個場景就會受到破壞，失去了生活的真實感，這種虛實相間的辯證轉化，就是羅貫中既把場面寫得很壯闊，又把軍隊寫活了，正是以意象化的方法來表現的。明顧仲方《筆華樓新聲》〈自序〉：「夫刻劃意象，非造化之自然。」清代戲曲家黃圖珌說：「景隨情至，情緣景生。」（《看山閣集閒筆》）姚華說：「蓋心物交應，構而成象。」（《曲海一勺》〈述旨第一〉）正道出了其中的奧秘。

戲曲意象生成的途徑和舞台表演密切相關，王驥德在《曲律》中曾說：「案頭之作，已落第二義。」李漁《閒情偶寄》則說：「傳奇之設，專為登場。」「登場」也就是搬演。劇本要通過演員的表演才能在舞台上實現。舞台審美意象就是劇本和表演的矛盾統一，是一種再創造，最終目的是要營造和呈現一個訴諸審美知覺的情景交融的意象世界。正是在這個意義上，戲曲被稱之為綜合藝術，通過演員唱、念、做、打的虛擬表演，不僅具有直觀造型的特性，而且兼具時間藝術和空間藝術的審美特點，形成了一個連續的、完整的動態結構，從而表達了故事情節所內含的意蘊，有頭有尾，脈絡分明，在欣賞中喚起審美意象的感受，俗話說：「台上一人唱，台下千萬象。」虛虛實實，氣象萬千，這除了演員的內心體驗和形體表現之外，還與戲曲舞台上創造戲劇場景的「意象經營」分不開，例如湯顯祖《牡丹亭》〈驚夢〉云：「不到園林，怎知春色如許！」運用虛擬表演和舞台調度，不僅展示了「姹紫嫣紅開遍」的春色圖，而且譜寫出一首青春少女思緒萬千的春心

曲，舞台上的春色與劇中人對春色的感受是融合在一起的，也就是它已經是「意」與「象」的結合。在虛擬手法的作用下，超越舞台時空的限制，變有限為無限。「這些特點，在此後各個歷史時期的戲曲表演中，雖有不同的具體表現和發展水平，但其基本精神則不斷被繼承下來，成為我國戲曲表演所特有的民族戲劇文化傳統。」[1]這可説是我國歷代戲曲藝術家的傑出創造，它既與詩歌、繪畫創造「意象」的精神有共同性的一面，又呈現出更為豐富的場景，而且集中展示了意象藝術的表現手法，如虛擬傳神的表演程式，不斷變化時空的舞台環境，「趟馬」、「走邊」的表演動作，以及體現審美氛圍節奏的曲牌、鑼鼓音樂，從而形成了中國戲曲獨特的模式——寫意化、程式化、規範化。由於這種模式表現了生活中的矛盾衝突，摹其形，攝其神，注重情感的抒發，使景融於情，情創造了景，從而調動了觀眾豐富的想像力，形成了我國戲曲獨特的審美情趣和濃郁的審美形態，正如王驥德在《曲律》中所指出：「古劇不論事實，亦不論理之有無可否，於古人事多損益緣飾為之，然尚存梗概。」所以，劇作者對場景和情節的「意象」營造，往往並不著意推敲或模擬，在很大程度上是取決於作者的主觀意向，從而形成「舞台小天地，天地大舞台」的藝術境界。

　　翁偶虹在論述梅蘭芳的表演藝術時曾作了精闢的剖析：「他在造像之始，不只立象，還要立意；不只塑形，還要塑神；既立客觀之象，又立主觀之意；既不是對實像的摹仿，又不是主觀上的幻影；所謂立象盡意，意賴象存，象外環中，形神兼備。這樣造像，是掌握了中華民族的美學意識——意象美學意識。」[2]可説從藝術哲學的高度，闡明了戲曲意象美學的基本特徵。

1　張庚、郭漢城主編：《中國戲曲通史》上冊，中國戲劇出版社1981年版，第437頁。

2　翁偶虹：《梅蘭芳的意象美意識》，《戲劇論叢》1984年第8期。

第四章

文章意象

　　文章到底有否「意象」？回答應該是肯定的。晉摯虞在《文章流別論》中提出了「假象盡辭，敷陳其志」的命題。陸機在《文賦》中也提出了「雖離方而遯員，期窮形而盡相」的看法。他們已初步地把「意象」理論置於文章創作的範疇中來考察，但在較長的一段時間裡，對文章意象的論述卻較少涉及，因此仍有加以探討的必要。

第一節　文章意象的創造

　　首先接觸到的問題，是文與詩的區別。金元好問《楊叔能小亨集引》云：「詩與文，特言語之別稱耳，有所記述之謂文，吟詠情性之為詩，其為言語則一也。」明張佳胤《李滄溟先生集序》云：「詩依情，情發而葩，約之以韻；文依事，事述而核，衍之以篇。」他們都從內容和表現形式兩個方面，對詩與文作了區分，指明了詩以抒情為主，文

以敘事為宗。當然「事述而核」，並不是指純客觀的事實紀錄，否則就失去了審美意義，更無所謂經過主體的意的釀製。所以他認為問題在於「葩不易約而核不易衍也」。王世貞《藝苑卮言》卷一云：「首尾開闔，繁簡奇正，各極其度，篇法也。抑揚頓挫，長短節奏，各極其致，句法也。點掇關鍵，金石綺采，各極其造，字法也。篇有百尺之錦，句有千鈞之弩，字有百煉之金。文之與詩，固異象同則。」這裡他發表了很有見識的議論，所謂「異象」，是指文與詩所創造「意象」的差異，「同則」指文與詩的創作有相同的法則。這裡他雖強調法則的妙用，但從總體上認為「象」與「法」在文與詩中是相對、相依的兩個基本要素，正如他所說的：「法極無跡，人能之至，境與天會，未易求也。」

關於文章意象創造問題，明茅坤在《五嶽山人後集序》中說：「竊以為文章者，所當天地間日月風霆、山川疆域、昆蟲草木之變而繪之成象、觸之成聲者。」這就把文章寫作納入了審美意象的領域。古代文論也往往強調「以意為主」，宋周輝《清波雜誌》卷中云：「大抵論文以意為主。」《浦氏漫齋語錄》云：「為文先要識主客，然後成文字，如今作文須是先立己意，然後以故事佐吾說方可。」（明高琦《文章一貫》〈立意〉引）對此，葛應秋在《石丈齋集》卷三《制義文箋》中曾兼攝詩、文明確地提出了「意象合」的命題：

詩家論詩貴意象合，不知經藝亦貴意象合。有象而無意，謂之傀儡形，似象非其象也；有意而無象，何以使人讀之愉惋悲憤，精神淪痛。

葛應秋精通制義，對八股文的寫作很有研究。屠隆在《讀葛萬說

制義序》中說：「一讀之愕然而驚，再讀之灑然以喜，既卒業而慨然太息也，為制義一至是乎！」所以他認為作為「經藝」的文與詩一樣，「亦貴意象合」，使「意」與「象」能達到和諧的統一，有「象」無「意」或有「意」無「象」都是不可取的。那麼，作為文如何達到「意」和「象」的和諧統一？對此他又作了進一步的闡述：

　　或問意之於文何如？曰意在象中者為佳。或問詞章得非像乎？曰：凡膚格色澤氣勢皆象也，皆是意態。然而欲意象合亦有訣乎？曰：能於題上虛處取意，又能於題上實處取象，則意自不逞，象自不浮，不期合而自合者也。今文之佳者，強半出於逞意，然終是淺露。一至淺露，雖其懸倒九河，雄掃三軍，氣格終屬弱品。

　　他強調作為文章的「意象」，「曰意在象中者為佳」。真正具有美學意義的文章意象，絕不只是對客觀物像的描摹，當然也不是脫離物像的陳述，而應該「意」在「象」中，作者的思想感情和作品的豐富內涵要寄寓在「象」之中，因為只有「意」在「象」中才能使讀者因「象」悟「意」，所以他認為「凡膚格色澤氣勢皆象也」，「象不至則意不工也」。兩者既相互依存又相互影響，這是「意象」經營的一個主要的美學原則。他接著提出如何使「意」與「象」和諧統一的訣竅，這就是從題上虛處取意和從題上實處取象。所謂從題上虛處取意，就是按照文章題目的規定，對全文的旨意進行深入的判斷和挖掘，否則只在表面層次上浮動，缺乏思想和感情的深度，「意」就難以得到充分的表現。所謂從題上實處取象，就是按照文章題目的規定，從自己所積累的感性的表象材料選擇最具特徵、最有表現力的事件和場景，直至完善方可以輸入載體。這樣就能使作品的「意象」達到「不期合而自

合」的理想境界，如果寫文章只是直接表達情意，究竟是淺露，表面上雖「懸倒九河，雄掃三軍」而「氣格終屬弱品」。因為文章的「氣格」說到底是客觀的「象」與主觀的「意」相統一，通過語言形式表現為一種特定的氣脈、風格，從而使人感受到作者的胸襟情懷、思想氣度，又有充分的審美質素，一唱三歎，噴薄而出，給人以啟迪和審美享受，因而它不僅具有認識價值，而且具有審美價值。

葛應秋對文章意象的內涵以及「意」與「象」的結合，提出了頗中肯綮的看法和要求，甚至揭示了「意象」創造的一些藝術規律，在認識上比前人大大地前進了一步，是具有獨到之處的。

屠隆在《汪識環先生集敘》中認為：「唐宋以來，諸公好鎔古文意象，而各師心自出。」「師心」謂以己意為師，匠心獨運而不拘成法。在唐宋古文運動中，出現了韓愈等唐宋八大家，他們主張在繼承散文傳統的基礎上，強調有所革新和創造，「師其意不師其辭」、「惟古於詞必己出」（韓愈《樊紹述墓誌銘》）而且敘事、抒情、寫景和議論，各體皆備，使之成為文學史上源遠流長的重要體式。

清人王芑孫在《小漠觴館文集序》中說：「蓋奇偶之用不齊，而一真孤露，吹萬畢發，氤氳於意象之先，消息於單微之際，上者載道，下者載心，其要固一術爾。」認為文章雖然有駢體與散體的形式區別，但其表述功能則是相一致的，在創作過程中，氣的聚合要在「意象」之先，字的更替要在細微之處，那麼兩者所達到的價值則是相同的，揭示了從「意象」到語言的轉化，使之融為一體，既體現了主體的自覺，又使「意象」鮮活化了。這對文章意象的創造是有其理論意義的。

第二節　文章意象的審美形態

　　文章的體裁個別，有以敘事為主的，有以議論為主的，有以抒情為主的，有以寫景為主的，有以敘述歷史事件或生活瑣事為主的。在表現手法上根據內容的需要，可以直陳其事，可以抒情議論，可以比興寄託或象徵隱喻，也可以白描渲染、刻畫人物。總之，有感而發，它潛藏的內蘊是充盈豐滿的；唱嘆有致，它表現的風采是儀態萬千的。因此，文章意象要根據體裁而定，不同的體裁其意象形態也就有所不同，但作為文學作品，就在於它具有審美意象，因此，在「意象」的建構上，仍有其共同性的規律，對此明趙夢麟曾作了很有意義的闡述：

　　故世之薦紳學士，啟函而識體，因體而會心，加以含英咀華，漱芳籤秕，游乎骨理之內，超乎形骸之外，內足於意，外足於象，意象衡當，發以天倪，當必如蜩若掇，有神，斤成風，庖合舞者矣，惡得遽以糟粕少之哉？（《文體明辨》〈序〉）

　　「體」即體裁。「啟函而識體，因體而會心」，強調了寫文章必須識辨、確定體裁樣式的重要性。明瞭和掌握體裁的特性和營造方式，從而達到「內足於意，外足於象，意象衡當」的境界。因此，應該「發以天倪」任自然本性之真，猶如《莊子》〈達生〉所說：「佝僂者承蜩，猶掇之也。」一個駝背老人的捕蟬，好像拾取一樣輕鬆，如「梓慶削木為鐻」、「匠石運斤成風」（《莊子》〈徐無鬼〉）的創造性技藝活動。又如庖丁解牛，刀入則迎刃而解，「以神遇而不以目視」，從而「合於桑林之舞」（《莊子》〈養生主〉），即合於〈桑林〉樂章的舞步那樣的自

然和諧。莊子的寓言是以此來說明「道」與「技」的關係，而「技」作為藝術創造活動，達到一種既符合自然規律又靈活自由，並臻於化工造物一般的自然天成，揭示了藝術創造活動所具有的物化形態。趙夢麟則以莊子寓言中古代的能工巧匠的創造性活動，來說明文章意象生成過程和審美特徵，不論抒情性的散文，有感而發的敘事寫物，抑或脫胎於歷史傳記的紀實文學，如司馬遷的《史記》，雖由於體裁個別，風采各異，但在客觀與主觀相化合的過程中，都要使「意」與「象」自然渾成，衡當得體。魯迅曾稱讚《史記》為「史家之絕唱，無韻之《離騷》」（《漢文學史綱要》），這評價是很高的，也是切中肯綮的。《史記》通過對人物生活經歷的具體描繪，不僅使人物鮮明突出，栩栩如生，而且寄寓了作者的褒貶和愛憎感情，「寓論斷於敘事」之中。在趙夢麟看來，文章意象的生成主要是通過體驗、感悟的方式與萬物融匯涵攝，而不是以實證或停留在直感認識上去把握客觀物像。文章意象這種微妙之處，是難以通過語言所能表達和分析的，而要經過寫作實踐才有所體悟，所以他說怎麼能倉促地以「糟粕」而加以輕視呢？這可能是趙夢麟通過莊子的寓言反覆闡述的用心之所在。

　　如果說趙夢麟從文章的體裁立論，來說明文章意象生成的特點，那麼明湯賓尹在《齊進士稿序》中則通過「文骨」來闡述文章意象的審美特徵。他說：

　　凡為文者，必有文章之骨；意象峻嶒，孤來脊往，寧為一世人違其好惡，而倔強磊塊之氣，時時凸出於襟項間，此謂文骨也。（《睡庵稿文集》卷六）

　　所謂「文骨」，與語言形式相對，指文章的內在精神氣質。北齊魏

收曾說：「文章須自出機杼，成一家風骨，何能共人同生活也。」（魏收《魏書》〈祖瑩傳〉）劉勰在《文心雕龍》〈風骨〉中說：「沉吟鋪辭，莫先於骨」，「結言端直，則文骨成焉」。湯賓尹承繼了這一觀點，認為文無骨不立，而「文骨」之立，他認為關鍵在於「意象峻嶒」，有了充滿高峻突兀生機活力的「意象」，因而能獨往獨來，迥異流俗，其好惡能與所有的人相違，表現出「倔強磊塊之氣」，使人感到生命和意志的律動，這樣才能形成「文骨」。實則，作者內在的「意」融化於外在之「象」，而沒有獨特鮮明、內涵豐厚的「意象」，也就無所謂「文骨」。這種探討不乏獨到之見，不僅體現了文章意象的審美特徵，同時使「意象」理論的建構更具綜合性，使之進入到文章體裁的本體層，具有關係到一篇文章的高下成敗的價值，體現了「意象」理論多層面的流變和發展，這是值得我們重視的。至於錢謙益在《湯義仍先生文集序》中所說：「義仍晚年之文，意象萌苗，根荄屈蟠，其原汩汩然，其質熊熊然。」這不僅指明了文章的「意象」思維特點，同時也是對湯顯祖舒捲自如文風的生動描述，至今仍有一定的理論意義。

第五章

書法意象

　　書法是以線條和字體結構為基礎的造型和表意的藝術，其源遠流長，名家輩出，從殷王朝的甲骨文開始，經過秦代的大篆、小篆，至兩漢的隸書，魏鍾繇的楷書，其影響一直波及唐宋明清。東晉時大書法家王羲之、王獻之章草和行書的出現，形成新的體貌，開了一代風氣，被後人尊為「書聖」。唐代的張旭、懷素、顏真卿、柳公權成為書法上的集大成者，獲得了創造性的發展。宋代的蘇軾、黃庭堅、米芾、蔡襄，號稱「宋四家」，卓冠一時，各有特色。書法的創造就是一種審美的創造，具有很高的審美價值。由於對於書體、筆勢、筆法、結體等方面的探索和經驗的積累，出現了大量的書法美學理論著作，提出了不少精闢的見解，涉及書法美學的各種因素，對於促進書法藝術趨於自覺和成熟，及對其他種類藝術的審美創造，都產生較深遠的影響。這裡僅就書法意象的有關問題，談一些看法。

第一節　書法意象的建構特點

　　關於書法意象的建構特點，首先得從中國文字的建構說起，因為書法是在文字的基礎上發展起來的。中國字形的本身，具有象形之美，充滿著視覺意象。漢許慎在《說文解字》〈敘〉中說：「倉頡之初作書，蓋依類象形，故謂之文。其後形聲相益，即謂之字；字者，言孳乳而浸多也。著於竹帛謂之書；書者，如也。」漢字的起源本於「象形」，以後經過「指事」、「形聲」、「會意」、「轉注」、「假借」等方法，逐步形成表意的符號體系，而「象形」則是漢字構造的基本方式。晉衛夫人《筆陣圖》說：「然心存委曲，每為一字，各像其形，斯道妙矣，書道畢矣。」所以它的建構是以「象」為基礎，結合「意」和「音」交織而成，簡言之，就是「象──意」建構，從美學角度審察，也就是「意」、「象」建構。許慎在《說文解字》〈敘〉中就曾從《易傳》「觀象取意」的觀點來說明文字的「象形」原則，所謂「近取諸身，遠取諸物」，其目的就是為了表達主體的「意」。劉勰《文心雕龍》〈練字〉云：「夫文象列而結繩移，鳥跡明而書契具，斯乃言語之體貌，而文章之宅宇也。」「文象」指以象形為特點的早期文字，經過漫長的歷史演化，但其「體貌」仍保持「象」的特點，並兼具表意的功能，所以它與一般拼音組合的詞語有明顯的區別。對此，法國人勒內・艾蒂安布爾就曾認為，中國的漢字「就是顯示一種詩的意象」（《東方書法與西方書法畫》）。中國漢字的建構特點，可以概括為那麼一個基本點，即意象思維的物化形態。

　　漢字是中國書法的基礎，也是我們探討中國書法藝術的出發點，許慎所說的「著於竹帛謂之書；書者，如也」，是最早對「書」字的詮釋，即用文字進行如實記述，這可說是「書」的本義。揚雄《法言》〈問

神〉篇云：「故言，心聲也；書，心畫也。」已顯示「書」的含義的某些變化。到了蔡邕在《筆論》中則明確地提出對書法藝術的美學見解：「書者，散也，欲書先散懷抱，任情恣性，然後書之。」認為「書」不光是傳達、記錄知識信息，而且是一種思想感情的表達，可以疏散懷抱，寄情遣興，給予人們以審美感受。嗣後王羲之說：「須得書意，轉深點畫之間皆有意。」（《晉王右軍自論書》引）漢蕭何論書勢曰：「書者意也。」（見陶宗儀《書史會要》引）唐張彥遠也說：「書以傳意。」（《法書要錄》引）韓愈《送高閒上人序》云：「往時張旭喜草書，不治它技。喜怒窘窮，憂悲、愉佚、怨恨、思慕、酣醉、無聊、不平，有動於心，必於草書焉發之。」沈亞之《敘草書歌送山人王傳又》云：「匠心於浩茫之間，為其書者，必由意氣所感，然後能啟其象。」劉熙載《藝概》〈書概〉云：「書者，如也；如其學，如其才，如其志，總之曰如其人而已。」、「筆性墨情，皆以其人之性情為本，是則理性情者，書之首務也。」說明書法藝術的要素，是以「意」為主的，表現出作者的性格、胸襟、氣質及學養，並傾注著作者的思想感情。但書法作為造型性的藝術，它要通過物像的形態，使點畫鉤撇的線條，表現出大千世界豐富的形式美。魏人鍾繇就曾主張：「每見物類，悉書象之」，使「點如山摧陷，摘如雨驟，纖動如絲，輕重如雲霧，去若鳴鳳之遊雲漢，來若游女之入花林，燦燦分明，遙遙遠映者矣」（見《佩文齋書畫譜》、《鍾繇論書》）。晉王羲之在《題衛夫人筆陣圖後》也說：「每作一橫畫，如列陣之排雲；每作一戈，如百鈞之弩發；每作一點，如高峰墜石；……每作一牽，如萬歲枯藤；每作一放縱，如足行之趣驟。」在這種豐富多姿的「象」裡，既有氣勢雄渾的動態美，也有深沉自然的靜態美，使書法藝術的點畫、結體與客觀物像保持著內在的特定的連繫，闡明了書法藝術美的法則來源於自然，也是對書法藝術「意

象」特點的生動描述。書法藝術這種「意」與「象」的關係，正如唐孫過庭在《書譜序》中所説：「情動形言，取會風騷之意；陽舒陰慘，本乎天地之心。」「情動形言」，見《詩大序》「情動於中而形於言。」「風騷之意」，「風」指〈國風〉，「騷」指《離騷》。簡言之，即抒情寫意。「陽舒陰慘，本乎天地之心。」這句富有哲理性的話，闡明了書道充滿了陰陽的變化，而這種變化，「本乎天地之心」。《周易》〈復〉象辭曰：「復，其見天地之心乎。」指萬物所始，源於自然。從哲理的高度深刻地指明了中國書法藝術的本質特點，在氣韻生動的陰陽變化中，蘊含著自然之道，即所謂「同自然之妙有」（孫過庭《書譜》），取得如同自然界一樣的生命和氣韻。就書法意象建構來説，這兩方面是相互制約相互作用的。元人鄭杓在《衍極》〈書要篇〉中説：「書肇於自然，陰陽生焉，形勢立焉；勢來不可止，勢去不可遏；若日月雲霧，若蟲食葉，若利刀戈，縱橫皆有意象。」可説是對書法意象建構的理論概括。劉熙載《藝概》〈書概〉云：「聖人作《易》，立象以盡意。意，先天，書之本也；象，後天，書之用也。」以「意」為本，以「象」為用，正説明了書法藝術意象建構的特點，其淵源則來自《易傳》的「立象以盡意」。所以書法藝術之不同於一般的書寫，它是通過意象建構而自成體勢，表現出作者的神態意趣和風格氣勢，貫穿著「心」與「物」、「意」與「象」、「空靈」與「充實」的對立統一，從而形成一種獨立的藝術形態，凝聚著中華民族文化的精髓，也是世界文化藝術寶庫中的一朵奇葩。

第二節　書法意象的審美特徵

一、抽象與具象的完美統一

有人把中國書法藝術稱之為線的藝術，但這種線是與體相結合的，所以從表面看，沒有具體的形象，但細加體味則「縱橫有可像者」。此外，作為書法藝術，它的根本意義在於主體內在的精神、情感的抒發和表現。王羲之云：「須得書意轉深，點畫之間皆有意，自有言所不盡。」（見《法書要錄》卷一引）成公綏《隸書體》云：「應心應手，必由意曉。」都是強調了書法可以盡意，是「意」的表現，能使欣賞者從中得其意趣之美：「仰而望之，郁若霄霧朝升，游煙連雲；俯而察之，漂若清風屬水，漪瀾成文。」（《隸書體》）從而把主體的「意」提到書法創作的支配地位。

中國漢字是以象形為基礎創造的，是在「意象」的思維過程中形成的，但它不拘束於現實中的「象」，更不是繪畫六法中的「應物像形」，直接與「物」相應，所以從表面看，沒有具體的「象」，而是似寫意畫一樣，選取其最洗練、最概括的特徵，因而具有抽象的品格，南齊王僧虔稱其為「筆意」（《筆意贊》），因而失去「筆意」，也就不能稱為「書法」了。唐張懷瓘《文字論》在解釋王僧虔上述論斷時曾作了如下的闡述：「文則數言乃成其意，書則一字已見其心。」也正是指書法能抒發作者的情懷意趣，能反映人的精神質素。所以蘇東坡在談到褚遂良的書法時曾說：「古之論者，兼論其生平；苟非其人，雖工不貴也。」（《東坡題跋》卷四）這就是說，不僅以字觀人，而且還要以人論字，才能得出正確的評價，從一個側面也反映了書法藝術的形成是比較概括、抽象的，它是以點、橫、撇、捺等變化律動來表現作者的思想感情和精神品格的。漢蔡邕在《筆論》中為了說明「為書之

體，須入其形」，接著以十六個「若」字作了比擬形容，對書體的特徵作了形象性的描述：「若坐若行，若飛若動，若往若來，若臥若起，若愁若喜，若蟲食木葉，若利劍長戈，若強弓硬矢，若水若雲霧，若日月，縱橫有可像者，方得謂之書焉。」通過十六個若字，用來說明書法審美創造中，要廣泛吸取物像的神態，通過聯想和想像，來豐富書法特定的意象。而這種特定的書法意像已擺脫對客觀物像的模擬，表現為一種生氣盎然的氣勢和韻律，即上升為「同自然之妙有」的境界。蔡希綜在《法書論》中指出：「邇來率府長史張旭，卓然孤立，聲被寰中，意象之奇，不能不全其古制……又乘興之後，方肆其筆，或施於壁，或扎於屏，則群像自形，有若飛動。」就是把天地萬象的神態氣韻汲取到書法藝術中來，使之具有生命律動的美感和韻味悠長的意象。皎然在《張伯高草書歌》中寫道：「須臾變態皆自我，象形類物無不可。閬風游雲千萬朵，驚龍蹴踏飛欲墮。」張伯高即張旭，皎然是親眼看見過他作草書的，詩中所寫，正反映了張旭在「象形類物」的過程中，與胸中之情密切結合，使之具有姿態橫生、氣度超邁的特點。這正是書法審美意象的根本基礎，有如杜甫在《觀公孫大娘弟子舞劍器行·序》中所說：「昔者吳人張旭，善草書書帖，數常於鄴縣見公孫大娘舞西河劍器，自此草書長進，豪蕩感激。」從而創造出被蔡希綜稱之為「意象之奇」的作品。再以唐代另一草聖懷素的經驗來看，陸羽在《釋懷素與顏真卿論草書》中，曾記錄下這樣一段精彩的對話：「顏真卿曰：『師亦有自得乎？』素曰：『吾觀夏雲多奇峰，輒常師之，其痛快處如飛鳥出林，驚蛇入草。』」因此，在他的筆下出現夏雲一樣不斷幻化、飛動不居的奇姿異態，使之有「飛鳥出林，驚蛇入草」之妙。由此可見，蔡邕所說的「縱橫有可象者」，是說書法的每一點畫都要有一定具象性，不過這「象」不是模擬物像的外在形式，而是汲取萬千

物像所蘊含的內在生命，於是，「縱橫有象」的線條，成了一種容納作者豐富情感而生意蔚然的藝術形式。唐代顏真卿在《述張長史筆法十二意》中也說：「每為一平一畫，皆須縱橫有像。」宋代朱長文的《續書斷》又綜述了諸家的意思說：「點如墜石，畫如夏雲，鉤如屈金，戈如發弩，縱橫有象，低昂有態。」可見，「縱橫有可象者」這一命題在中國書學史乃至美學史上，有其重要的地位和價值，它使書法藝術能比較自由地汲取客觀物像的具象因素，從而擴大了一筆一畫的表形範圍，並通過意象建構展示出來。由此看來，書法藝術的意象，體現了抽象性與具象性的高度辯證統一，如果沒有具象性，不善於融入大千物像，那書法藝術也就不成其為藝術，縱有手段，也不為人讚許；如果沒有抽象性，像繪畫那樣據實表現，同樣不成其為書法藝術。唐張懷瓘在《文字論》中說：「探文墨之妙有，索萬物之元精。以筋骨立形，以神情潤色，雖跡在塵壤，而志出雲霄。靈變無常，務於飛動。或若擒虎豹，有強梁拏攫之形；執蛟螭，見蚴蟉盤旋之勢。探彼意象，如此規模。」蔡希綜《法書論》云：「意象之奇，不能不全。」《書史會要》載杜本《論書》云：「倘悟其機，則縱橫皆成意象矣。」由此可見，前人早就認識到抽象與具象的完善統一，是書法審美意象的重要特徵，古來有成就的書法家幾乎都曾不同程度地得力於「觀於物」，憑著這寓於抽象的具象，才得以創造出絢麗多姿、千形萬態的書法意象。

二、「神采」、「氣韻」、「風神」的個性美

書法作為造型藝術之一，它由許多不同的線條構成一個簡單而獨特的造型，但在筆勢和結體之中，凝聚著作者深沉豐富的感情，用筆也就呈現出不同的胸臆氣象，結體就貫穿著氣韻生動之美，僅僅是墨線，但卻使人感到生命的律動，僅僅是墨色，但卻使人感到神氣飛

揚，使有限的主體與無限的客體融而為一，給人以超越感和崇高感。南齊王僧虔在《筆意贊》中曾對此作了深刻的闡述。他說：「書之妙道，神采為上，形質次之，兼之者，方可紹於古人，以斯言之，豈易多得？」對書法藝術的審美特徵作了科學的概括。「神采」屬於「神似」的範疇，與「氣韻」、「神韻」、「風神」等相近。王僧虔認為，書法通過字形還必須表現出「神采」，並揭示了「神采」與「形質」的辯證關係，「神采」是本質的、內在的，而「形質」是外在的，但反過來，內在的「神采」總是通過外在的「形質」才能得到表現，所以王僧虔指出「兼之者方可紹於古人」。唐張懷瓘說：「神采之至，幾於玄微。」（《法書要錄》、《張懷瓘書議》）即具有玄奧、美妙的特徵。在《文字論》中他又說：「惟觀神彩，不見字形。」書法藝術的「神采」，歸根結底乃是主體的人格、胸襟、氣度、學識、情意的完滿體現，所以強調「資運動於風神，頤浩然於潤色」。意即憑藉筆墨來表現自己的風度、神采，表示自己的浩然之氣，正說明書法藝術的「神采」是人的精神素質的反映，所謂「以神情潤色」。蘇軾評歐陽修書云：「神采秀髮，膏潤無窮，後人觀之，如見其清眸豐頰，進趨曄如也。」「庶幾如見其人者。」（《東坡題跋》）歐陽修書法的「神采秀髮」是與其人的神采風度相一致的，「神采」實際上就是表現於書法藝術中的個性美。明王世貞《藝苑巵言》評王錫爵書《黃庭經》曰：「神采風調，翩翩出蹊徑外。」黃庭堅說：「蓄書者能以韻觀之，當得彷彿。」（《題絳本法帖後》）劉熙載〈書概〉云：「山谷論書最重一韻字，蓋俗氣未盡者，皆不足以言韻也。」蘇頌《鶴山題跋》云：「文與可操韻清逸。」王澍《論書剩語》云：「斯作字有力斯氣韻浮動。」宋姜夔則以「風神」論書法，首標「人品高」（《續書譜》〈風神〉）。「風神」可說是書法的「神采」、「韻味」和書寫創作時精神狀態的總和。張懷瓘評王羲之「天資自然，

風神蓋代」（《法書要錄》、《張懷瓘書議》）。明項穆評王獻之曰：「風神散逸，爽朗多姿。」（《書法雅言》）清朱和羹《臨池心解》云：「風神者，骨中帶肉也。」劉熙載在《藝概》〈書概〉中提出「書貴入神」的命題，認為「筆情墨情，皆以其人之性情為本」。說明書法的審美意象應反映人的精神風貌。這樣書法才能以「神采」奪人，「氣韻」飛動，產生強烈的美感魅力。故趙構在《翰墨記》中說：「當時以晉、唐善本及江南所收帖，擇善者刻之。悉出上聖規摹，故風骨意象皆存。」將「風骨」與「意象」並提，說明書法審美意象應反映人物的風度氣質。康有為說：「《始興王碑》，意象雄強，其源出於衛氏。」《始興王碑》為南梁貝義淵所作，世稱南碑。又云：「龍門造像自為一體，意象相近，皆雄峻偉茂，極意發宕，方筆之極軌也，中惟《法生》用圓筆耳。」（《廣藝舟雙楫》）魏碑多見於當時的造像題記，康有為繼承包世臣的觀點，竭力推崇北魏書法，因為北魏書法具有剛勁雄強的意象，它的特點既「極意發宕」，又用筆轉折處都成方角，表現了北地河朔雄竣的神采氣韻，南北朝書法藝術風尚雖有所不同，並代表著不同的流派，康有為在評價上也往往崇北抑南，但從其通過「意象」來評其字形體勢卻是一致的，說明「意象」正是書法藝術的一個十分重要的美學特徵。

第六章

繪畫意象

　　我國的繪畫藝術可謂源遠流長，在原始時代就已出現岩畫和陶畫，先秦時期孔子在《論語》中已提出「繪事後素」。嗣後莊子提出「解衣般礴」（《田子方》）的審美境界説，在我國繪畫史上，許多繪畫名家都深受莊子這一思想的影響。

　　晉顧愷之在《魏晉勝流畫贊》中提出了著名「以形寫神」的命題。繼顧愷之之後，南齊畫家謝赫在《古畫品錄》中又提出了「氣韻生動」的概念。這是總結從先秦至魏晉一千餘年繪畫藝術創作實踐經驗的理論概括，也是中國繪畫藝術追求的至高境界。到了宋、元時期的山水畫則推崇「逸品」，突出了畫家的主體情意。北宋的山水畫家郭熙，對山水畫的形象創造就曾提出「意象契合」的要求：「春山煙雲連綿人欣欣，夏山嘉木繁陰人坦坦，秋山明淨搖落人蕭蕭，冬山昏霾翳寒人寂寂，看此畫令人生此意，如真在此山中，此畫之景外意也。」從而使審美意象包含著深遠的意蘊。中國畫可説走著一條與西方繪畫不同的發

展道路，「意象」就是其突出的標誌，正如鄧以蟄在《論「理」——氣韻生動》中所說：「畫家所寫者何？蓋寫其胸中所寓之意象耳。」

第一節 從「意餘於象」說起

錢鍾書先生《管錐編》（第二冊）、《太平廣記》卷二一三云：「《張萱》（出《畫斷》）『《乞巧圖》、《望月圖》皆紙上幽閒多思，意餘於象』。」並舉陳師道言韓幹畫馬等十二例，如說：「宋明院畫，如《六月杖藜來石路，午陰多處聽潺湲》，不畫一人對水而坐，而畫長林亂石，『一人於樹陰深處，傾耳以聽，而水在山下，目未嘗睹』；《野水無人渡，孤舟盡日橫》，不畫空舟系岸側，而畫『一舟人臥於船尾，橫一孤笛，其意以為非無舟人，但無行人耳』；《竹鎖橋邊賣酒家》，只畫『橋頭竹外掛一酒帘』，《踏花歸去馬蹄香》，只畫『數蝴蝶逐馬後』（洪邁《夷堅乙志》卷五《王道亭》、鄧公壽《畫繼》卷一又卷六、俞成《螢雪叢說》卷上，參觀陳善《捫蝨新話》卷九、俞文豹《吹劍續錄》、郎瑛《七修類稿》卷四三、洪亮吉《玉麈集》卷下），亦皆於象外見意。」

上引錢先生的論述，揭示了繪畫創造中兩條重要的美學原則，並云：「唐人論書畫亦標厥旨，則亟待一以貫之。」於談藝賞文之道大有裨益，以下談一點淺見。

〈張萱〉見《太平廣記》卷二一三。張萱是唐代畫家，「意餘於象」確乎是「藝事要言」，有限的「象」是難以表明無限的「意」的，因此，不能「意止於象」，而要「意餘於象」。依據這種「意」、「象」關係，使中國繪畫的視覺意識、創作心理，形成一種超越性的特徵，即既要描摹「象」使之跡化，又要超越「象」達到畫盡意在，而超越「象」的「意」更能產生高品格的繪畫藝術。唐代著名畫家張璪提出了「外

師造化，中得心源」（見《歷代名畫記》卷十）的命題，使「心」、「物」關係得到辯證統一的認識，也是對審美意象創造的一種高度概括，正如唐人符載所指明，張璪的畫往往是「物在靈府，不在耳目」（《觀張員外畫松石序》）。這種通過「靈府」表現出來的物，已不是單純造化之物，而是「萬物之情性」，從而達到「意冥玄化」的境界。張彥遠在《歷代名畫記》中認為「惟觀吳道玄之迹」，就在於推重其是「神人假手，窮極造化」，然後提出繪畫創作原則：「守其神，專其一，合造化之功，假吳生之筆，向所謂意存筆先，畫盡意在也。」又評顧愷之云：「意存筆先，畫盡意在，所以全神氣也。」「意」作為主體性因素決定了「意象」的生成，有如宋董逌所說：「凡賦形出象，發生於意，得之自然。」（《書李元本花木圖》）故張彥遠把「傳移模寫」當成「畫家末事」。李嗣真《續畫品錄》云：「畫外有情。」張懷瓘《畫斷》云：「雖寄跡翰墨，其神氣飄然在煙霄之上，不可以圖畫間求。」五代荊浩《筆法記》評吳道子云「筆勝於象，骨氣自高」，與「意餘於象」都屬同一旨意，使繪畫意象的特性和功能得到更深化的闡述，包含了一種形而上的追求，這與唐代繪畫藝術的空前繁榮發達，呈現出生氣勃勃的時代精神是分不開的，當然也與承繼魏晉時期繪畫美學理論的成就相關聯，如顧愷之的「傳神寫照」（見《世說新語》〈巧藝〉），謝赫的「氣韻生動」（《古畫品錄》），宗炳的「澄懷味象」、「應會感神」（《畫山水序》），都體現對主體精神的重視，將繪畫從形似的「象」昇華到神似的「意」，並大大增強審美主體的作用。這可以說是那個時代的審美特徵，深刻地影響著後世的繪畫藝術，從而使中國的繪畫藝術在世界繪畫中形成了一個獨立體系。但從「意」與「象」的關係上加以論述，則應該說是唐代的事，張萱的「意餘於象」說，仍不失為具有獨特而豐富的美學含義，使中國繪畫藝術重精神、氣韻、意趣、超越的特點

更深化了一步。

宋沈作喆在《寓簡》卷九評唐張璪之畫云：「性喜繪畫，多出意象之表，松石尤奇。」蘇軾《書鄢陵王主簿所畫折枝二首》云：「論畫以形似，見與兒童鄰。」畫家的主體精神與想像能力超越客體的形似，而並非複製客觀的物像。沈括《夢溪筆談》卷十七論畫以「得心應手，意到便成」為極致。董逌在《廣川畫跋》卷一評〈列仙圖〉說：「觀此圖筆力超詣，而意象得之。」這一見解無疑是精闢的，而這種美的創造，給人以無窮的聯想餘地，所謂「至有餘意，盡藏筆畫內，使人以意測者，隨求得之無窮盡」（卷三）。這與明惲南田在《題潔庵圖》中所論頗相一致。他說：「諦視斯境，一草一木，一丘一壑，皆潔庵靈想所獨闢，總非人間所有，其意像在六合之表，榮落在四時之外。」這「一草一木，一丘一壑」的跡化，由於是畫家「靈想所獨闢」，畫家的主體精神與想像能力超越客體的形似，從而使「意象」成為「六合之表」、「四時之外」，超越時空而臻於微妙之境，實際上也就是「象外見意」。惲向在《寶迂齋書畫錄》中說：「米（芾）源於董（源）而意象凹凸，自謂出奇無窮，其實恍惚迷離之趣，遠祖吳道子而人不能知。」所謂「意象凹凸」，指存於象外的「恍惚迷離」意趣，故趙希鵠評其畫曰：「畫無筆跡。」（《洞天清錄》）南齊謝赫在《古畫品錄》〈張墨荀勗〉中說：「若拘以體物，則未見精粹；若取之象外，方謂膏腴，可謂微妙也。」所謂「象外」，即形象之外的虛空境界，而「象外見意」便是「意」在「象外」的外延，歸根到底，乃是「意象之表」。所謂「畫成而不見其筆墨痕跡，望而但覺其真者，謂之象」（湯貽汾《畫筌析覽》）。此「象」即意中之象。蔣和《學畫雜論》云：「大抵實處之妙皆因虛處而生，故十分之三天地位置得宜，十分之七在雲煙鎖斷。」正如惲南田《南田畫跋》所說：「筆墨之外，別有一種靈氣，氤氳紙上。」

《管錐編》在引惲南田《畫跋》「嘗謂天下為人不可使人疑，惟畫理當使人疑，又當使人疑而得之」後云：「『疑而得』即耐人思索而遇諸象外，非一覽無餘，惲氏危言之以發深省爾。」這種獨創性的理論，在他的沒骨花卉中，曾得到了生動的體現。

　　「意餘於象」與「象外見意」可以說是相互作用的，唯有「意餘於象」，才能達到「象外見意」，但從錢先生所列舉宋明院畫《踏花歸去馬蹄香》只畫「數蝴蝶逐馬後」等例來看，實與畫的藝術構思有關，而藝術構思的主要任務就是營構藝術意象。明李日華說：「大都畫法以佈置意象為第一。」（《竹嬾畫賸》）清鄒一桂則以宋畫院為例說：「宋政和中，建畫院，用太學考試四方畫士，以古人詩句名題。嘗試『竹鎖橋邊賣酒家』，人皆向酒家著筆，一史但於橋頭竹外掛一酒帘而已。又試『踏花歸去馬蹄香』，人皆作馬上看花景，一史於落紅徑上，寫數蝴蝶飛逐馬後。……果皆得中魁選。想其結構時，意象慘澹，圖成後，落落大方，推陳出新，真切而不落纖巧，乃為結構。」（《小山畫譜》卷下）這裡的「意象慘澹」即指藝術構思時創造性的想像活動，它與處處求實的景物描摹是絕不相同的，要憑畫家的體驗去想像、去創造並充分發揮畫者的藝術情思，從而使之達到「象外見意」的境界。正如王夫之所說：「意伏象外，隨所至而與俱流。」（《古詩評選》卷一）對「象外之意」與藝術構思的關係，可說闡發得非常精當而細緻入微。

　　中國繪畫藝術把「意」作為主體的精神活動，是基於畫家對事物的強烈感受，並訴諸感悟的認識方式，而非僅僅是對客體的形象描繪，它決定了繪畫意象的生成發展和深化厚積。而「意餘於象」與「象外見意」可說是繪畫意象的內在含量和本質特徵，由於它的存在，決定了繪畫藝術妙在有無、虛實之間，以「意」度「象」的感悟和表現，從而使中國的繪畫藝術不僅具有民族風貌，而且在世界繪畫中形成了

一種獨立的體系，為人類藝術認識做出了難以估量的貢獻。

第二節　「成竹於胸」與「意象經營」

　　劉勰在《文心雕龍》〈神思〉中提出了「窺意象而運斤」的命題，
並將其作為「馭文之首術，謀篇之大端」，放到藝術構思的首要位置上
來看待。「構思」這一概念最早見之於遍照金剛《文鏡秘府論》〈論體〉：
「凡作文之道，構思為先，亟將用心，不可偏執。」五代荊浩在《筆法
記》中特別重視繪畫藝術構思的作用，認為構思是「刪撥大要，凝想
形物」，主張以主體情思去熔鑄客體物像，達到「搜妙創真」的目的。
在此基礎上，北宋畫家文同提出了「成竹於胸」的觀點。蘇軾在《文
與可畫篔簹谷偃竹記》中述文同言稱：「故畫竹必先得成竹於胸中，執
筆熟視，乃見其所欲畫者，急起而從之，振筆直遂，以追其所見，如
兔起鶻落，少縱則逝矣。」他通過深入細緻的觀察發現竹之始萌而節葉
已具，所以反對畫者一莖一葉、枝枝節節地描畫，否則畫出的作品無
甚生氣，認為這樣「豈復有竹乎？」蘇軾稱其「渭濱千畝在胸中」，意
謂渭川千畝竹，都被文與可放在胸中了，可見胸中之竹並非眼中之
竹。晁補之在《贈文潛甥楊克一學文與可畫竹求詩》中寫道：「與可畫
竹時，胸中有成竹。經營似春雨，滋長地中綠。」經過畫家的「意象」
經營，翠竹彷彿得到春雨的滋潤，顯得郁郁蔥蔥，生氣盎然。蘇軾《淨
因院畫記》也說：「根莖節葉，牙角脈縷，千變萬化，未始相襲，而各
當其處，合於天造，厭於人意。」正是對胸有成竹的藝術構思過程的生
動描摹。

　　清沈德潛《說詩晬語》下卷曾說：「寫竹者必有成竹在胸，謂意在
筆先，然後著墨也。倘意旨間架，茫然無措，臨文敷衍，支支節節而

成之，豈所語於得心應手之技乎？」「意在筆先」，指下筆前對整個作品的構思經營，此「意」實即「成竹在胸」之「竹」，是畫家頭腦中的意象。相傳王維在《山水論》中提出：「凡畫山水，意在筆先」的美學觀點。白居易《畫竹歌》云：「不根而生從意生，不筍而成由筆成。」布顏圖《畫學心法問答》云：「善圖必意在筆先。」黃鉞《二十四畫品》〈氣韻〉云：「意居筆先。」鄭板橋《題畫》云：「江館清秋，晨起看竹，煙光、日影、露氣，皆浮動於疏枝密葉之間。胸中勃勃，遂有畫意。」其實，「胸中之竹，並不是眼中之竹也。因而磨墨、展紙，落筆倏作變相，手中之竹，又不是胸中之竹也。總之，意在筆先者，定則也；趣在法外者，化機也」。他視「意在筆先」為作畫應該遵循的規則。這「眼中之竹」就是審美對象，是客觀存在的物像在畫家眼中形成的視覺映像，「胸中之竹」是「眼中之竹」經過構思經營和提煉熔冶的結果，所謂「胸中勃勃，遂有畫意」，已成為情景交融的「意」中之「象」，這「意」中之「象」經過畫家之手隨機應變的跡化，成為「手中之竹」，使審美意象最後定型、完成。說明「眼中之竹」、「胸中之竹」和「手中之竹」，是一個相互依存又依次遞進的過程，正如他在《題畫竹》詩中所寫：「四十年來畫竹枝，日間揮寫夜間思。冗繁削盡留清瘦，畫到生時是熟時。」「思」者，構思也。意謂畫竹的成功，是幾十年日夜「意象」經營、不斷探索的結果。清方薰《山靜居畫論》說：「筆墨之妙，畫者意中之妙也，故古人作畫，意在筆先。杜少陵謂十日一石，五日一水者，非用筆十日、五日而成一石、一水也；在畫時意象經營，先具胸中丘壑，落筆自然神速。東坡所謂畫竹必得成竹胸中是也。」方薰說的「胸中丘壑」就是文與可說的「成竹於胸中」，鄭板橋說的「胸中之竹」。說明畫家作畫，意像要在胸中醞釀成熟，胸中有了丘壑，方能一氣呵成，胸中之竹才進一步跡化為畫面的竹，有如唐岱所說：「取其

幽僻境界，意象濃粹者，間一寓於畫。」（《繪事發微》〈遊覽〉）何景明《畫鶴賦》云：「想意象而經營，運精思以馳騖。」生動地描述了「意象」經營那種遠構精思、馳騖想像的境界，說明「意象」是一種內心觀照。

　　我國畫論最初以「意」來指代構思階段的審美意象，到文與可的「得成竹於胸中」，比之「意」的說法更能體現藝術構思的特點，所謂「成竹」，是「意」與「象」相契合而產生的昇華，也就是蘇軾說的「其身與竹化，無窮出清新」（《書晁補之所藏與可畫竹》）三首之一），董棨說的「作畫胸有成竹，用筆自能指揮」（《養素居畫學鉤深》），汪之元說的「古人謂胸有成竹，蓋胸中有全竹，然後落筆如風舒雲卷，頃刻而成，則氣概閒暢」（《天下有山堂畫藝》），到了方薰則明確概括為「意象經營」。經過審美主體心胸的熔鑄化合和情感渲染，最後達到完全進入事物的精神境界，是「心」、「物」二者的互觀共照，從而創造出「物我渾融」的審美意象，可說深得此中三昧，給了後人有益的啟發。

第七章

音樂意象

　　音樂是一種以情感表現為主的藝術，節奏則是音樂的基本要素之一，表現樂間的強弱與長短之韻律，從而產生出最迷人的情感狀態。

　　〈樂記〉是我國古代最早最完整的一部音樂美學專著。在〈樂記〉〈樂象篇〉中已提出了「聲者，樂之象也」的命題，涉及音樂的形象性問題，但從總體來看，音樂並不是一種再現藝術，它並不具體表現著什麼，因此有人稱音樂為「情感的代數學」。對此我國古代許多論者探索了音樂之「象」的特徵，是一種「非像之象」，即白居易所說的「此時無聲勝有聲」。這是對音樂藝術合規律性的闡釋，構成了我國古代音樂「身在雲天外，情在韻律中」的獨特風貌。這「情」亦即「意」，「意」足「象」生，唯「意」含「象」，從而構成「意」之「象」，音樂意象可說是最典型、最純粹的藝術本體。

第一節　關於「樂象」

「樂象」這一概念最早見之《禮記》〈樂記〉的〈樂象篇〉。〈樂記〉原是《禮記》第十九篇，被認為是古代最重要最系統的音樂理論著作。對於「樂象」的理解，目前學術界仍眾說不一，關鍵在於什麼是「象」的含義，現引述於下，談一點粗淺的認識。

> 樂者，心之動也。聲者，樂之象也。文采節奏，聲之飾也。君子動其本，樂其象，然後治其飾。（〈樂記〉〈樂象篇〉）

有些論者以為「聲者，樂之象也」，應解作聲音是音樂的表現手段，也有人認為，聲音是「樂象」的物質材料。此皆可作為一說。魏張揖《廣雅》〈釋詁〉：「象，效也。」唐陸德明《經典釋文》：「象，擬也。」從語詞學的意義上，「象」實具有倣法和模擬客觀萬物形象的意義，在我國美學史上，〈樂記〉可說是最早把「象」作為藝術形象來使用的，如「聲者，樂之象也」。孔穎達《周禮正義》疏云：「樂本無象，由聲而見，是聲為樂之形象也。」可見「樂之象」，亦即音樂的形象。如「君子動其本，樂其象，然後治其飾。」此「樂其象」，意謂通過音樂表現其所欲表達的形象，以後進行文采節奏的安排、修飾。如荀子在《樂論》中所說音樂像天一樣清明，像地一樣廣大，「其俯仰周旋有似於四時」。這種音樂的感性表現形式，正是音節、旋律所呈現的某種形象。同時在〈樂記〉〈樂禮篇〉中曾沿襲《易傳》〈繫辭上〉關於「天高地卑」的論述，雖然是以此來論證「樂者，天地之和也」這一結論，但說明「樂象」一語的提出，明顯地受到「易象」的啟發和影響，實際上「樂象」之「象」與《周易》之「象」是相通的。

　　音樂是一種極為抽象的聽覺藝術，它不可能如繪畫藝術通過線條、色彩把客觀的物像再現出來，所以在我國古代音樂美學有「和聲無象」（嵇康《聲無哀樂論》），「非像之象」（呂溫《樂出虛賦》），「邪鄭無象」（《宋史》一二八卷），「聲無形象，默識者希也」（《樂書要錄》〈論歷八相生意〉）之説，但細加考察，是與老子的「大音希聲」（《老子》四十一章）、莊子的「至樂無樂」（《莊子》〈至樂〉）的思想影響分不開的，並與魏晉玄學合流浸潤大有關係，如嵇康就是玄學的代表人物之一，所以他認為「因和聲以自顯發」，是先已產生於內心，即「樂之為體，以心為主」，因而「和聲無象而哀心有主」。呂溫所説「有非像之象，生無際之際」，説明音樂的特徵是「非像」之「象」，是不占空間的，「是故實其想而道升」，通過豐富的想像使之得到昇華。實則他們所追求的是一種玄妙的蘊含於內心的「意」。我們如果連繫蕭統《陶淵明傳》所説：「淵明不解音律，而蓄無絃琴一張。每酒適，輒撫弄以寄其意。」他雖性不解音，猶能手撫無弦之琴而「寄其意」，正説明了「和聲無象」一語的含義。宋祁《無絃琴賦》云：「取其意不取其象，聽以心不聽以身。」張隨《無絃琴賦》云：「樂無聲兮情逾倍，琴無弦兮意彌在。」説明音樂藝術是直接表現主體的思想情致，是直接呈現心靈的藝術，在音樂美學思想上，這種「無象」説，不僅反映了一種審美旨趣，並已觸及音樂意象之「意」的特徵問題，「其中體趣，言之不盡，弦外之意，虛響之音，不知所從而來，雖少許處，而旨態無極」（《宋書》〈范曄傳〉）。因而是可以領悟可以神會的，正如顧逢《無絃琴詩》所説：「只須從意會，不必以聲求。」「意」足「象」生，從而構成「意」之「象」，即音樂的「意象」。

第二節　音樂意象

在我國的美學史上，音樂藝術很少使用過「意象」這一概念，但實際上音樂藝術又是最富於「意象」特徵的藝術，包括聲樂意象與器樂意象。第一，上引〈樂記〉〈樂象篇〉說：「樂者，心之動也。」〈樂本篇〉說：「樂者，音之所由生也，其本在人心之感於物也。」並反覆加以申明：「凡音之起，由人心生也。人心之動，物使之然也。」「凡音者，生人心者也。情動於中，故形於聲；聲成文，謂之音。」深刻地闡述了兩個基本觀點：一是「本於心」，音樂是由人心產生的，是人們心靈的表現，實質上也就是本於情意；一是「感於物而動」，人心為什麼會產生音樂呢？那是由於受到客觀事物的感動，即「心物感應」，在〈樂記〉的作者看來，這是音樂產生的根本。這有關「心」、「物」關係的美學思想，實際上是主體之情與客體之物的相互交感作用，也即「意」與「象」的關係，有如〈樂象篇〉所說：「君子動其本，樂其象，然後治其飾。」「本」者，心也，即所謂「樂由中出」（〈樂論篇〉）。而「象」者，形象也，「治其飾」，就是說要用美的形式表現出來。〈樂記〉的「樂象」論，實是審美意象論，既具感性的形式，又具象徵的功能，它溝通了人的內在情意與外在物像，成為一種感性的象徵符號。王灼《碧雞漫志》認為：「人莫不有心，此歌曲所以起也。」

正因為音樂是人的情意的表現，所以由於情意的不同，其所表現的聲樂意象也就有所不同，〈樂記〉〈樂本篇〉云：

> 是故其哀心感者，其聲噍以殺；其樂心感者，其聲嘽以緩；其喜心感者，其聲發以散；其怒心感者，其聲粗以厲；其敬心感者，其聲直以廉；其愛心感者，其聲和以柔：六者非性也，感於物而後動。

　　說明了人的不同心境與所產生的不同聲音之間的對應關係，對此
《荀子》〈正名篇〉認為：「喜、怒、哀、樂、愛、惡、欲以心異。」〈樂
記〉則認為這都是「感於物而後動」的結果，「非性也」，並非人的本
性固有的特點，而六種不同的情意則表現為六種不同的聲音意象，闡
明了情意的表現怎樣才能成為藝術的問題。故〈樂象篇〉說：「情深而
文明，氣盛而化神，和順積中而英華發外；惟樂不可以為偽。」認為只
有內心具有真誠的情感，音樂意象才能得到鮮明、生動的表現，這也
正是音樂意象的決定性因素之所在，即所謂「樂之者情之不可變者也」
（〈樂情篇〉）。而音樂藝術給人以情緒感染時，主要是音樂意象起作
用，雖然它不存在與物像的對應關係，但優美的歌聲給人的感受，卻
可以使人能夠聽音類象，《樂記》〈師乙篇〉說：「纍纍於若貫珠者。」
孔穎達《正義》疏：「言聲之狀纍纍感動人心，端正其狀，如貫於珠。」
晏幾道所謂「琵琶弦上說相思」（《臨江仙》詞），沈寵綏《度曲須知》
的「一聲唱到融情處，毛骨蕭然六月寒」，通過這種連綿不斷的自然流
動，形成聽覺的意象，因此音樂意像是可以為人所感受到的，所以「惟
樂不可以為偽」（〈樂象篇〉）。音樂的情感絕對不可以是虛偽的，正揭
示了決定音樂意象更深層的因素，即情意的真實性。
　　《隋書》卷十三〈志第八〉〈音樂〉云：

　　夫音本乎太始，而生於人心，隨物感動，播於形氣。形象既著，
協於律呂，宮商克諧，名之為樂。

　　這裡雖沿襲〈樂記〉的「心物感應」說，但對音樂的意象形態有
所發揮，一方面指明音樂律動的形象「生於人心」，與情意相關聯，另
一方面說明音樂形象是表達情意的仲介，它要通過「律呂」即旋律、

聲調、節奏、調式和調性的高低、強弱等外部表現形式，按照人們的情意加以選擇、組織，使之協調、諧和，從而構成為人們所感受得到的審美意象。

總之，各種藝術都是通過「象」來表情達「意」的，而音樂意象更加注重感情的附麗，以至音樂意象往往依其濃厚的情意並通過旋律而構成。這可說是音樂審美意象的主要特徵。

第二，由於音樂之「象」具有相對的抽象性，更多地體現主觀審美意識，這可能是「無象」論者的理論依據，但實際上嵇康在《琴賦》中說：「八音之器，歌舞之象。」對音樂所創造的「象」的描繪，真是豐贍多姿，達到妙不可言的地步。但在《聲無哀樂論》中說：「心之與聲，明為二物。」顯然陷入了二元論。呂溫《樂出虛賦》所說的「有非像之象」實則也是一種「象」，所謂「薰然泄泄，將生於象罔」。「薰然」，和煦貌；「泄泄」，舒暢和樂貌。《左傳》〈隱公元年〉有「其樂也泄泄」。「象罔」語出《莊子》〈天地〉「乃使象罔，象罔得之」。《樂出虛賦》借以說明音樂之「象」是「有象」與「無象」的融合，屬想像之「虛像」。可見「非像之象」乃由心而生，只能加以心會、神遇。這種對音樂之「象」審美特徵的闡述，實際已接觸到「意」中之「象」的問題。正如歐陽修在《贈無為軍李道士兩首》中所說的：「彈雖在指聲在意，聽不以耳而以心。」雖然用手指彈琴，但所表達的卻是孕育於心的審美體驗。張彥振《響賦》也說：「夫同道之無質，每憑虛而起象。」徐上瀛《溪山琴況》云：「音從意轉，意先乎音，音隨乎意，將眾妙歸焉。」在內在機制上都隱融著「意象」的底蘊，不能得「意」，亦無以為「象」，「意」足「象」生，唯「意」含「象」，而直指人心之「意」，是為音樂的「意象」。

《四庫全書總目提要》論及高啟《大全集》云：「特其摹仿古調之

中，自有精神意象存乎其間。」明初詩人高啟擅長樂府詩。「樂府」本為漢代制音度曲的機構，後世遂將入樂之詩歌，亦名為「樂府詩」，至明代雖有其歷史的嬗變，但明人吳訥《文章辨體》仍分樂府為「鼓吹」等九類，或倚其聲而作，或自度新曲，或擬古，這裡所論就是高啟在樂府古調之中仍保留其精神意象，說明運用「意象」則是創造樂府古調的主要手段。王世貞在《李氏擬古樂府序》中說：「伯承稍稍先意象於調，時一離去之，然而其構合也。」指出李攀龍的古樂府的「意象」與調相互游離不諧和，對此李攀龍自己也承認：「吾擬古樂府少不合者，足下時一離之，離者離而合也，實不能勝足下。」（《書與於鱗論詩事》）因為擬古樂府既重在合於古人之法，又能不拘泥於古人之法，所以王世貞主張：「其高下、清濁、長短、徐疾，靡不宛然有協也。」「有協」，係指其與聲律協調。因此，「夫合而離也者，毋寧離而合也者」，故在《藝苑巵言》中即曾批評李攀龍的古樂府「看則似臨摹帖耳」。以上所說雖然都是就樂府古調而言，但其基本精神是適合於聲樂意象與器樂意象的。反之，若不假之以「意象」，縱使聲調絕妙，不但不能使人感動，反而會令聽者索然無味。

　　第三，我國古代音樂理論往往追求一種「物我同一、物我同化於自然」的審美理想，使音樂之韻律與自然之節律相通，《呂氏春秋》〈古樂〉記載在帝堯時「效山林、溪谷之音以歌」。而十二律的製作，也是由模仿「鳳凰之鳴」而來。《左傳》〈昭公二十五年〉記載了鄭國子產的話說：「氣為五味，發為五色，章為五聲。」這裡指出大自然給人提供五味、五色和五聲，即「感於物而後動」。清汪汲葵在《南北詞名宮調匯錄》〈禮論〉中說：「今合南北曲所存燕樂二十三宮調諸牌名，審其聲音，以配十有二月……如此則不必拘拘於宮調之名，而聲音意象自與四序相合。」這種音樂與「四序」相配的觀點，始於「陰陽五行」

對音樂的影響。《禮記》〈月令〉云：「孟春之月，律中太簇。」鄭玄注云：「律，候氣之管，以銅為之。中，猶應也。應謂吹灰也。」孟春之月，就是一月，故與太簇律相互對應。所以將燕樂二十三宮調稱為「聲音意象」，既具感性形式，又具象徵功能，説明音樂乃是一種「意象」的藝術，加強了人們對音樂審美活動中「意象」體式的認識和思考。

　　音樂所擅長的是表達和激發情感，這決定了音樂反映現實的特殊方式，它是通過對大千世界的情感來創造「意象」，並通過音響的節奏、旋律組合隨著時間流動來加以表現，而且必須依賴人的聽覺所感知，使之扣人心弦，產生巨大的感染力，正如滕守堯在《審美心理描述》中所説：「音樂意象，大都不是直觀的視覺意象，而是一種較模糊的聯覺意象，這種特殊的『意象』是靠聲音的動力模式與某種景物所固有的力的作用式樣之間的同構實現的。」[1]説明音樂的意象不同於繪畫等藝術的意象，不是通過直觀，而是以抽象而特殊的聯覺「意象」抒發和表達感情，即把對客觀對象的認識和體認轉化為主觀感受，從而帶有強烈的表現性和獨特的抒情性，從這一點來説，音樂藝術可謂是最純粹的意象藝術。

1　滕守堯：《審美心理描述》，中國社會科學出版社1985年版，第148頁。

下編

「意象」的界説和辨析

中國古代美學的範疇，對其內涵往往缺乏明確的規定性，尤其在範疇的相互關係上，其義界往往不很清晰，而且隨著歷史的演進而發生變化，並呈現出一種交叉混用的情況，因而給探討「意象」與其他美學範疇的關繫帶來困難，這裡通過尋繹和考察，對其與「意象」相鄰、相關的範疇作一些粗略的界說和辨析，以期能勾勒出相互的關係及個別的意蘊與形態。限於水平，舛誤或片面在所難免。

第一章

「意象」與「物像」

　　「意象」與「物像」的關係甚為密切，「意象」之「象」，實即「物像」，而「物像」可說是「意象」的物態化。從古代「意象」理論發展過程來看，「意象」理論最本質的內核，就是在於探索、解決創作者的主體情意與客體物像之間的關係，正如《周易》所說，「聖人立象以盡意」，認為「立象」的目的是為了「盡意」，因此創作者為表達情意，必須通過對所感知對象的綴合，使之轉化成為自己情意的感性表現形態。總之審美意像是通過以「意」立「象」、以「象」表「意」的方式來建構的。

第一節　《周易》的「觀物取象」

　　《國語》〈周語〉云：「象物天地。」《左傳》〈僖公十五年〉云：「物生而後有像。」說明「象」是「物」的反映，為「物」所派生，而且

「象」對於「物」具有表現的功能，是對客觀事物的表現，這實際上已接觸到「物像」的概念。

《周易》的「觀物取象」是一個重要的命題，通過「觀物」而取萬物之「象」，此「象」即「物像」。《周易》的卦、爻辭中已出現了大量的物像，如「羝羊觸藩」、「鶴鳴在陰」、「枯楊生稊」、「明夷於飛」等等。一方面這些物像有其客觀的自在性，所謂「盈天地之間者惟萬物」（〈序卦〉）；另一方面，這些物像又是作為卦、爻的象辭，用來表達和預卜一定的吉凶休咎，即所謂「辭也者，象之華」（宋吳沆《易璇璣》）。因而具有「意」的取向和作用，有如「觀物取象」之「觀」，隱含著通過「意」對物像的整體觀取，所謂「觀其所感，而天地萬物之情可見矣」（〈彖傳〉）。孔穎達疏云：「『咸』道之廣，大則包天地，小則該萬物。感物而動，謂之『隋』也。」（《周易正義》）這種「感物而動」，實際上是「心」與「物」、「意」與「象」、主體與客體的交融契合。因此《周易》的「觀物取象」，已經隱含著「意」與「象」的內在連繫和結構，可以說為審美意象的建構奠定了基礎，並為過渡到美學範疇的「意象」創造了條件。

從《周易》「立象以盡意」的命題來看，客觀物像由於「意」的灌注，已與客觀的實像不同，「立象」是主體對客體「物像」的一種創造，已經涉及了「意象」生成原因，因為「象」的功用，在於盡「意」，即所謂「尋象以觀意」（王弼《周易略例》〈明象篇〉）。《周易》象辭的大部分內容不是抽象的說理，而是採取「以象喻理」、「以象明意」的方式。司馬遷對此曾作過如下的闡述：「《春秋》推見以至隱，《易》本隱以之顯。」（《史記》〈司馬相如列傳〉）意謂《春秋》是根據明顯的歷史事實而推演出隱微的道理，而《周易》則相反，是將隱微的道理，通過一些明顯的物像來表達，即所謂「以物像而明義者」（孔穎達

《周易正義》)。章學誠在《文史通義》〈易教〉中說：「心之營構，則情之變易為之也。情之變易，感於人世之接構，而乘於陰陽倚伏為之也。是則人心營構之象，亦出天地自然之象也。」「立象」也就是經過「人心營構」之「象」，它雖出自「天地自然之象」，但已經過「情之變易」，即經過「意」的觀取和淨化，所以朱熹說：「易說一物，非真一物。」(《朱子語類》)因而是意蘊多兼的。錢鍾書說：「故一事物之象可以孑立應多，守常處變。」(《管錐編》第一冊〈歸妹〉)這種由「人心營構」的《易》象，它實際上是人之「心意」的載體，是「意」與「象」的結合，說明「立象」是「盡意」的手段，「盡意」是「立象」的目的，這一觀點移用於審美過程，引導後世藝術家在創作的實踐過程中對「意」與「象」的關係進行許多專門探討。南朝宋畫家王微在《敘畫》中引顏延之書云：「圖畫非止藝行，成當與《易》象同體。」由此可見《周易》「立象以盡意」的影響，當然《易》象固不能等同於藝術審美意象，但《易》象與藝術審美意像有相互貫通之處，如「意象」之「象」，即「物像」，而「物像」是「意象」得以建構的關鍵，是承襲「立象盡意」並以這兩者統一契合為基本特徵的。因而從其淵源來說，藝術審美「意象」深蘊著《易》象的文化基因，從而有力地推進文學藝術的發展。

第二節　　「意象」與「物像」

　　託名白居易的《金針詩格》云：「象謂物像之象，日月山河蟲魚草木之類也。」虛中《流類事鑑》云：「善詩之人，心合造化，言含萬象，且天、地、日、月、草、木、煙、霞，皆隨我用，合我晦明。此則詩人之言應於物像，豈可易哉！」「物像」是詩歌創作的審美材料，而

「意象」正是審美主體通過「皆隨我用」、「應於物像」而凝結的成果，是對「物像」感受、領悟的產物，如王維的《鳥鳴澗》：「人閒桂花落，夜靜春山空。月出驚山鳥，時鳴春澗中。」雖充滿空靈的意趣，由於詩人「心合造化」，通過對桂花、春山、山鳥、春澗這些「物像」獨特的領悟和組合，使詩人的心境與春山靜謐的環境氣氛相互契合，形成了審美意象。所以虛中認為：「物像者，詩之至要，苟不體而用之，何異登山命舟，行川索馬，雖及其時，豈及其用？」（徐寅《風騷要式》引）所謂「體而用之」，不僅要設身處地加以體驗、領悟，而且要使之外化為審美意象。當然，在詩人依據「物像」進行藝術構思的過程中，除了擷取「物像」內在所具有的審美特性，如浩瀚無際的大海，蒼勁挺拔的翠松，飛流直下的瀑布，壯美險峻的三峽等物態、物理、物情，審美主體通過感興將賦予客體「物像」以情意的交融，而不拘泥於對「物像」的實形實像的描摹。皎然在《張伯英草書歌》中寫道：「須臾變態皆自我，象形類物無不可。」達到「意足象圓」而後已。沈亞之《敘草書歌送山人王傳又》也寫到：「匠心於浩茫之間，為其為者，必由意氣所感，然後能啟其象。」認為以「意」啟「象」，當然也就變態在我，「物像」也就成了「意中之象」，如蘇軾所寫《水龍吟》詞就是明顯的例證。原詞如下：

水龍吟

次韻章質夫楊花詞

　　似花還似非花，也無人惜從教墜。拋家傍路，思量卻是、無情有思。縈損柔腸，困酣嬌眼，欲開還閉。夢隨風萬里，尋郎去處，又還被、鶯呼起。不恨此花飛盡，恨西園、落紅難綴。曉來雨過，遺蹤何

在？一池萍碎。春色三分，二分塵土，一分流水。細看來，不是楊花，點點是離人淚。

　　作為詠物詞，起句「似花還是非花」，可説形象地概括了詞的立意。「縈損柔腸」三句，通過擬人手法，楊花意像已衍生出思婦意象，已不是「無情有思」而是「有情有思」了。不拘泥於物像的描摹，而著重通過楊花來表現思婦的傷感意緒。沈謙云：「幽怨纏綿，直是言性，非復賦物。」（《填詞雜説》）使抒情詠物渾然一體，讓「物像」染上了人的主觀色彩，對如何處理「情意」與「物像」的關係提供了有益的經驗和借鑑，既要對「物像」進行準確的捕捉，又能跳出並超越「物像」之外，來充分表達作者欲言之情，正如劉熙載所評：「蓋不離不即也。」（《藝概》〈詞曲概〉）

　　其次，詩歌創作中的「意象」與「物像」還反映、體現在「比興」方法上。「比」是以「物像」作比喻，有象徵意味；「興」是以「物像」來起興，通過聯想來托物言志，故劉勰説：「詩人比興，觸物圓覽。」（《文心雕龍》〈比興〉）李東陽説：「所謂比與興者，皆托物寓情而為之者也。」（《麓堂詩話》）闡明了「比興」方法與「物像」有密切連繫的特點，同時揭示了「比興」是詩人將他的情感對象化為「意象」的主要途徑，正是元楊載所説：「藉以比興，非僅描摹物像而已。」（《詩法家數》〈詩學正源〉）清黃子云也説：「《三百篇》下迄漢、魏、晉，言情之作居多，雖有鳥獸草木，藉以比興，非僅描摹物像而已。」（《野鴻詩的》）從歷史的發展角度來考察，「意象」的組合之間，往往通過「比興」聯結起來，它既是作者情意的物化，又是為了表達、寄託某種特定的情意而選取的具體物像，從而使主觀的「情意」與經過聯想的「物像」結合在一起。劉勰在《文心雕龍》〈比興〉中就曾以實例說明

通過「比興」來表現「意象」的特點。他說:「物雖胡越,合則肝膽,擬容取心,斷辭必敢。」「胡越」指的是《古詩十九首》其一中「胡馬依北風,越鳥巢南枝」,意謂胡馬出於北,南來後仍依戀北風,而越鳥來自南,北飛後還要在南向的樹枝上築巢,胡、越兩地南北相去很遠,而胡馬與越鳥也絕然不同,張庚認為此二句「插比興語」(《古詩十九首解》),通過「比興」使之與詩人的心意契合,成為肝膽相照的「意象」,所謂「擬容取心,斷辭必敢」。「容」即「象」,「心」即「意」,因而作出「比興」必須果決,說明「比興」是運用「擬容取心」從而構成「意象」,達到「攢雜詠歌,如川之澳」。詩作就會像川流一樣,搖曳多姿了。這個實例生動地說明了把主觀的「心意」與客觀的「物像」,通過「比興」方法加以結合可以組成各種各樣的「意象」。

第三,「物像」是詩歌創作的審美材料,在藝術美中起了重要媒介作用,否則「意象」就無所憑藉,無所附麗,但作為客觀的「物像」往往是素樸的,缺乏更高層次的審美整體感。「意象」必須具有審美品格,只有通過主觀的「情意」與客觀「物像」的雙向交流,才能形成審美意象。但它的具體表現形態,由於主體的審美感興、審美經驗、審美標準的不同,所形成的審美意象也就有所不同,大體上有以下三類:

1. 摹寫「物像」

唐梁蕭云:「詩人之感,感於物像(一作「物」),動於中,發於詠歌,形於事業。」(《周公瑾墓下詩序》)李商隱《漫成五章》之一云:「李杜操持事略齊,三才萬象共端倪。」李白與杜甫齊名,「三才萬象」指天、地、人在內的紛紜物像,「端倪」謂頭緒,意謂在這紛紜萬態的物像面前,本難下筆,而李、杜卻寫出物像變化的頭緒。杜光庭《題福唐觀二首》云:「八州物像通簷外,萬里煙霞在目前。自是人間輕舉

地，何須蓬島訪真仙。」表達了對「物像」身入其境的體驗。宋劉摯《易元吉畫猿》云：「物之有像眾所知，難以偽筆淆其真。」陳知柔說：「《九歌》云：『洞庭波兮木葉下』，其陶寫物像，宏放如此，詩可以易言哉！」（《休齋詩話》）詩描摹了洞庭湖的波浪湧起而樹葉紛紛下落的宏放特徵，使之充滿蕭瑟的秋風景象。陳後山寫自己即目吟詩的體會云：「余登多景樓，南望丹徒，有大白鳥飛近青林，因得句云：『白鳥過林分外明。』」（《後山詩話》）正如元好問所說：「眼處心生句自神，暗中摸索總非真。」（《論詩三十首》）因此山水詩、詠物詩往往突出摹寫「物像」的特徵，即所謂「題詠不窘於物像」（《王直方詩話》）。姚叔祥語胡震亨曰：「余行黃河，始知『孤村幾歲臨伊岸，一雁初晴入朔風』之為真景也；余家海上……益知『潮聲偏懼初來客，海味惟甘久住人』二語之確切。」（《唐音癸籤》卷十一）而詠物詩則要突出體物之妙，如：「杜少陵詩云：『兩個黃鸝鳴翠柳，一行白鷺上青天。』王維詩云：『漠漠水田飛白鷺，陰陰夏木囀黃鸝。』極盡寫物之工。後來惟陳無己有云：『黑雲映黃槐，更著白鷺度。』無愧前人之作。」（《詩人玉屑》卷十四）可說達到「盡萬物之態」（蘇軾語）的藝術效果。

　　總之，此類詩以側重摹寫物像為主，但任何「物像」只是客體自身具有的一種屬性，它一旦進入詩人的構思，就帶上了詩人主觀的色彩，同時它必須通過主體審美經驗的聯想和篩選，又經過詩人思想感情的化合，才能使「情意」與「物像」融合為一體，成為詩中的「意象」，正如明梁橋《冰川詩式》卷三所說：「摹寫景物，巧奪天真，探索幽微，妙與神會，謂之物像，苟無意與格以主之，雖藻辭麗句，無取也。」

　　2. 超越「物像」

　　唐代賈島《二南密旨》稱：「取詩中之意，不形於物像。」也就是

說在詩中不表現於「物像」的具體描繪，是指超越「物像」而直抒胸臆一類的詩，如李商隱的《杜司勳》云：

> 高樓風雨感斯文，短翼差池不及群。[1]
> 刻意傷春復傷別，人間唯有杜司勳。

詩是贈給同時代的詩人杜牧。「刻意傷春復傷別」，既推重杜牧詩歌「憂愁風雨」的基調，又暗寓自己傷世憂時的情懷。因此「高樓風雨感斯文，短翼差池不及群」，也兼寫雙方，在充滿「高樓風雨」的社會氛圍中，我與你有如翅短力微的雙燕，同樣有壯心未遂之恨，正如馮浩所評：「傷春謂宦途，傷別謂遠去。」這種超越「物像」的寫法，使這首七言絕句蘊含著豐富的言外之意、弦外之音。葉燮云：「李商隱七絕，寄託深而措詞婉，實可空百代無其匹也。」（《原詩》）可謂翻空出奇，自成一家。

宋人張耒在《李賀宅》詩中寫道：「獨愛詩篇超物像。」認為他筆下所寫，往往用某一「物像」作為聯想的起點，又從客觀「物像」中超越出來，而進入自己的心靈世界，如李賀詠寒，不寫「寒」字「冰」字，卻說「百石強車上河水」（《北中寒》）。又如「銀浦流雲學水聲」、「羲和敲日玻璃聲」、「芙蓉泣露香蘭笑」、「空山凝雲頹不流」、「一泓海水杯中瀉」等等不勝枚舉，在「物像」的空間隨意變態，迴旋跌宕，讓讀者深深體味到詩人內心深處所隱藏的情致和感慨，體現了李賀詩歌變幻奇譎的藝術特色。在王維的畫中，往往不拘泥於季節「物像」的準確描摹，「畫花往往以桃、杏、芙蓉、蓮花同畫一景」（沈括《夢

1　典出《詩經》〈邶風〉〈燕燕〉：「燕燕于飛，差池其羽。」形容燕飛時羽翼參差不齊狀。

溪筆談》卷十七）。他的《袁安臥雪圖》則於雪中畫蔥綠的芭蕉，主要
為了表現自己的審美感受，所謂「知其神情寄寓於物」（惠洪《冷齋夜
話》卷四），而不是對當時的「物像」進行具體描摹，「故其理入神，
迴得天意」（《宋朝事實類苑》卷五十）。

　　超越「物像」主要是發揮主體情意的作用，不過主體情意的作用
要在與客體「物像」相溝通、相冥合的情況下，才能得到充分發揮，
轉化成為自己所要表達的審美意象。魏了翁在《曹元甫注陶靖節詩序》
中說：「以物觀物而不牽於物，吟詠情性而不累於情。」即闡明了主體
「情意」與客體「物像」的辯證關係，而陶淵明的詩可謂達到這種藝術
的至境。

　　3. 托物寓情

　　此類詩以主體的「我」直接深入到客體的「物像」中去，以「物」
的口吻說話，其實表現的即是「我」的思想、情感、意念；另一方面，
這些思想、情感、意念又緊密依附著「物」的特性，使主體「情意」
對象化，客體「物像」主體化。如：

　　天下傷心處，勞勞送客亭。
　　春風知別苦，不遣柳條青。（李白《勞勞亭》）

　　故園楊柳今搖落，何得愁中卻盡生。（杜甫《吹笛》）

　　「春風」、「柳條」、「楊柳」都是普通的物像，通過詩人的托物寄
情，使客觀的「物像」與作者主觀惜別的意緒融合起來，春風之不讓
柳條發青，是因為深感離情之苦，從而化物為我，寓情於物，使「柳
條」成了詩人情感的化身。杜甫卻反其意，設想故園楊柳，至秋搖

落，今何得復生而可折乎？王嗣奭評曰：「且使事融洽，妙甚。」（《杜臆》）因而「春風」、「柳條」、「楊柳」等習見之物，對於詩的「意象」建構起到了突出的作用。

「物像」與「物像」之間的空間跳躍也可形成「意象」。如高適《送李少府貶峽中王少府貶長沙》云：

嗟君此別意何如，駐馬銜杯問謫居。

巫峽啼猿數行淚，衡陽歸雁幾封書。

青楓江山秋帆遠，白帝城邊古木疏。

聖代即今多雨露，暫時分手莫躊躇。

詩分送二人，一貶長沙，一貶峽中，通過隔句作對的方法，一寫峽中物像，一寫長沙物像，形成一種空間跳躍的特徵，顯示了對二人被貶的深情，從而形成了循環對稱的「意象」組合。盛傳敏《磧砂唐詩纂釋》卷二評云：「中聯以二人謫地分說，恰好切潭、峽事極工確，且就中便含別思。」又如柳永《雨霖鈴》詞云：「念去去千里煙波，暮靄沉沉楚天闊。」「千里煙波」與「楚天闊」的空間跳躍，通過疊一「去」字，越去越遠；疊一「沉」字，重壓的心情更見深邃，融情入景，使「物像」景色充塞離愁別恨，對於渲染「執手相看淚眼」的情人而言，詩的「意象」更為鮮明突出。

晉衛恆說：「睹物像以致思，非言辭之可宣。」（《晉書》〈衛恆傳〉）唐權德輿《左諫議大夫韋公詩集序》云：「會性情者因於物像。」宋蘇軾《淨因院畫記》云：「寓意於物，雖微物足以為樂。」清黃宗羲《陸鉽俟詩序》云：「詩也者，聯屬天地萬物，而暢吾之精神意志者也。」深刻說明人的思想情感與自然物像的對應關係。這種「情」與「物」

的交融，實質上也就是「意」與「象」的辯證結合，詩人總是要從大千世界紛紜的物像中捕捉「意象」，托情於物，使之用來表達內心的體驗和情感。

第三節　「物化」思想的影響

「意象」的「意」指情意，「象」指物像。「意象」即「意」與「象」的有機結合，說到底，「意象」是情景交融、托物寄情的一種藝術表現，因此，「情意」與「物像」的內在關聯及其運動組合，形成藝術構思的物化性特點，這與莊子「物化」的思想影響有密切的關係。

一、心物冥合

莊子在《齊物論》中通過「莊生夢蝶」的寓言故事，謂「此之謂物化」，並說：「天地與我並生，而萬物與我為一。」反映了人與自然相互包容關係並把它作為人性最高的精神境界，基本上是先秦時期「天人合一」思想的反映。在莊子看來，大千世界的萬事萬物不是固定不變的，而是無時無刻不在遷流變化之中，〈德充符〉云：「命物之化而守其宗。」「宗」即「道」。〈天地〉云：「方且與物化，而未始有恆。」〈至樂〉云：「兩無為相合，萬物皆化。」這可說是「物化」思想的基本內涵，即萬事萬物無時無地不在發展變化之中，是合於素樸的辯證觀點的。「物化」是我國古代美學獨特的範疇。

審美主體與審美客體的統一，是中國傳統的審美意識。魏晉玄學弘揚莊子的物化思想，大談玄同物我。孫綽《天台山賦》曾這樣寫道：「渾萬象以冥觀，兀同體於自然。」嵇康《答難養生論》云：「任自然以託身。」「幼好老莊」的陶淵明，潛心於「神辨自然以釋之」（《形影神序》），在他看來，「茫茫大塊，悠悠高旻，是生萬物，余得為人」

（《自祭文》），認為人是秉受自然宇宙而生，因此心物合一，與物遷化那是順應自然的規律，所謂「情隨萬化移」（《於王撫軍座送客》），「聊且憑化遷，終返班生廬」（《始作鎮軍參軍經曲阿作》），因而在詩歌創作上往往採取遺貌取神而心物冥合的手法，詩的意象純以自然本色取勝，達到了「物化」的境地。劉熙載《藝概》〈詩概〉說：「陶詩『吾亦愛吾廬』，我亦具物之情也；『良苗亦懷新』，物亦具我之情也。」「吾亦愛吾廬」本意是自己喜愛樹木繁茂的草廬，卻說「眾鳥欣有托」，樹枝上的鳥欣然自己有棲身寄託之樂。「良苗亦懷新」原寫自己欣喜禾苗的新秀，卻透過一層賦予「良苗」以知覺感情，作到心物冥合、物我情融，更深刻雋永地表達了詩人返居田園悠然自得的思想感情。故許學夷《詩源辯體》評曰：「靖節詩真率自然，自然一源。」深化和豐富了對審美意象的構思。

　　唐人把「物我冥合」用於審美活動，在唐詩中「物化」載體是如此絢麗多姿，使審美主體從「物像」身上發現·觀照並物化了自身，表現出一種恢宏超邁與大自然融而為一的氣概，如李白在《日出入行》中寫道：「我將囊括大塊，浩然與溟涬同科！」在《贈橫山周處士》中說：「當其得意時，心與天壤俱。閒雲隨舒捲，安識身有無。」又如《與夏十二登岳陽樓》云：「雁引愁心去，山銜好月來。」《金鄉送韋八之西京》云：「狂風吹我心，西掛咸陽樹。」詩人筆下的自然物像被賦予了生命，顯得有情有意，與詩人分享著歡樂和憂愁。齊己在《讀李白集》中寫道：「人間物像不供取，飽飲神遊向懸圃，鑢金鏗玉千餘篇，膾吞炙嚼人口傳。」所謂「人間物像不供取」，實是心凝形釋，與大自然渾然一體，亦即孟郊所說：「天地入胸臆，吁嗟生風雷。文章得其微，物像由我裁。宋玉逞大句，李白飛狂才。苟非聖賢心，熟與造化該。」（《贈鄭夫子魴》）萬物入胸而包容，大有籠括宇宙萬象的氣概。

南宋羅大經《鶴林玉露》卷五載曾無疑畫草蟲:「方其落筆之際,不知
我之為草蟲耶,草蟲之為我也?」明謝榛《四溟詩話》曾說:「思入杳
冥,則無我無物,詩之造玄矣哉!」這種「渾萬象以冥觀」的心物冥
合,它是「物」的泛化和人的「物化」的和諧統一,在理論形態上可
說是對莊子物化思想的延伸,是「意象」形成的心理學基礎,並深化
了對「意象」與「物像」關係的認識和把握,陸時雍《唐詩鏡》卷二
評駱賓王《在獄詠蟬》,「大略意象深而物態淺」,使所構思的審美意象
獲得精湛表現。

二、心物感應

《莊子》〈養生主〉講述了庖丁解牛的故事。庖丁說:「始臣之解牛
之時,所見無非全牛者。三年之後,未嘗見全牛也。方今之時,臣以
神遇而不以目視。」可見他對牛的身體結構達到諳熟於心的地步,使之
操刀時「不以目視」而「以神遇」,顯示出得心應手的高超技藝。莊子
論庖丁解牛雖然不是指的文藝創作,但是它所蘊含的深刻寓意,則是
與之相通的,即在心與物的感應和融合,也就是通過物化的表達技
巧,使審美意象獲得完美的藝術表現。

《淮南子》〈原道訓〉說:「故達於道者,不以天易天;外與物化,
而內不失其情。」闡述了心物感應的相互關係,說明物化過程中「心」
與「物」呈現交流往復的感應狀態。晉張華《勵志詩》云:「吉士思秋,
實感物化。日與月與,荏苒代謝。」實是《淮南子》思想的形象性表
達。陸機在《文賦》中說:「遵四時以嘆逝,瞻萬物而思紛。」認為創
作乃是感於物而後動的結果。劉勰在《文心雕龍》〈詮賦〉中提出了「情
以物興」和「物以情觀」的命題,從而形成了「目既往還,心亦吐
納」、「情往似贈,興來如答」(《文心雕龍》〈物色〉)的審美活動。蕭
子顯《自序》說:「風動春朝,月明秋夜,早雁初鶯,開花落葉,有來

斯應，每不能已。」王昌齡強調人與物的相互感應：「人心至感，必有應說，物色萬象，爽然有如盛會。」（見《文鏡秘府論》十七勢「感興勢」引）這種感應一是由於物像景色的變換而引起情感的變化，如孟浩然《秋登萬山寄張五》云：「相望試登高，心隨雁飛滅。愁因薄暮起，興是清秋發。」二是詩人將自己的主觀情意灌注於「物像」上，使客觀「物像」亦帶上詩人的「感會」，如李白詩云：「山花向我笑，正好銜杯時。」（《待酒不至》）辛棄疾詩云：「我見青山多嫵媚，料青山見我應如是。」（《賀新郎》）當然除此之外，也有些詩人將自然物像之間的關係賦予了世態人情，把「物情」與「我情」融合起來，如杜甫詩云：「江山如有待，花柳更無私。」（《後游》）楊萬里詩云：「天恐梅花不耐寒，遣將孤月報平安。」（《雪後尋梅》）這種物情實際上是人的感情的一種象徵，仍然是「爽然有如盛會」的結果，但賦予「物像」以情感和生命的形式，體現著主體向客體的轉化。鄧椿在《畫繼》中說：「世徒知人之有神，而不知物之有神。」這也正是莊子「物化」說所追求的生命與物像的相互融合。

心物感應達到共同的交合作用，在於審美主體的審美活動中如何進行審美體驗，除了藝術想像之外，並伴隨著感興，正如陸機在《文賦》中所說「來不可遏，去不可止」的「應感之會」。使之達到「物我為一」的境界。《宣和畫譜》云：「（范寬）卜居於終南太華岩隈林麓之間，而覽其雲煙慘澹風月陰霽難狀之景，默與神遇，一寄於筆端之間，則千岩萬壑恍然如行山陰道中，雖盛暑中凜凜然使人急欲挾纊也。故天下皆稱寬善於為山傳神。」「默與神遇」也即處於感物起興的激情之中，從而使主體的情感體驗完全超越了客體而處處浸染著濃重的主觀色彩，使人看了他的畫不僅有「從山陰道上行，山川自相映發，使人應接不暇」（《世說新語》〈言語〉）之感，而且如在盛暑中卻使人

感到寒冷，急欲穿棉絮的衣服。正如王夫之所説：「會景而生心，體物而得神。」（《姜齋詩話箋注》卷二）審美主體的這種審美體驗和審美感興構成了主體的審美心理結構，同時也與作者設身處地長期觀察山川的自然景色分不開，正如金聖歎在《魚庭貫聞》中所描述的：「人看花，花看人。人看花人到花裡去，花看人花到人裡來。」這是心物之間的一種神妙的共同感應作用，實際上是「物化」境界。黃蓼園《蓼園詞評》評周邦彥《六醜》云：「自嘆年老遠宦，意境落漠，借花起興。以下是花是自己，比興無端。指與物化，奇情四溢，不可方物。人巧極而天工生矣。」寫花同時也是寫人，人戀花而花戀人：「長條故惹行客，似牽衣待話，別情無極。」把人與花之間的感情寫得如此曲折盡致，纏綿宛轉，正是「指與物化」的結果，使心物感應渾然圓成，分不清哪是人哪是花了，正如丘雲霄所説：「靜觀會於意象，酬酢順於感應。」（《大觀之遊贈金子》）

　　總之，「意象」作為一種審美意識，是人們對審美對象的一種能動反映，但「意象」賴以存在的要素是「物像」，因此，在「意象」的構成層次上，如何處理「物我冥合」、「心物感應」是「心意」與「物像」妙合的關鍵。所以從其淵源來説，「意象」的內涵與「物化」理論有其內在的關聯性。

第二章

「意象」與「興象」

　　在我國古代美學範疇中，「興象」與「意象」的含義可說最為接近，以致有些論者揘出「興象」也即「意象」或特殊「意象」之說，實則一個美學範疇的形成和確立，它不是思辨的產物，而是通過創作實踐的經驗總結在理論上的昇華和概括。這裡既涉及「興」的深廣意蘊，又關聯歷代各家「興象」說的個別旨趣，所以通過對從「意象」到「興象」的發展歷程及其內在質素的考察，或能對兩者的異同作出較為客觀的理解和辨析。

第一節　「興象」之「興」

　　「興」作為一個美學範疇，對它的定義，歷來幾乎不可勝數，同時由於其歷史的發展演化，情況也較為複雜。在前面的章節中，我曾介紹和闡述了有關「比興」的界說和性質，但是作為「興象」之「興」

的具體含義是什麼？這仍有必要加以進一步的考察和探討。

「興象」這一美學範疇最早是由唐代殷璠在《河岳英靈集》中提出的，如評孟浩然詩說：

文彩苹茸，經緯綿密，半遵雅調，全削凡體，至如「眾山遙對酒，孤嶼共題詩」，無論興象，兼復故實；又「氣蒸雲夢澤，波動（撼）岳陽城」，亦為高唱。

評陶翰詩說：

歷代詞人，詩筆雙美者鮮矣。今陶生實謂兼之，既多興象，復備風骨。

關於「興象」的含義，殷璠並未在理論上加以闡述，因而近年來探討「興象」的文章曾作了各種闡釋，如有的論者認為：「興象可分為兩種基本類型：一是象徵寄託；一是情景交融，此外還有一種情景交融兼象徵寄託的興象。」[1]也有的以「賦」、「比」、「興」中「興」的本義來說明「興象」：「『興象』顯然不指單純的物像。孔穎達是看到這點的。他說興是『取譬引類，起發己心，《詩》文諸舉草木鳥獸以見意者，皆興辭也。』要起發己心而能『見意』的形象，才是『興象』，所以『興象』和『意象』的概念是近似的。」[2]也有的論者不同意上述的提法，如：「『興象』之『興』，我以為既不是漢代經學家說的『譬托』

1　林東海：《說興象》，《文學評論叢書》第1輯，中國社會科學出版社1978年版。

2　牟世金：《詩學之正源，法度之準則》，《雕龍集》，中國社會科學出版社1983年版，第90頁。

或『美刺』，也不是六朝時期人們所説『有感』或『起情』，而應該正是鍾嶸所説『文已盡而意有餘』，或者叫『滋味』。」並説：「我認為這就是『興象』這個概念的最基本的內容。」[3]也有論者認為：「似是吸收了『興』的感情興發之義，而把『象』擴大為境界的概念加以使用，並且，把它們結合在一起，用來表達情景交融的詩歌意境。」[4]應該説上述這些闡釋都是有所依據的，對「興象」之「興」的含義的理解也是有啟發幫助的，為了進一步探討，參照諸説並對「興象」之「興」的含義作一些詮解。

一、「興象」之「興」與「比興」之「興」的連繫

殷璠在《河岳英靈集序》中曾説：「然挈瓶（汲水之瓶）膚受之流，責古人不辨宮商，詞句質素，恥相師範。於是攻乎異端，妄為穿鑿，理則不足，言常有餘，都無比興，但貴輕豔。雖滿篋笥，將何用之？」（《全唐文》卷四百三十六引）「都無比興」，《四部叢刊》本則作「都無興象」，但據有關資料，《四部叢刊》影明翻宋本《河岳英靈集序》，脱漏錯誤很多，況《文苑英華》本亦作「比興」。問題的關鍵在於殷璠在《序》中主要論述了詩歌的內容（理）和形式（言）的並重問題，所謂「編紀者能審鑑諸體，安詳所來，方可定其優劣，論其取捨」。因而他不滿「挈瓶膚受之流」那些學識淺薄，而僅懂得一些皮毛的人，往往存在偏重作品形式的流弊，而這些理不足而言有餘，無「比興」而貴輕豔的詩，雖充滿書箱而其實是無用的。在《集論》中談到選取的標準也説：「璠今所集，頗異諸家：既閑新聲，復曉古體。文質半取，風騷兩挾。言氣骨則建安為傳，論宮商則太康不逮。」要求詩

3　郭外岑：《釋興象》，《社會科學》（甘肅）1983年第1期。

4　羅宗強：《隋唐五代文學思想史》，上海古籍出版社1986年版，第103頁。

歌創作有充實的內容，達到文質相稱，風騷兩持，所選特重邊塞之作，應該說是反映了「盛唐之音」的主旋律。又如評視為「河岳英靈」之一儲光羲詩說：「挾風雅之跡。」說明從文學思想上來看，「興象」之「興」與傳統「比興」之「興」，有其直接的連繫。

　　唐初，由於六朝時期形式主義遺風流韻的影響，詩歌創作的「比興」傳統被削弱了，「唐興，詩人承陳隋風流，浮靡相矜」（《新唐書》〈文藝傳〉）。當時和後來的作家都紛紛討論了這一問題，如陳子昂在《與東方左史虯修竹篇序》中說：「漢、魏風骨，晉、宋莫傳，然而文獻有可征者。僕嘗暇時觀齊、梁間詩，彩麗競繁，而興寄都絕，每以永嘆。」「興寄」即指「比興寄託」的創作特點。陳子昂提出「風骨」和「興寄」，主要在於變革當時的詩風，對匱乏「比興寄託」的創作傾向開展了批評。他的「興寄」說，可以說振起一代詩風，影響所及，李白也曾言：「興寄深微。」（孟棨《本事詩》〈高逸篇〉引）在《古風》其一中更表達了對六朝綺麗侈靡詩風的不滿：「自從建安來，綺麗不足珍。」杜甫推崇元結的《舂陵行》，譽之為有「比興體制」（《同元使君舂陵行並序》）。柳宗元稱詩為「比興者流」（《楊評事文集後序》），又說：「嗟乎！僕嘗病興寄之作堙鬱於世。」（《答沈起》）元稹最推重自己詩歌的「稍存寄興」（《敘詩寄樂天詩》）。由此可見「興寄」、「寄興」與「比興」是相互融合貫通的，常常與「觸物有感」密不可分，正如朱自清所說：「至於論詩，從唐以來，比興一直是最重要的觀念之一。」（《詩言志辨》）殷璠正是通過對唐初形式浮豔詩風的深刻認識，認為到了盛唐才形成聲律和「風骨」兼備的風格：「武德初，微波尚在。貞觀末，標格漸高。景雲中，頗通遠調。開元十五年後，聲律風骨始備矣。」所論正與上述所引這一時期美學思想相一致，正是盛唐時期詩歌的典型審美特徵，所以「興象」之「興」，不僅從作者的文學思

想上，而且還應看到其深刻的詩歌創作實踐的歷史背景和具體的現實內容，說明「興象」之「興」與「比興」之「興」有其直接的連繫，既包括對詩歌藝術規律的領會，更包括那一個特定時代的文藝思潮的社會背景。殷璠可說正是通過評選詩集參加了這場文藝思潮的實踐，體現了他的詩學理想，提倡一種從內容到形式的幽遠情趣和剛健文風。

二、「興象」之興與審美「感興」的連繫

「興象」之「興」與「感興」、「興會」、「情興」等審美意蘊也有連繫。這似乎與「比興」之「興」無關，其實不然。《詩經》中「比興」本來就具有審美感興的含義，如孔子所說「詩可以興」，「興觀群怨」（《論語》〈陽貨〉），就是指詩的「感發志意」（朱熹集注）的藝術感染作用，可說是審美「感興」的濫觴。在魏晉南北朝，人們重新注重了「興」所包含的審美「感興」的意蘊。沈約說：「靈運之興會標舉。」（《宋書》〈謝靈運傳論〉）摯虞說：「興者，有感之辭也。」劉勰說：「起情，故興體以立」（《文心雕龍》〈比興〉），「是以四序紛回，而入興貴閒」（《文心雕龍》〈物色〉），「叔夜俊俠，故興高而采烈」（《文心雕龍》〈體性〉）。以上之「興」，均指審美「意興」而言。蕭子顯的「圖寫情興」（《南齊書》〈文學傳論〉），顏之推的「標舉興會，發引性靈」（《顏氏家訓》〈文章篇〉），鍾嶸的「文已盡而意有餘，興也」（《詩品序》），顯然重在詩歌滋味無窮的審美「意興」。可見「比興」之「興」或「感興」、「興會」之「興」，都是從「興」的本義引申出來的。到了唐代，隨著詩歌創作的繁榮和發展，把對完美詩境的創造提到詩歌創作的日程上來，反映在美學思想上更注重對審美「感興」的追求。王勃為詩要求：「忽飛情逸，風雲坐於筆端，興恰神清，日月自安於調下。」（《山亭思友人序》）這種「雄渾感興」的詩風，實開「盛唐氣象」的先兆。王維的「興來每獨往，勝事空自知」（《入山寄城中故人》），李

白的「興酣落筆搖五嶽，詩成笑傲凌滄州」（《江上吟》），詩筆跌宕多姿而詩情酣暢恣肆，表達了情感激揚、淋漓酣暢的審美「感興」，真可以搖撼山岳，凌駕江海隱逸之地。杜甫説：「雲山已發興，玉佩乃當歌。」（《陪李北海宴歷下亭》）又説：「感激時將晚，蒼茫興有神。」（《上韋左相二十韻》）王昌齡説：「凡詩，物色兼意下為好，若有物色，無意興，雖巧亦無處用之。」（《文鏡秘府論·南卷·論文意》引）又説：「感興勢者，人心至感，必有應説，物色萬象，爽然有如感會。」（《文鏡秘府論》〈地卷〉〈十七勢〉）這些無疑對殷璠的「興象」產生一定的影響。王士禎序孟浩然詩云：「每有製作，佇興而就。」（見王漁洋《漁洋詩話》引）賈島説：「外感於物，內動於情，情可遏，故曰興。」（《二南密旨》）「興」説到底是情，逢所感觸，勢逐情起，所以又稱「情興」。嚴羽在《滄浪詩話》中説：「本朝人尚理，唐人尚意興。」又説：「盛唐詩人惟在興趣，羚羊掛角，無跡可求，故其妙處透徹玲瓏，不可湊泊，如空中之音，相中之色，水中之月，鏡中之象，言有盡而意無窮。」反映了盛唐人對「興」、「意興」的重視。如果連繫殷璠「神來、氣來、情來」之説，實即通過構思過程及審美觀照，達到心物感應，從而生發出「意興」來。他在評常建詩云：「所以其旨遠，其興僻，佳句輒來，惟論意表。」評賀蘭進明《行路難》云：「並多新興。」評劉眘虛云：「情幽興遠，思苦語奇，忽有所得，便驚眾聽。」「忽有所得」，即指具有「興象」的佳作，它是與「興」相與生發的。而其「興」則指「感興」而言。

　　通過以上粗略的考察，殷璠提出「興象」之「興」既具有「比興」的含義，又包含「感興」的意蘊，因為一個新的美學概念的提出，總是與承繼傳統美學的元範疇有著直接、內在的必然連繫，同時也與當時的創作實踐密切相關，並著重總結詩歌創作的新意向、新經驗，如

「出常境」、「出常情」、「削盡常言」，就是指超越一般的物境和情境，使「興象」表現出旨遠深微的審美特色，蘊藉著令人尋味無窮的審美意蘊。所以「興象」這一範疇的內涵，包括了創作主體情感、思想、意念、興趣與作為審美客體的人事、物像，通過審美「感興」的作用，使主體與客體湊泊契合，從而創構成意新理愜而又意味雋永的審美境界。由於殷璠並未曾對「興象」的含義作出理論上的闡述，因而它具有一定的寬泛性，在唐代除了孔穎達釋《周禮》〈天官〉〈司裘〉「興象生時裘而為之」（《周禮註疏》卷七），薛能評杜甫詩「興象不出」（見洪邁《容齋隨筆》卷七引）外，這一概念似乎很少有人加以引用。但「興象」範疇的提出，既是盛唐詩歌創作實踐在理論上的反映，又是「比興」、「感興」合於規律的發展。故「興象」範疇後來代替了「興寄」，成為影響深遠的美學範疇。

第二節　歷代各家的「興象」說

根據現有的資料，似乎宋人在詩論中未曾使用過「興象」這一範疇，這大概與「宋詩少興象類」（潘德輿《養一齋詩話》卷一）有關。迨及明、清，才大力弘揚和使用這一形象範疇的概念，其內涵也日臻豐富和完善，但由於他們論詩主張的不同，對概念的理解也不完全一致，本身的內涵也有所演變，但從總體上可歸納以下諸類。

一、盛唐詩歌的審美特徵和總體質態

明高棅在《唐詩品彙總敘》中說：「至於聲律、興象、文詞、理致，各有品格高下之不同。」馬得華在《唐詩品彙敘》中也說：「沉浸含咀，歲積月增，一悟之見，默會於鳶魚之表，則古人聲律興象，長短優劣，不能逃心目之間矣。」在各體《敘目》中，高棅並把「興象」

作為評價「品格高下」的一項標準，如評曰：「儲光羲、常建、高適之流，雖不多見，其興象聲律一致也。」（《七言絕句敘目》第三卷）「開成以來，作者互出而體制始分，若李義山、杜牧之、許用晦、趙承祐、溫飛卿，雖興象不同而聲律之變一也。」（《七言絕句敘目》第八卷）「晚唐絕句之盛，不下數千篇，雖興象不同，而聲律亦未遠。」（《七言絕句敘目》第九卷）又如：「律體之興，雖自唐始，蓋由梁、陳以來儷句之漸也。……由是海內詞場，翕然相習，故其聲調格律易於同似，其得興象高遠者，亦寡矣。」（《五言律詩敘目》）標舉思想內容與藝術形式並重，「聲律」指詩的表現形式，而「興象」則指唐詩的審美特徵和創作特色而言，所以它們之間既有「一致」之處，又有「不同」之別。胡應麟以「興像風神」論詩，認為與「體格聲調」是作詩之「二端」（《詩藪》內編卷五）。在評王勃詩說：「唐初五言律，惟王勃『送送多窮路』、『城闕輔三秦』等作，終篇不著景物，而興象婉然，氣骨蒼然，實首啟盛、中妙境。」（《詩藪》內編卷四）又說：「盛唐絕句，興象玲瓏，句意深婉，無工可見，無跡可尋。中唐遽減風神，晚唐大露筋骨，可並論乎！」（《詩藪》內編卷六）認為盛唐絕句的「興象」描寫得精巧靈動，而王勃五言律的「興象」，對盛、中唐起到了先導的作用。在論及杜甫入蜀後之詩云：「凡詩初年多骨格未成，晚年則意態橫放，惟中歲工力並到，神情俱茂，興象諧合之際，極可嘉賞。」（《詩藪》續編卷二）許學夷認為：「唐人律詩以興象為主，風神為宗。」（《詩源辯體》）胡應麟、許學夷說的「風神」，謂風采神情，力求詩的「興象」更富有藝術魅力。翁方綱說：「盛唐諸公之妙，自在氣體醇厚，興象超遠。」（《石洲詩話》）王士禛云：「盛唐諸家，興象超詣。」（《帶經堂詩話》）又說：「元、白於盛唐諸家興象超諧之妙，全未夢見。」（《池北偶談》）意謂盛唐「興象」具有含意深遠、餘味無窮之

妙。方東樹說：「高、岑兩家，大概亦是尚興象，而氣勢比東川更加健拔。」(《昭昧詹言》卷十六) 這些評述既道出了盛唐詩歌的審美特徵，也概括了盛唐各體詩歌的總體質態，具有「興」與「象」合，一氣渾成，格高調雅，神情俱茂，而「興象」超詣深微，成為盛唐詩家普遍的審美趨向，並達到了高度的成熟。紀昀也常用「興象」評詩，如評王維《輞川閒居》說：「三四 (「時倚簷前樹，遠看原上村」) 自然流出，興象天然。」評常建《題破山寺》說：「興象深微。」甚至對傚法李商隱的西崑體也認為：「其詩宗法李商隱，詞取妍華而不乏興象。」(《西崑酬唱集提要》) 一方面在於推重溫庭筠、李商隱之詩善用「比興寄託」，「運意深曲」，同時也顯示了「興象」的流動與變化，側重於追求詩歌表現細膩幽約的情感特徵。但王士禎卻持不同的看法：「予嘗觀唐末五代詩人之作，卑下鬼瑣，不復自振，非惟無開元、元和作者豪放之格，至神韻興象之妙以視陳隋之季，蓋百不及一焉。」(《梅氏詩略序》) 王士禎以「神韻」論詩，倡導「神韻」說，所以將「神韻」引入「興象」，可說是別具匠心的組合，而「神韻」重在「佇興而就」的審美情趣，故認為唐末五代人的詩作，其「興象」日益「卑下」，到了難以「自振」的地步。

二、觸物起興和寄託深遠的審美情趣

「興象」的營構與因物起興、觸物感興的心物交融是分不開的，從而把觀物有興作為詩歌創作的重要契機，故紀昀論「興象」即著重指出：「在心為志，發言為詩，古之風人特自寫其悲愉，旁抒其美刺而已。心靈百變，物色萬端，逢所感觸，遂生寄託，寄託既遠，興象彌深。」(《鶴街詩稿序》) 說明「興象」的產生乃是「物」對於「心」的一種自然的觸發，「物」的感觸在先，「心」的感應在後，「寄託既遠，興象彌深」，正說明「寄託」與「興象」的內在關聯，「興象」正是一

種興寄深遠的藝術境界。故他認為比興寄託、寓意深長為「興象彌深」，使之餘味無窮，有弦外之音。其《唐人試律詩序》説：「氣不煉則雕鏤工麗，僅為土偶之衣冠。神不煉則意言並盡，興象不遠。雖不失尺寸，猶凡筆也。」可見「意言並盡」就是「興象不遠」，而「然其興象之深微，寄託高遠則固別有在也」（《瀛奎律髓刊誤序》），可見「煉氣」、「煉神」在於重視對作家氣質和神韻的修練，這與殷璠所倡導的「夫文有神來、氣來、情來」之説有其內在的關聯，如評常建《題破山寺》云：「興象深微，筆筆超妙，此為神來之候。」（《瀛奎律髓刊誤》卷四十七）評林逋《小隱自題》云：「三四句景中有人。拆讀之句句精妙，連讀之一氣湧出，興象深微，毫無湊泊之跡，此天機所到，偶然得之，非苦吟所可就也。」（《瀛奎律髓刊誤》卷二十三）這對於我們把握「興象」的美學含義很有幫助。「興象」是以高度凝練的方式儘可能地寄託豐富的內容，從而給讀者以餘味無窮的審美感受。他在評《於忠肅集》時説：「其詩風格遒上，興象深遠。」在《挹綠軒詩集序》中又説：「要其冥心妙悟，興象玲瓏，情景交融，有餘不盡之致，超然於畦封之外者。」相反，紀昀在《提要》中對缺少寄託的作品稱為「興象太近」（《無為集提要》）。所以，在紀昀看來，「興象」之遠近取決於寄託之深淺。

方東樹倡導「興象高妙」説，認為「非深解古人則不得」（《昭昧詹言》卷一），如此才能達到高超神妙的境界。他無疑認為詩是「人有應物生感而言以遣之」（《昭昧詹言》卷二十一）的產物，而不是人工有意的安排，從而使情思與景物相匯融合，如評曹植《雜詩》「高台多悲風，朝日照北林」二句云：「興象自然，無限托意，橫著頓住。」評謝靈運《石壁精舍還湖中作》云：「此詩興象全得畫意，後惟杜公有之。」又評《入華子岡是麻源第三谷》云：「作者入山，見桂樹澗泉，

因借《騷》句為興象作起，甚妙。」（《昭昧詹言》卷五）評鮑照《發
後渚》云：「起六句，從時令起敘題，不過常法，而直書即目，直書即
事，興像甚妙，又親切不泛。」又評《岐陽守風》云：「直書即目興象，
華妙清警開小謝，沉鬱緊健開杜公。」（《昭昧詹言》卷六）所謂「直
書即目」乃是一種自然的觸發，因而方東樹論「興象」也承襲殷璠「神
來氣來」之說，如評杜甫《丹青引》云：「此與主曹將軍畫馬圖，有起
有訖，波瀾明畫，軌度可尋，而其妙處在神來氣來，紙上起棱。凡詩
文之妙者，無不起棱，有汁漿，有興象，不然，非神品也。」（《昭昧
詹言》卷十二）

三、天然精妙和玲瓏湊泊的審美境界

胡應麟認為：「譬則鏡花水月，體格聲調，水與鏡也；興像風神，
月與花也。必水澄鏡朗，然後花月宛然。詎容昏鑑濁流，求睹二者？
故法所當先，而悟不容強也。」（《詩藪》內編卷五）以嚴羽的「鏡花
水月」來比喻詩之「興象」、「風神」不可以強求，全憑感興而生。又
云：「五言絕，須熟讀漢、魏及六朝樂府，源委分明，徑路諳熟；然後
取盛唐名家李、王、崔、孟諸作，陶以風神，發以興象。真積力久，
出語自超。」（《詩藪》內編卷六）以「風神」與「興象」對舉，突出
了一種含蓄深婉、風采神情的詩美，而反對拘泥於區區事實和過於直
露的寫法，所以他認為：「風神、興象，無一可觀，乃詩家大病。」
（《詩藪》外編卷一）在審美情感的表現上，要求自然空靈、含蓄蘊
藉，追求「興象標拔」（《詩藪》內編卷一）、「興象渾淪」、「興象玲瓏」
（《詩藪》內編卷二）的審美特徵。許學夷也說：「唐人律詩以興象為
主，風神為宗。浩然五言律興象玲瓏，風神超邁。」（《詩源辯體》卷
十六）何良俊也有「興象飄逸」之說，而認為袁海叟《詠白燕詩》「蓋
以其詠物太工，乏興象耳」（《四友齋叢說》卷二十六）。何景明評《諸

將入朝》云：「興象閑雅。」（《明三十家詩選》初集卷四）紀昀評王維《輞川閒居》云：

「三四句（「時倚瞻前樹，遠看原上村」）自然流出，興象天然。」評王維《登辨覺寺》：「五六句（「軟草承趺坐，長松響梵聲」）興象深微，特為精妙。」（《瀛奎律髓刊誤》卷四十七）按照紀昀的意思：「興象深微，毫無湊泊之跡，此天機所到，偶然得之。」（《瀛奎律髓刊誤》卷二十三）所以能達到自然精妙的境地。翁方綱認為：「蓋唐人之詩，但取興象超妙，至後人乃益研核情事耳。」（《石洲詩話》）何焯評希范詩云：「體物工矣，興象不逮。」（《義門讀書記》卷一）方東樹評謝靈運詩云：「謝公每一篇，經營章法，措注虛實，高下淺深，其文法至深，頗不易識。其造句天然渾成，興象不可思議執著，均非他家所及。」（《昭昧詹言》卷五）評王維云：「輞川於詩，亦稱一祖。然比之杜公，真如維摩之於如來，確然別為一派。尋真所至，只是興象超遠，渾然元氣，為後人所莫及；高華精警，極聲色之宗，而不落人間聲色，所以可貴。」（《昭昧詹言》卷十六）潘德輿《養一齋詩話》云：「七言絕句，易作難精，盛唐之興象，中唐之情致，晚唐之議論，塗有遠近，皆可循行，然必有弦外之音，乃得環中之妙。」朱庭珍《筱園詩話》卷一云：「蓋興象玲瓏，意氣活潑，寄託遙遠，風韻泠然，故能高踞題巔，不落蹊徑，超超玄著，耿耿元精，獨探真際於個中，遙流清音於弦外，空諸所有，妙合天籟。」這種瑩澈玲瓏的「興象」顯得像是一種無言的天籟，可謂妙契自然而不可句摘的詩境美。

第三節　「意象」與「興象」的比較

「興象」與「意象」有著承繼與發展的關係，從承繼方面來看，不

論「意象」之「意」或「興象」之「興」，都與「比興」說有關，或感物起興或側重於情意寄託，都體現了物我關係這一本質特徵，使主觀思想感情寄寓於具體形象之中，構成主客體的統一，因而「比興」是詩歌創作特殊的藝術規律的運用，在詩學形象理論的發展中具有開創性的意義。「象」即物像，情感的抒發要通過和憑藉物像，反映在作品中就是指所寫的事物形象，因而不論「意象」或「興象」，在「象」的美學屬性是相一致的。於此可以進而論及「意象」或「興象」，都是蘊含著「意」和「象」或「興」和「象」的對立統一關係的交融契合，寓情於象，使創作主體的審美體驗、情趣同經過心靈化的自然物像渾然一體，妙合無垠，並蘊含豐富、深廣的意蘊。這可說是「意象」或「興象」成為我國古代形象範疇的主要原因所在。那麼從發展方面來看，主要是指兩者的內涵及審美特徵上有哪些差異，為敘述方便大體上可歸納以下幾點：

一是「意象」是標示詩歌以及藝術本體的概念。除了詩、詞等創作之外，其他的藝術形態不論造型藝術、非造型藝術，其藝術形態的本體，都與心與物在藝術中的雙向組合及雙向轉化相關，也就是說藝術作品都是「意象」的物態化結果，只是不同的藝術作品中的「意」與「象」的成分會有所偏重，從而形成不同藝術作品的不同形態。這可說是「意象」這一概念涉及涵蓋詩、詞、文、戲曲、繪畫、書法、音樂的原因所在。而「興象」則側重於抒情性的詩歌，它與「立象盡意」的「意象」有所不同。中國古代的美學理論把詩的產生看作是「感興」或「興會」的結果。宋李頎《古今詩話》云：「自古工詩未嘗無興也，睹物有感焉則有興。」（見郭紹虞《宋詩話輯佚》）朱熹在《詩綱領》中則說：「詩之興，全無巴鼻。」（《朱子全集》卷三十五）「巴鼻」猶言把柄。隨著「興象」概念內涵的充實和發展，這種「興」的特徵表

現得越來越明顯，如胡應麟強調「興象玲瓏」、「興象標拔」、「興象渾淪」、「無工可見，無跡可尋」的審美特徵。紀昀在評論中也強調「興象深微」、「興象天然」、「自然流出」、「神來之候」。他們的意思也就是說「興象」的產生不是人工有意的安排，在審美情感的表現上，乃是一種自然的觸發。如胡應麟既說「古詩之妙，專求意象」（《詩藪》內編卷一），又說：「至古詩和平淳雅，驟讀之極易；然愈得其意，則愈覺其難。蓋樂府猶有句格可尋，而古詩全無興象可執，此其異也。」（《詩藪》內編卷二）這似乎有把「意象」與「興象」加以混同之嫌，實則是將「意象」與「興象」加以區別，因為在他看來，「古詩浩繁，作者至眾」、「古詩軌轍殊多」。如論及「十九首及諸雜詩」說：「隨語成韻，隨韻成趣，辭藻氣骨，略無可尋，而興象玲瓏，意致深婉，真可以泣鬼神、動天地。」又說：「東、西京興象渾淪，本無佳句可摘，然天工神力，時有獨至。搜其絕到，亦略可陳。如：『相去日以遠，衣帶日以緩，浮雲蔽白日，遊子不顧返。』……」（《詩藪》內編卷二）所引即《古詩十九首》中詩句。他認為此等詩「有鬼神不能思，造化不能秘者」（內編卷二），亦即詩中這種「興象」，沒有明確的預在情緒，沒有「搜求於象」的意念，似乎是純任自然，由外物直接興發的審美情趣，而讀者可以其情而自得，有如王夫之所說：「不用意而物無不親。」（《古詩評選》卷四）所以他對宋人評韋應物《滁州西澗》「獨憐幽草澗邊生，上有黃鸝深樹鳴。春潮帶雨晚來急，野渡無人舟自橫」一詩所云「春潮」絕不可能至「西澗」的看法，認為是「不知詩人遇興遣詞，大則須彌，小則芥子，寧此拘拘？痴人前政自難說夢也」。又如張繼的《楓橋夜泊》云：「姑蘇城外寒山寺，夜半鐘聲到客船。」宋人也以為夜半無鐘聲，胡應麟則說：「詩流借景立言，惟有聲律興象之合，區區事實，彼豈暇計？無論夜半是否，即鐘聲聞否，未可知也。」

（《詩藪》外編卷四）不必追求逼真信實，只要是詩人興之所至，能夠恰到好處地表現就是好詩。從一個側面正反映出「興象」重「興」的審美特徵，這也正是「興象」區別於「意象」的主要方面。

二是「興象」之「象」具有二重性。除了「物像」的基本屬性外，它又是富於審美興味之「象」，也就是說，在「興象」的營構過程中，雖然仍是追蹤著「物像」，並通過「物像」的感觸而產生「感興」，然而通過詩人的「感興」作用，往往使「物像」失去了獨立自存的地位，而成為詩人寄託內心情意的象徵，是詩人從感物中瞥見的「興」中之「象」或有「興」之「象」，即詩中之「象」由「感興」而來，在這種直覺性的藝術表現中，滲透著主體的情感色彩，如殷璠推重王維詩的特點是：「詞秀調雅，意新理愜。在泉為珠，著壁成繪，一句一字，皆出常境。」此「境」是指一種無跡可求而又意味雋永的詩的境界。紀昀評蘇軾《惠崇春江晚景二首》云：「此是名篇，興象實為深妙。」因為在蘇軾所寫的「竹外桃花三兩枝，春江水暖鴨先知」中，水之「暖」，鴨之「知」，正是通過作者的「感興」，使景物變得生機勃發、情趣盎然，這樣才可達到「興象實為深妙」的境界。方東樹往往稱「直書即目」、「直書即事」之詩為「興像甚妙」，就是將心物相激相生的情狀生動地顯現出來，但又突出了主體的審美態勢，如評陶淵明《飲酒詩》（「結廬在人境」）說：「此但書即目，而高致高懷可見。起四句地非偏僻，而吾心既遠，則地隨之。境既閒寂，景物復佳。然非心遠則不能領其真意味。即領於心，而豈待言！」（《昭昧詹言》卷四）「心遠」即對生活感受的長期積累而達到的一種精神境界，故其清旨遠韻每寓於文字之外，我們每讀到「采菊東籬下，悠然見南山」，這不正是無言之美的藝術境界嗎？所以方東樹力主「興在象外」說，從而達到「言在於此而義寄於彼」（《昭昧詹言》卷十八）的境界，「興象」要求詩歌具

有意溢於「象外」的審美特徵。說明「興象」之「象」，更具表現性，也更呈虛化特徵。但我們又不能將「興象」之「象」過分地虛化，或把它等同於「意境」的概念，因為「境」與「象」仍是有區別的，歸根到底是兩個不同的範疇，因此它們之間只是一種滲透或借代的關係，但「興象」又可視為從「意象」到「意境」的歷史中介和過渡，實開以後皎然、司空圖論詩境的先河。這也可說是殷璠「興象」說在我國詩歌理論發展史上所具有的特殊歷史意義。

第三章

「意象」與「形象」

文學藝術是作家對自然和社會現實生活的反映，這種反映是通過具體感性的形象來實現的，因而藝術形象是文學藝術最基本也具普遍性的特徵，是文學藝術賴以生成的基礎，古今中外，概莫能外。關於我國古典美學的「形象」範疇，正逐漸引起研究者的關注，為此有必要探討有關「形」、「象」、「形象」等概念的特定含義和審美屬性，並作一些辨析，但因我國古代美學含義的多義性和不確定性，加上文獻資料的浩繁和複雜，無疑給探討和辨析帶來較大的困難。

第一節　從「形」、「象」及「形象」說起

一、關於「形」

《周易》〈繫辭上〉：「形而上者謂之道，形而下者謂之器。」又說：「形乃謂之器。」孔穎達解釋說：「言其著也。」「著」就是顯著、呈現。

「形」乃是具體物的樣子，有具體可感性，它與形而上的「道」不同。荀子〈天論〉篇云：「形具而神生，好惡、喜怒哀樂藏焉。」認為「形」與「神」是不可分離的，「形」是「神」的寓體，「神」是「形」的昇華，只有「形具」才能「神生」，這可說是我國古代美學「形神」論的濫觴。東漢許慎《說文解字》釋「形」為「象形也」。段玉裁《說文解字注》從《韻會》改作「象也」，注云：「象，當作像。謂像似可見者也。」從字義來看，就是指「象」似所見到物的本形。「形」的概念的形成，是人類思維的一大進展，這也是「形」之所以成為審美範疇的關鍵所在。〈爾雅〉〈釋言〉曰：「畫，形也。」晉郭璞注云：「畫者，為形象。」這是最早將「形」釋為「形象」。說明在我國古代美學中，「形」往往具有形象性的含意。《後漢書》〈朱穆傳〉注引謝承《漢書》稱：「朱穆離冀州，臨當就道，冀州從事欲為畫像留置廳事上，穆就板書：『勿畫我形，以為重負，忠義之未置，何形象之足紀也。』」此「勿畫我形」之「形」，實即「何形象之足紀」的「形象」。陸機《文賦》「籠天地於形內」。五臣注云：「形，文章之形也。」郭紹虞主編的《中國歷代文論選》注為：「謂廣闊的天地可概括進形象。」又云：「雖離方而遁員，期窮形而盡相。」北京大學中國文學史教研室《魏晉南北朝文學史參考資料》釋為：「相，象。這二句說，文章雖然沒有一定的規矩，總是期望能窮盡事物的形象。」由此可見，「形」在我國古代美學中是作為形象性的概念來使用的。如果我們進一步連繫有關論述，「形」這種形象性的含義是文學藝術固有的特性所決定的。齊朝張融在《海賦》中有一段話頗能說明這個特點：「蓋言之用也，情矣形乎。」[1]認為文辭語言的作用，一在於抒發情感；一在於描摹形象。摯虞《文

1　見張彥遠《歷代名畫記》〈敘畫之源流〉引。

章流別論》:「古詩之賦,以情義為主,以事類為佐;今之賦,以事形為本,以義正為助。情義為主,則言省而文有例矣;事形為本,則言富而辭無常矣。」所論雖是賦的文體,但觸及賦體創作著意描繪事物形象的特徵。沈約稱讚王筠《草木十吟》云:「此詩指物呈形,無假題署。」(《梁書》卷三三)蕭子顯在談到「屬文之道」的變化時說:「俱五聲之音響,而出言異句;等萬物之情狀,而下筆殊形。」宗炳《畫山水序》云:「以形寫形。」鍾嶸《詩品序》認為:「五言詩豈不以指事造形,窮情寫物,最為詳切者耶!」「造形」謂描繪事物的形象,而漢代五言詩的出現,使詩歌的藝術形象得到了強化。從這一審美觀出發,他倡導「巧構形似之言」。唐裴孝原《貞觀公私畫錄序》「隨物成形」,白居易《畫記》「形真而圓」,意謂繪畫中的藝術形象,跟現實生活中的「山水松石,雲霓鳥獸」一樣,被描繪得逼真、圓潤。宋黃休復《益州名畫錄》云:「大凡畫藝,應物像形。」蘇軾云:「吾文如萬斛泉源,不擇地皆可出。在平地滔滔汨汨,雖一日千里無難。及其與山石曲折,隨物賦形,而不可知也。」也就是說在變化中來描摹事物的生動形象,這是文藝作品物態化的重要特徵,從而達到「文理自然,姿態橫生」(《答謝民師書》)的境界。這可說是蘇軾一個具有獨創性的審美觀點和創造形象的理論,所以金人王若虛論詩也極力推崇「隨物賦形,所在充滿」(《滹南詩話》卷三十八),明屠隆《與董宗伯》所說的「臨境寫態,隨物布形」,可說都是對蘇軾觀點的進一步發揮。此外如董逌《書李元本花木圖》的「賦形出象」,孟稱舜《古今名劇合選序》的「因事以造形,隨物而賦象」,清李漁《閒情偶寄》〈詞曲部〉的「造物賦形」,葉燮《赤霞樓詩集序》「情附形則顯」,藝術創作就是要達到形象與情感的統一,離開形象的情感是不會感人的。雷琳、張杏溪《賦鈔箋略》云:「物之有形者,叩之以求其形。」劉熙載《藝概》

〈賦概〉云：「賦象斑形。」以上所引，說明「形」這個特有的概念往往作為「形象」的同義詞來使用，當然由於中國美學概念的不確定性特徵，也不完全排除其中有「外形」、「形貌」、「形態」、「形狀」等等的含意。但如果從歷史的縱向發展加以考察，不難尋繹出其為「形象」含義的脈絡，作為概念對事物的規範，是指文學藝術作品的「形象」而言。同時，我們如果從審美關係尤其從所表達的審美屬性和審美意蘊來看，對「形」所固有的某種特徵的顯示，儘管有的如實，有的不完全如實，但仍然是對客觀事物的「形」的一種反映和摹寫，一種感性的顯現，從而使之具有形象性和感染力。這可說是我國古代美學「形象」論的所獨具的民族特點。

二、關於「象」

魏張揖《廣雅》〈釋詁〉曰：「象，效也。」唐陸德明《經典釋文》曰：「象，擬也。」從古漢語語義訓詁的觀點看，說明「象」具有模擬和再現客觀事物的含義，是指物的渾然整體的具體表象的綜合。同時遠在先秦時期，「象」就含有「形象」的含意，如《老子》第三十五章云：「執大象，天下往。」成玄英疏云：「大象，猶大道之法象也。」意謂傚法「大道」的「形象」。《周易》〈繫辭上〉云：「見乃謂之象。」韓康伯注云：「兆見曰象。」「見」作「看見、呈現」解，「象」乃是具體可感的形象。《周易》〈繫辭下〉云：「是故易者，象也；象也者，像也。」孔穎達《周易正義》卷十三疏云：「但前章皆取象以製器，以是之故，易卦者寫萬物之形象，故易者，象也；象也者，像也。」顯然在孔穎達看來，《周易》〈繫辭〉所說之「象」是指模擬客觀萬物的形象而言。當然，《周易》之「象」指的是卦象，有別於美學上的藝術形象的範疇，但其思維和表達方式是與文學藝術形像有其相通之處，因而從其淵源來說，我國古代美學「象」這一概念具有形象的含義，最初

應該說是從《周易》的「象」衍化而來，給予中國美學和中國藝術極
大的啟迪和影響，並成為我國傳統美學古老而包孕豐富的元範疇。

在我國美學史上，《禮記》〈樂記〉可說是最早把「象」作為藝術
形象來使用，所謂「聲者，樂之象也」。孔穎達疏云：「樂本無形，由
聲而見，是聲為樂之形象也。」在音樂藝術裡，聲音這種物質材料就是
藝術手段本身，因而它們引起的聽覺美感，達到形象的表達。此外，
如謝赫《古畫品錄》的「事絕言象」，王伯敏注為：「『言象』，即是以
形象來表達。」劉勰《文心雕龍》〈情采〉中的「敷寫器象」，周振甫《文
心雕龍選譯》將其譯為「描摹形象」。在古代文論中使用「象」這一概
念的比比皆是，如摯虞《文章流別論》曰：「假象盡辭，敷陳其志……
夫假象過大，則與類相遠。」指明了文學創作通過藉助形象以抒發情志
的特點，而後一「假象」，則指藝術虛構較多的形象。郭璞《山海經
序》：「成其所以變，混之一象。」意思是說把眾多神怪之象，混合成
為一個具有代表性的「形象」。荊浩《筆法記》云：「任運成象。」王
維《裴右丞寫真贊》云：「凝情取象。」皎然《詩議》云：「假象見意。」
又《詩式》卷一云：「假象見義。」五代宋保暹《處囊訣》云：「其形
莫若像。」明祝允明《呂紀畫花鳥記》云：「取象形器，而以寓其無言
之妙。」李開先《海岱詩集序》云：「移生動質，變態無窮，蘊彩含滋，
隨心寫象，縱橫神妙，烘染虛明，此畫之大致也。」何景明《與李空同
論詩書》云：「意與象應。」屠隆《劉子威先生澹見集序》云：「夫綜
物為象，述事宣情，則此道為勝；若求之性命，則此特其皮毛耳。」這
裡的「象」皆指藝術形象，所謂「綜物為象」，就是綜合生活中眾多的
事物來創造形象，此是文學藝術創作所擅長的。所以作家要想創造出
優秀的作品，首要的任務是對藝術形象的塑造，也就是要描繪出意蘊
豐富又具體可感的「象」來。顧元慶《夷白齋詩話》云：「狀富貴之象

於目前。」清王夫之《古詩評選》卷五云「執之有像」。周星蓮《臨池管見》云：「神凝則像滋。」葉燮《赤霞樓詩集序》云：「遇於目，感於心，傳之於手而為象，惟畫則然。」概括了從構思到創作的全過程，強調了通過創作主體的心對現實生活的一種形象反映。李重華《貞一齋詩說》云：「征色於象。」張竹坡《金瓶梅》二十九回評云：「凡小說，必用畫像。」張惠言《七十家賦鈔目錄序》云：「夫民有感於心，有慨於事，有達於性，有鬱於情，故有不得已者，而假於言。言、象，象必有所寓。」他認為文學作品中的語言形象，可以寓託人的「心」、「事」、「性」、「情」，說明文學形象本身是憑藉語言手段來加以表現和反映的。

綜上所述，存在一條清晰的發展脈絡，從不同角度闡述了「象」所具有的形象性的審美特徵和作用。它是在特定的創作實踐的基礎上形成的，並構成作為「形象」範疇的特定內涵，即一方面，「象」具有具體可感性，體現藝術形象的創造來源於自然的感發；另一方面它又是通過審美主體加以審美觀照的結果，對「象」來說，含有較多詩人情感的滲入，故形實而像較虛。因此不僅構成中國傳統美學範疇體系獨特的起點，也構成中國傳統美學諸多概念的原初樞紐，如「物像」、「意象」、「興象」、「景象」、「境象」、「氣象」等等，其建構都是與「象」密切關聯並相互作用的，包含有無窮的美學意蘊，而且揭示了文學藝術本身創作的規律性。

三、關於「形象」

「形象」一詞，早在我國先秦、兩漢、魏晉南北朝時期已普遍使用，如《荀子集解》〈非相〉云：「美惡形象（相）。」《呂氏春秋》卷十五《慎大覽》〈順說〉云：「不設形象，與生與長，而言之與響。」漢孔安國傳《尚書》〈說命〉云：「審所夢之人，刻其形象，以四方旁

求於民間。」《淮南子》〈原道訓〉云：「物穆無窮，變無形象。」《淮南子》〈兵略訓〉云：「天化育而無形象。」王充《論衡》〈程材篇〉云：「蓋足未嘗行堯、禹問曲折，目未嘗見孔、墨問形象。」又《論衡》〈解除篇〉云：「如謂鬼有形象，形象生人，生人懷恨，必將害人。」又《論衡》〈亂龍篇〉云：「不知都（郗都）之精神在形象邪？」「夫圖畫，非母之實身也，因見形象，涕泣輒下，思親氣盛，不待實然也。」《後漢書》〈蔡茂傳〉云：「大殿者，宮府之形象也。」《後漢書·獨行列傳》〈李業傳〉引《益都紀》云：「載其高節，圖畫形象。」《後漢書》〈朱穆傳〉云：「穆就板書：勿畫我形，以為重負，忠義之未顯，何形象之足紀也。」東晉袁宏《後漢紀》云：「遂於中國而圖其形像焉。」《三國志》〈魏志〉〈管輅傳〉注引《管輅別傳》云：「輅為（諸葛原）開爻散理，分賦形象。」《晉書》〈樂志〉〈地郊響神歌〉云：「祗之體無形象。」《世說新語》〈巧藝〉云：「荀極善畫，乃潛往畫鐘門堂，作太傅形象，衣冠狀貌如平生。」北魏魏收《魏書》〈釋老志〉云：「乃造其形象泥人。」「佛圖形象。」《南史》〈劉瑱傳〉：「有陳郡殷茜，善寫人面，與真不別，瑱令茜畫王形像。」從總體來考察，這些「形象」即形體、狀貌之意，所謂有形有像是也，還不是特定的藝術形象，但以下諸方面的情況仍是值得我們重視的：

一是說明「形象」一詞，實際上是「形」與「象」意義的綜合，作為復合語詞使用，正如王夫之在《周易外傳》所說：「形者必成象矣，象者像其形矣。」在我國，早在先秦、兩漢時期便已開始使用，並不是一些論者所說，乃是受了佛教佛經的翻譯及傳播的影響，原是一個外來語，但佛教的輸入，佛像的形象雕塑，確乎也產生了一定的影響；二是從字義來看，「形」與「象」雖則有別，形實而像虛，但義相近似，「形象」一詞之含義，實乃形之象也，直觀地理解，「形象」也

就是有形有像，所謂形因象定，象以形顯，顯然含有具體性和象徵性的特徵，是可以憑感官看得見或摸得著的空間實體；三是上述所引的事例，如「刻其形象」、「因見形象」、「圖畫形象」、「作太傅形象」、「乃造其形象泥人」、「佛圖形象」、「畫王形象」等等，說明「形象」與藝術發生連繫，首先是繪畫等造型藝術，並基本上構成了一種中介過渡的狀態，即具有一定的審美意識和審美屬性，這可說是我國藝術「形象」說的濫觴；四是，通過以上初步的辨析，說明我國古代「形象」的概念主要是指繪畫而言，由於繪畫藝術所具有鮮明、具體、感性的特點，使得「形象」這一概念主要在繪畫藝術中得到了廣泛的使用，即使在詩、文中涉及這一概念，大多也是用來評論繪畫作品的，如杜甫《贈虞十五司馬》云：「形象丹青逼，家聲器宇存。」《寄董卿嘉榮十韻》云：「雲台畫形象，皆為掃妖氛。」陸游《賀禮部曾侍郎啟》云：「紀話言於竹帛，肖形象於青紅。」就是明顯的例證。宋郭若虛《圖畫見聞志》云：「蓋古人必以聖賢形像，往昔事實，含毫命素，製為圖畫者。」沈括《夢溪筆談》卷十七云：「世之觀畫者，多能指摘其間形象、位置、彩色瑕疵而已；至於奧理冥造者，罕見其人。」董逌《廣川畫跋》云：「或自形象求之，皆盡所見，不能措思慮於其間，自號能移景物隨畫，故平生畫皆因所見為之。」又云：「後人畫未能辨筆畫，而又不知形象所主，見解又非得若立本（唐畫家閻立本）極其用功。」黃休復《益州名畫錄》云：「畫有性周動植，學侔天功，乃至結岳融川，潛麟翔羽，形象生動者，故目之曰能格耳。」即要求作者能精通自然界各類事物的性狀，學力堪與自然造化相等，以至塑造形象能達到栩栩如生的境地。明田汝成《西湖遊覽志餘》卷十七云：「畫石之法，最要形象不惡。」徐渭《玄抄類摘序又》云：「惟壁拆路、屋漏痕、拆釵股、印印泥、錐畫沙，乃是點畫形象。然非妙於手運，亦無從臻此。」所謂

「壁拆路」、「屋漏痕」等等，是用來形容行筆自然的狀態，從而構成「點畫形象」。湯顯祖《合奇序》云：「米家（米芾）山水人物，不用多意，略施數筆，形象宛然。」清鄭績《論畫》云：「形象固分賓主而用筆亦有賓主。」董棨《養素居畫學鉤沉》云：「畫固所以象形，然不可求之於形象之中，而當求之形象之外。」以上所論，這裡不加細析，只是用來說明，我國古代美學中「形象」這一概念主要是就繪畫藝術說的，從一開始就是與圖畫密切連繫在一起的，所以「形象」這一概念在我國古代美學中並沒有被廣泛地使用，作為美學範疇一直被沿用下來的仍是「形」與「象」。

那麼為什麼「形象」這一概念一開始就在畫論中得到使用？看來首先繪畫本身就具有形象性和可感性的特點。唐張彥遠《歷代名畫記》〈敘畫之源流〉說：「記傳所以敘其事，不能載其形，賦頌所以詠其美，不能備其象，圖畫之制，可以兼之也。故陸士衡云：『丹青之興，比雅頌之述作，美大業之馨香，宣物莫大於言，存形莫善於畫。』此之謂也。」指明繪畫的形象創造在於真實地表現客觀對象。朱景玄《唐朝名畫錄》云：「至於移神定質，輕墨落素，有像因之以立，無形因之以生。」認為繪畫的特點不僅可以表現具象的事物，而且通過體悟可使無定型之象生發出來，使有形與無形獲得有機的統一，達到有無相生而相反相成的藝術效果。其次，從其源頭來考察，實與《周易》的「觀物取象」有著相承的關係。南朝劉宋王微在《敘畫》中就曾指明了這一點，他說：「圖畫非止藝行，成當與《易》象同體。」這可說是繪畫中的藝術哲學。宋郭熙《林泉高致》也說：「《爾雅》曰：『畫，象也。』言象之所以為畫爾。《易》卦說觀象繫辭謂此。」這段話十分明確地體現了畫論中的「形象」與《周易》之「象」的淵源關係。

第二節　「意象」與「形象」的異同

　　通過以上對「形象」特徵的分析，我們可以看出「意象」與「形象」是有同有異的。從同的方面來說，首先「意象」與「形象」都是屬於我國古代美學「形象」論的範疇，都是標示文學藝術本體的美學概念，從其本身來說，都是一定思想內容和藝術形式的統一體。概而言之，「意象」就是體現在作品中的「情意」與「物像」的一種契合，它們是相互生發和相互作用的，「情意」是離不開物態化的「形象」而存在的，否則「意象」也就不能成其為「意象」了。因為文學藝術是作家對自然和社會現實生活的反映，這種反映活動的感性方式就是「形象」，「形象」既是具體可感的，是從生活中提煉出來的生活畫面，又是充滿情感的表現，有如東漢王延壽在《魯靈光殿賦》中所說：「圖畫天地，品類群生。雜物奇怪，山神海靈。寫載其狀，托之丹青。千變萬化，事各繆形。隨色象類，曲得其情。」而我國隨著抒情性繪畫而形成的「寫意」論，更突出抒寫作者的情意，從而形成了畫法通於詩法的美學觀點。蘇軾《東坡題跋》〈書摩詰藍田煙雨圖〉云：「味摩詰之詩，詩中有畫；觀摩詰之畫，畫中有詩。」後人對王維名句「行到水窮處，坐看雲起時」的折服，是因為「此詩造意之妙，至與造物相表裡，豈直詩中有畫哉！」（《苕溪漁隱叢話》〈前集〉卷十五引）「少陵翰墨無形畫，韓幹丹青不語詩。」（馮應榴《蘇文忠公詩合注》〈韓幹馬〉）畫中有詩，可說是中國詩、畫藝術追求的最高境界，甚至成為中國詩畫的鑑賞標準和藝術特徵。南齊謝赫在《古畫品錄》中提出了繪畫「六法」的「氣韻生動」說，但它仍與「應物像形」有著連繫。又如顧愷之提出了「以形寫神」說（見《歷代名畫記》卷五引），但也離不開「形」的描繪。當然詩與畫在藝術表現上具有各自的藝術個性與表現特

點，但從創造「形象」的基本規律看，卻有著同一性的一面。「寫意」論重意輕形，形似要服從於寫意，對此清沈宗騫在《芥舟學畫編》〈山水〉中曾作了很明確的闡述：「畫與詩，皆士人陶寫性情之事，故凡可以入詩者，均可入畫。」綜上所述，「意象」與「形象」都是在主客體的相互統一、相互轉化和融合中實現的，不僅具有客觀事物的生動可感性，而且滲透作家、藝術家的思想感情和美的理想，才能達到以情動人，以美感人的目的。

但是「意象」與「形象」相異的一面是十分明顯的，如白居易對張璪作畫的記述：「故得於心，應於手，孤資絕狀，觸毫而出，氣交沖漠，與神為徒。」（《觀張員外畫松石序》）闡明畫家善於把主觀感興和客觀自然相結合，從而在心中構成「意象」，說明「意象」作為一種內心觀照主要在於「意」的作用，是「與神為徒」，從而達到神似。就以許多論者引以為例的鄭板橋論畫竹來看，「江館清秋，晨起看竹；煙光、日影、霧氣，皆泛動於疏枝密葉之間，胸中勃勃，遂有畫意。其實胸中之竹，並不是眼中之竹也。因而磨墨展紙，落筆倏作變相，手中之竹又不是胸中之竹也。總之，意在筆先者，定則也；趣在法外者，化機也。獨畫云乎哉！」（《題畫》）用來說明「意象」生成的三個階段，即「眼中之竹」──「胸中之竹」──「手中之竹」。「眼中之竹」是主體對於審美自然的內心觀照，但「胸中之竹」是經過審美主體情意熔鑄之竹，即「意」中之「象」，而「手中之竹」則是畫家把頭腦中的「意象」加以物化，成為畫面所呈現的審美意象。鄭板橋認為這就是「意在筆先」，精闢地論述了眼、胸、手中之竹之間的連繫和不同層面，使之成為可表現的審美意象。這一見解，不僅對於「意象」的生成機制以及作家的藝術構思是適用的，而且對於繪畫，對於其他不同體裁的創作同樣是適用的，所謂「獨畫云乎哉！」不失於符合美

的創造規律的經驗之談。因而是否具有內心觀照可說是「意象」與「形象」的主要區別，因為「形象」作為「形似」之「象」，它主要是注重於外形觀照，以達到「窮形盡相」的地步，說明形象之「象」乃是指生活中的具象。「意象」之「象」則是「意」中之「象」，「意」與「象」的巧妙寓合。對此葉燮在《原詩》〈內篇下〉曾說：「詩之至處，妙在含蓄無垠，思致微渺，其寄託在可言不可言之間，其指歸在可解不可解之會，言在此而意在彼，泯端倪而離形象，絕議論而窮思維，引人於冥漠恍惚之境，所以為至也。」在葉燮看來，詩的「含蓄無垠」之妙，在於「思致微渺」的結果，作為詩歌藝術品格的表現，要「遇之於默會意象之表」。因此要泯滅事理的頭緒而擺脫事物的形象；要杜絕各種議論而窮盡思維，即探究物像的深蘊，不為物像的固有形態所約束，使之富有以實顯虛的盡意化特點。

　　「意象」與「形象」相異的一面應說是頗為明顯的，但也有一些須加探索的問題。在「意象」這個概念裡，「意」表明「象」的特殊的審美結構和審美特性，是兩個並列概念的複合體，「意」中之「象」或「象」在「意」中，都是指的主觀情意與客觀物像的有機統一，表現了「物我相融」、「情景交融」的完美契合，充分體現詩歌言志抒情的特點及呈現在詩中人的精神和風采，強調對所感知對象加以生發、綴合，使之轉化成為感情表現形態。而「形象」實則是「形」和「象」的複合詞，「形」即形象，「象」同樣是形象，它當然也是思想內容和藝術形式的統一體，但側重於對客觀事物具象的描摹，即根據現實生活各種現象加以選擇，綜合所創造出來的具有一定思想內容和審美意義的具體生動的圖畫。因此「形象」在內涵上要比「意象」來得寬泛，乃是具體創作過程中對客觀物像的一種提煉、概括和形象化，強調具體生動的再現性也即生活的具象性。它既包括呈現於感性直觀的造型藝

術，也包括敘事性的文學藝術，上述繪畫藝術的「形象」說就是明顯的例證。又如作為敘事文學的小說，脂硯齋在《紅樓夢》第八回「只覺口齒纏綿，眼皮愈加餳澀」，眉批云：「二字帶出平素形象。」第九回「仔細站髒了我這地，連我也羞死了」，有正本批云：「畫出寶玉的俯首挨壁之形象來。」他認為小說中的人物大都寫得「如聞如見」、「活跳紙上」、「寫得酷肖」、「躍躍紙上」，具有鮮明生動的個性特徵。徐念慈在《小說林緣起》中論及小說人物形象時說：「一非具形象性，一具形象性，而感情因以不同也。」闡明了小說人物描寫形象性的審美要求。說明「意象」與「形象」由於不同的審美要求和審美觀照，兩者呈現在作品中就表現出不同內涵的含意，而其不同的審美特徵也就更為豁目了。

那麼在詩歌創作中，是否存在「意象」與「形象」的不同差別呢？對此，我們是否可以這樣理解，作為「意象」的詩，一般都有鮮明的形象性，但具有形象性的詩則不一定有「意象」，如唐高仲武在《中興間氣集》中評於良史曰：「工於形似，如『風兼殘風起，河帶斷冰流』，吟之未終，皎然在目。」所謂「形似」即具形象性，著重於對客觀景物的描摹，使之「皎然在目」。宋人李欣《古今詩話》引范元實語云：「古人形似之語，必實錄實事，決不可易，……激昂之語，……初不可從形跡考，然如此乃見一時意。」並舉杜甫《古柏行》「柯如青桐根如石」為例，認為「視之信然」，此乃形似之語。接著以「霜皮溜雨四十圍，黛色參天二千尺」為例，說明「此乃激昂之語。不如此，則不見古柏之大也」。有誰見過高達二千尺的古柏，實是抒發對諸葛亮的敬仰和心中的激情，故篇終而結以「材大難為用」。前者可說是形象性的描述，而後者則是通過情感體驗和藝術想像而構成的審美意象。梅堯臣在《答韓三子華、韓五持國、韓六玉汝見贈述詩》中批評西崑體「雕章麗句」

的詩風說：「屈原作《離騷》，自哀其志窮，憤世嫉邪意，寄在草木蟲。
邇來道頗喪，有作皆言空，煙雲寫形象，葩卉詠青紅。」他認為在詩中
光描寫煙雲、花草等形象，是內容空洞片面追求形式的詩風。在他看
來，「詩本道性情」（《答中道小疾見寄》），而屈原的《離騷》雖也寫
了「草木蟲」等形象，但是它是「因事有所激，因物興以通」的結果，
是將「憤世嫉邪」之「意」寄托在「花木蟲」之「象」中，就是具有
一種非加以表達不可的情感激發，通過外界物像的描寫呈現出來。這
就較為確切地接觸到詩歌意象創造的特徵問題。歐陽修在《歸田錄》
中說：「晏元獻喜評詩，嘗曰：『老覺腰金重，慵使玉枕涼。』未是富
貴詩；不如『笙歌歸院落，燈火下樓台』，此善言富貴者也。人皆以為
知言。」晏殊的詩雖有形象卻不是藝術的內在特質，只是藝術的外在特
徵，而白居易在《宴散》中所寫，表面上雖沒有「腰金」、「玉枕」等
形象性的描繪，但通過詩的意象，使人看到一簇送客的燈火隨著一片
笙歌聲從樓台緩緩而下，詩裡沒有一個字寫宴會的鋪張豪華場面，卻
把一派富貴氣象寫得歷歷在目而又含蓄蘊藉。明白了「形象」與「意
象」的這種區別，對於如何欣賞文學作品應該說是很有啟迪意義的。
由此可見，「形象」的創造是注重模擬和再現對象，重在形似，而「意
象」的創造則以「意」寫「象」，突出了作家在創作過程中的感興作用
和精神特質，重在神似，所以以「形象」說詩，就難以道出詩中的意
趣和韻味。

　　葉燮在《原詩》外篇中說：「漢魏之詩，如畫家之落墨於太虛之
中，初見形象。一幅絹素，度其長短、闊狹，先定規模；而遠近濃
淡，層次脫節，俱未分明。」葉燮從詩歌發展各階段之間的演化方面，
認為漢、魏之詩是「初見形象」，到六朝時「尚在形似意想間，猶未顯
然分明也」。至盛唐則「能事大備」。此可視為從「形象」到「意象」

發展的軌跡，也可窺見「意象」與「形象」的相互連繫與區別，因為「意象」這一概念的出現，確乎是漢魏以後逐漸演變，發展而成為我國古代美學成熟的「意象」範疇。

第四章

「意象」與「意境」

　　「意境」是我國古代美學理論中一個很重要而又引人注目的美學範疇，發軔於唐代，但最早的《詩經》中已有了「意境」的萌芽，如牛運震評《詩經》〈唐風〉〈綢繆〉云：「意境可想。」（《詩志》卷一）潘德輿也說：「《三百篇》之體制、音節不必學；《三百篇》之神理、意境不可不學也。」（《養一齋詩話》）而老莊道家思想又可說為「意境」的創造奠定了哲學基礎。迨至魏晉南朝佛教的輸入，尤其是唐代禪宗的流傳，則與「意境」範疇的正式出現有著密切的關聯。近年來，學術界對於「意境」問題進行了深入的探討研究，獲得了長足的進展，對於「意境」與「意象」概念的異同，也引起了一些論者的關注，並作了許多有益的梳理和界定，但對於兩者的連繫和區別，仍在理解上存在許多分歧。這裡僅就「意境」的基本特徵及與「意象」的相互關係談一些粗淺的看法，以資商榷。

第一節　「意境」的基本特徵

　　首先得從「境」說起。「意境」是「意」和「境」的契合，但本來是分開的，「意」和「意象」之「意」基本上是貫通的，但也存在微妙的差異。「境」的含義卻較複雜，就語義來說，「境」本義指地域界線。許慎《說文解字》云：「境，疆也。」、「界，境也。」例如《後漢書》〈仲長統列傳〉云：「制其境界。」但「意境」之「境」不是一般的「境」，而是超越物像具有感性形式的境界，它和禪宗的影響有著重要的關係。魏晉南北朝時期隨著佛經的輸入，「境」往往指主體觀照時的內心狀態，如南朝陳天台宗智顗在《摩訶止觀》中說：「通稱禪定者，禪自是其境。」唐代禪宗所說的「境」與此一脈相承。馬祖道一說：「佛不遠人，即心而證，法無所著，觸境皆如。」（權德輿《唐故洪州開元寺石門道一禪師塔銘》引）此「境」是指主觀精神方面的作用，坐禪就是觀心，就是「入佛境界」。唐代詩論家將「境」引入詩論，成為論述詩歌創作的重要概念。這裡既有佛教思想的明顯影響，也體現為對古漢語本義的引申，大體上可有三種用法：

　　其一，客觀物境。唐韓愈《桃源圖詩》云：「文工畫妙各臻極，異境恍惚移於斯。」權德輿稱許經邦：「凡所賦詩皆意與境會。」（《左武衛曹許君集序》）以「境」、「意」連用評詩，「境」即物境。張彥遠說：「境與性會。」（《歷代名畫記》卷一）皎然說：「詩情緣境發，法性寄筌空。」（《秋日遙和盧使君游何山寺》）「緣境發」指由物境引發，恰似「法性」寄於「筌空」。又云：「緣境不盡曰情。」（《詩式》）武元衡評劉商詩云：「觸境成文。」（《劉商郎中集序》）白居易的「境興周萬象，土風備四方」（《洛中偶作》），司空圖的「長於思與境偕，乃詩家之所尚者」（《與王駕評詩書》），認為「意境」是由「思」和「境」

這兩方面的和諧統一而構成的，所以是詩家所崇尚的。這種「境」，有如顧亭鑑所說：「耳聞目擊，神寓意會，凡接於形似聲響，皆為境也。」（《學詩指南》卷上）說明這種客觀物境，反映與包含了主體與客體的審美連繫。

其二，主觀情境。即詩人在創作構思過程中浸染了主體情意之境，也就是一種內心境界或心理感受，如在唐代最早提出「境」這一美學觀念的王昌齡，在《詩格》中有三則談到「情境」：

> 思若不來，即須放情卻寬之，令境生。然後以境照之，思則便來，來即作文。如其境思不來，不可作也。

> 二曰情境。

> 意須出萬人之境，望古人於腳下，攢天海於方寸。詩人用心，當於此也。

這裡，王昌齡將「思」與「境」或「意」與「境」並列而論，實為「意」之「境」，而不是指的客觀景物，它是一種內心的體驗觀照，所以必須「放情卻寬之，令境生」。也就是說，詩人只有表現內心深處的思想感情，才能使外物心靈化，「然後馳思，深得其情」。強調了「意」對詩「境」創造的作用。

至於他所提出的「物境」、「情境」、「意境」的「三境」說，正如《中國文學理論史》所指出：「內容雖然各有偏重，但其共同特點都是『神之於心』、『張之於意』、『思之於心』，即都是存在於詩人主觀世界、腦海之中有待物化的詩，而不是已經完成了物化過程並客觀存在

於詩中的藝術境界。」[1]表明了王昌齡對於「境」的深入思考和探討，為「意境」概念的形成奠定了基礎，也反映了唐人重「境」的思想。又如梁肅說：「心遷境遷，心曠境曠，物無定心，心無定象。」（《心印銘》）殷璠評王維詩云：「一句一字，皆出常境。」（《河岳英靈集》）張說云：「萬象鼓舞，入有名之地；五音繁雜，出無聲之境。非窮神體妙，其孰能與於此乎！」（《洛州張司馬集序》）處於有名之地而能出無聲之境，主要由於「窮神體妙」的心境熔煉的結果。這樣解釋「境」的獲得，比「妙悟」說來得實在，乃是神馳意表而造成的。柳宗元說：「境以道情得，人期幽夢尋。」（《奉和楊尚書郴州》）認為詩境緣於「道情」，與詩人的哲理性感悟是分不開的。皎然則提出了「取境」的命題，「夫詩人之思初發，取境偏高，則一首舉體便高；取境偏逸，則一首舉體便逸」（《詩式》卷一）。又說：「取境之時，須至難至險，方見奇句。成篇之後，觀其氣貌，有似等閒，不思而得，此高手也，有時意靜神王，佳句縱橫，若不可遏，宛如神助。」（《詩議》）皎然強調「取境」必須經過「至難至險」的構思過程，達於「神王」（「王」通「旺」）的地步才能心契妙理。可知皎然所說的「境」，乃指詩人構思時所捕獲或高或逸的情意之境。五代人孫光憲評貫休詩云：「境意卓異，殆難儔敵。」（《白蓮集序》）貫休是唐代詩僧，「境意」似即「意境」。以上所論之「境」，從總體上來看，是達於心悟之境，是創作主體心靈中呈現而浸染了主體的情意之境，體現出詩與禪的統一，如皎然云：「月影散瑤碧，示君禪中境。」（《答俞校書冬夜》）劉禹錫云：「因定而得境，故翛然以清。」（《秋日過鴻舉法師院便送歸江陵引》）

---

1 成復旺、黃保真、蔡鍾翔：《中國文學理論史》（二），北京出版社1987年版，第125頁。

他們都深受禪宗的影響，但佛學的「境」說是唯心的，而影響詩歌，重視主觀情思構想詩境的作用，則是符合審美規律的，從而完成了從佛典的「境」說向詩論領域的轉化，使之成為中國詩歌美學中一個重要的審美概念，為「意境」說的形成打下了基礎。其三，詩境之境。指表現於詩歌創作中的一種境界，如朱慶餘所說的：「醉裡求詩境，回看島嶼青。」（《陪江州李使君重陽宴百花亭》）高仲武評張南史詩云：「數載間，稍入詩境，如『已被秋風教憶繪，更聞寒雨勸飛觴。』可謂物理俱美，情致兼深。」（《中興間氣集》）姚合說：「詩境西南好，秋深晝夜蛩。」（《送殷堯藩侍御遊山南》）司空圖的《詩品》更是論詩境之作，正如王士禛所說：「『采采流水，蓬蓬遠春』，二語形容詩境亦絕妙。」（《帶經堂詩話》卷三）這種詩的「境界」，既與詩人的審美情趣密切相關，又包含詩的品位、意蘊。清方東樹云：「古人詩境詩格，無不備矣。若不能自開一境，使與古人全似，亦只是床上安床，屋上架屋耳，空同是也。」（《昭昧詹言》卷一）又如查慎行評白居易《村居苦寒》詩曰：「詩境平易，正以數不見鮮。」（《白香山詩評》）均可相互參證。「詩境」說的提出，可說對「意境」起了中介的作用，同時也說明盛唐詩人在詩境的創造上，已經取得極高的成就，從而上升為理論而概括出「意境」這個範疇，那是順理成章的事，因為理論是通過創作實踐總結出來的。

「意境」究竟包含哪些基本特徵？論者的看法仍不完全一致。根據古代大多數詩論家的意見，大體上可概括為如下兩個方面：

其一，「意與境渾」。詩歌意境的基本特徵首先反映在情景交融上，它可說是藝術意境形成的基本建構。王昌齡說：「景與意相兼始好。」（《文鏡秘府論》南卷〈論文意〉）這裡不用「境」而用「景」即指景物而言。劉禹錫說：「片言可以明百意，坐馳可以役萬景。」（《董

氏武陵集紀》）韓偓説：「景狀入詩兼入畫，言情不盡恨無才。」「景」、「情」對舉，而且可以寫入詩畫中，實際上都不同程度地説明情景交融是藝術意境的重要表徵，故清人布顏圖認為：「情景者境界也。」（《畫學心法問答》）這可説是對「意境」是情景交融的理論概括。王國維説：「何以謂之有意境？曰：寫情則沁人心脾；寫景則在人耳目。」（《宋元戲曲史》〈元劇之文章〉）在理論上又作了進一步的發揮。情景交融體現了藝術創作主體與客體交互契合的客觀規律，是「意境」具有決定性意義的因素。但「情」與「景」不管如何交融不一定都能寫出「意境」，正如王世貞所説：「樂府之所貴者，事與情而已。張籍善言情，王建善征事，而境皆不佳。」（《藝苑卮言》卷四）所以「意境」的基本特徵不僅在於情景交融，還在於有如王國維所説的「意與境渾」：

　　文學之事，其內足以攄己，而外足以感人者，意與境二者而已。上焉者意與境渾，其次或以境勝，或以意勝，苟缺其一，不足以言文學。（《人間詞乙稿序》）

　　在詩人「意境」的創造過程中，首先情景交融與「意與境渾」是密切地聯系在一起的，但「意與境渾」又是在情景交融基礎上的提煉和深化，「渾者」，渾然一體也，這就是王國維所説的「上焉者」原因之所在，同時「景」與「境」兩者既有連繫，也有所區別，正如金聖歎所説：「境字與景字不同，景字動，境字靜；景字在淺人面前，境字在深人眼底。」（《杜詩解》）他所謂「動」，指客觀景物的動態，而「靜」乃指詩人觀照客觀物像時的虛靜狀態，也就是經過詩人心靈折射的「境」，它既包括客觀的景物，而主要是指表現在作品中的主體情

思，反映了主體對客體的把握。其次對於「意與境渾」，我國古代文論家多有論述，如權德輿説：「凡所賦詩，皆意與境會。」（《左武衛曹許君集序》）皎然的「詩緣情境發」（《秋日遙和盧使君游何山寺》），即詩人的思想感情，必須通過一種「境」藝術地表現出來。孫光憲則以「境意卓異」（《白蓮集序》）評詩。此外如蘇軾評陶淵明《飲酒》詩云：「『采菊東籬下，悠然見南山。』因采菊而見山，境與意合，此句最有妙處。」（《東坡志林》）葉夢得《石林詩話》云：「意與境會。」明朱承爵《存余堂詩話》云：「作詩之妙，全在意境融徹，出音聲之外，乃得真味。」「意境融徹」就是境從意生，意融境中，具有餘味不盡的意趣。顧起元《竹浪齋詩序》云：「其在人也，觸境而生情，而情每以境奪，因情而耦境，而境即以情遷。」袁宏道《敘小修詩》云：「情與境會，頃刻千言，如水東流，令人奪魄。」王世貞《藝苑巵言》云：「神與境合。」查慎行評韓愈《山石》詩云：「意、境俱到。」（《查初白十二種詩評》卷上）祁彪佳《遠山堂曲品》評沈應召《去思》云：「意、境俱愜。」況周頤《蕙風詞話》卷三云：「設境意中。」方士庶《天慵庵隨筆》云：「因心造境，以手運心。」説明「意境」是審美對象與審美心境的統一，具體境象與深邃情思的統一，以有形表現無形，以實境表現虛境，以有限表現無限，沿著感情的軌跡，不僅在於對客觀景物的提煉，還在於對生活內蘊的攝取。因此，只有「意與境渾」，才能使藝術意境臻於思深意遠而韻味無窮，從而熔鑄作者的審美理想和情趣，把生活的境界昇華為藝術的意境，把蘊含作者心靈深處的情感波瀾透徹地表達出來。

　　總之，「意」與「境」常常是通過「情」與「景」的關係加以體現和表達的，而「意與境渾」更突出了「意」與「境」的相互滲透、相互轉化、相互促進，「情能移境，境亦能移情」（吳喬《圍爐詩話》），

達到渾然一體又變化多姿的境地，使主體的情意內蘊，深藏於客體的景物之中，以致於達到了一種「羚羊掛角，無跡可求」的地步，實系詩人內在情感結構的審美化表現，否則生氣索然也就無所謂「意境」了。「意與境渾」顯示出「意境」理論的基本特徵。

其二，「境生於象外」。如果我們把「意境」的基本特徵局囿於「意與境渾」，那隻能反映其一般的構思規律，而未能揭示其特殊規律，也不符合其作為獨立美學範疇的本質特徵。因此，從更深層的意義上講，「意境」又是一種特殊的主觀與客觀的統一，這種特殊性，突出地表現為「境生於象外」或「象外之象，景外之景」。

劉禹錫說：「義得而言喪，故微而難能；境生於象外，故精而寡和。」（《董氏武陵集紀》）這是對「意境」內涵的第一次界定。在劉禹錫看來，「意境」不生於「象內」，而是生於「象外」，即具體的物像之外的無限空間，也就是說「意境」除了實境的描寫外，主要是存在於我們想像中的、無限的「象外」的虛境，探究了「意境」的性質和構成。「境生於象外」，可說是「意境」本質特徵的深刻闡述，也是對「意境」內涵的最明確的規定。對這種「境生於象外」的審美特徵，汪師韓在《詩學纂聞》中說：「切而無味，則像外之境窮。」馮班《鈍吟雜錄》卷五說：「盛唐之詩，如空中之音，水中之月，鏡中之象，種種比喻，殊不如劉夢得『興在象外』一語妙絕。」馮班所言「興在象外」不知何據？方東樹《昭昧詹言》卷十八云：「以情有餘味不盡，所謂興在象外也。」並說：「劉賓客皆有味，興在象外也。」（《昭昧詹言》卷二十一）強化了「境」在「象外」的特徵。

皎然在《詩式》中說：「固當繹慮於險中，采奇於象外，狀飛動之趣，寫冥奧之思。」這同樣說明詩歌意境的創造在於澄思渺慮而采奇於象外，側重於「意境」的藝術構思，體現了「意境」是主觀緣慮的產

物。繼後司空圖在著名的《與極浦書》中又作了進一步發揮：「戴容州云：『詩家之景，如藍田日暖，良玉生煙，可望而不可置於眉睫之前也。』象外之象，景外之景，豈容易可談哉！」戴叔倫實際上為我們描繪了一幅充滿意境的藍田玉煙圖。司空圖正是深切地感受到詩歌創作中這種居實趨虛，以有限表現無限的審美規律，它是「意境」高度融徹渾成的必然結果，因而有「韻外之致」、「味外之味」（《與李生論詩書》）。「象外之象」、「超以象外」，可說是詩歌意境之所以醇美可味，啟人深長思之的重要因素。故王國維在《人間詞話》中強調，「意境」要具有「言外之味，弦外之響」。劉禹錫的「境生於象外」一語，正是對詩歌意境基本特徵的深刻概括。

　　「意境」創造「象外」還在於傳神。唐初，王勃就提出了「神馳象外，冥洽環中」（《秋晚入洛於畢公宅別道王宴序》）的命題。他特別注重「踐文路而驅神」（《上從舅侍郎啟》）的特點。王紱《書畫傳習錄》評蘇軾詩說：「然必神遊象外，方能意到環中。」趙翼《論詩》云：「作詩必此詩，定知非詩人。此言出東坡，意取象外神。」卞永譽《式古堂書畫匯考》云：「於象外摹神。」意謂要通過「象外」來反映事物的神情意態，體現其深蘊的超曠空靈之美，達到「象外精神言外意」（游潛《夢蕉詩話》）的境界。從而在有限的篇幅包孕深廣的情感意蘊，在咫尺之內展現五彩繽紛的大千世界，所謂「壺公瓢中，自有日月天地」（皎然語）。

第二節　「意象」與「意境」的界說

　　「意象」與「意境」是兩個容易混淆的概念，從相似的一面來看：首先，是「意」的貫通，此「意」不論是指作者的情志、志意、立意

或意念，在大的流向上是基本相同的，指的都是主體的思想感情。其次，「意象」與「意境」的基本內涵和基本特徵，都在於情景交融，在本質上都體現了心與物、主體與客體的雙向交流和內在統一，這可說是兩者建構的基本因素，反映了一種內在的規定性。三是，「意象」與「意境」都是在形象和思想緊密結合的構思過程中產生的，它們對於美的創造，首先是訴諸感性形式，可說都是客體的主體化，不過融合的方式有所不同，「意境」則側重於主體情思的抒寫和表現。四是，在藝術上表現為含蓄蘊藉、虛實結合、寓意深遠、詩味濃郁，具有「言有盡而意無窮」的藝術效果。它們雖然具有相似的一面，但畢竟屬於兩個不同的美學範疇，兩者又不是可以等同或互換的概念，必然具有各自獨特的內涵和審美特徵，其區別主要表現為以下幾點：

一、淵源個別

「意象」緣起於《周易》的「立象以盡意」，並在理論上最早提出了「意」與「象」關係的命題，而它的哲理思想則淵源於道家「意」、「象」的觀念。「境」雖然也受老、莊哲學「無」的影響，具有其淵源關係，但魏晉南北朝佛經輸入以後，到了唐代，又與禪宗結下不解之緣，禪宗的哲學以「心為宗」，所謂「河沙妙德，總在心源」（《傳燈錄》）。王昌齡、皎然、劉禹錫、司空圖等人，有些就是詩僧，有的深受禪宗思想的熏染或影響，從而引發了詩人審美心理和審美意識的變化，把詩歌創作實踐的經驗上升為理論，「境」的發現，正標誌著對審美理論研究的深化，同時魏晉南北朝玄學領域的「言」、「意」之辨所產生的「象外」說，對「意境」也產生了直接影響，並由此產生了對「境」的「象外」之美特殊的規定性，使之成為中國美學獨具特色的審美範疇。由此可見，「意象」說與「意境」說產生的理論淵源是各自有別的。

二、含義不同

　　「意象」是指「意」與「象」的交融契合，將主觀情思融於具體的物像之中，也就是說「意象」是含有情意的物像，達到虛實相生，內外表裡相融的至妙狀態，從而形成「意」中之「象」或「象」在「意」中，一般用來指稱一篇作品所構成的藝術特徵，所以「意象」是詩的本體。「意境」這一概念雖也是「意」與「境」的渾融契合，但主要是指超出具體物像之外，是作者微妙、獨特的內心觀照所產生的一種心理感受，表現在藝術作品中，往往分不清是情是景，而是一種情景一體的濃郁氛圍和所獨具的藝術空間，也就是說，詩人通過語言所提供給我們的東西並不是詩的本體，詩的本體乃存在於「象外」或「意外」，元人揭傒斯《詩法正宗》云：「句窮篇盡，目中恍然別有一番境界意思，而其妙者，意外生意、境外見境，風味之美，悠然甘辛酸咸之表，使千載雋永常在頰舌。」換言之，詩的「意境」不在作品的實處，而是在它的虛處。祁彪佳《遠山堂曲品》云：「境以幻為實。」指明了「境」具有可望而不可接，可以意會而難以言說的虛幻特徵。翁方綱《石洲詩話》卷四的「唐詩妙境在虛處」，則是對祁彪佳之說作了很好的補充。因此，從內涵上來看，「意象」與「意境」的區別主要體現在「象」與「境」含義的不同，「意象」的「象」指物像而言，表現在具體作品就是藝術形象性，而「意境」的「境」，可說是情感化、心靈化的一種體驗和感受，因而不同於一般詩中的景物描寫。劉熙載《藝概》〈詩概〉說：「花鳥纏綿，雲雷奮發，弦泉幽咽，雪月空明，詩不出此四境。」「花鳥」、「云雷」、「弦泉」、「雪月」為物像，而「纏綿」、「奮發」、「幽咽」、「空明」則是詩人的一種審美感受或審美心態，從一個側面也表明「象」實而「境」虛，「境」可包括「象」而「象」難代替「境」，「境」是指主觀意識中呈現的一個感受世界，故沈德潛《說

詩晬語》說：「即征實一派，亦宜各換意境。」范璣《過雲廬畫論》也說：「苟能胸富丘壑，畢備諸法，縱疊出數十圖，境界自無雷同。」說的是同樣的道理，這也可說是「意境」成為我國美學獨具特色審美範疇的原因之所在。

三、異同辨析

有些論者在把「意象」與「意境」作比較中，對「意象」與「意境」各自特點作了探究，並深入到兩者之間複雜的關係，如認為：「意境說側重於全篇的構思和立意，所謂意境，即指全首詩歌所創造的藝術形象。具體到一首詩歌的創作來說，意象的疊加產生了意境，意境等於詩中意象的總和。」[2]有些論者對此提出不同的看法，認為：「把意象僅僅看成是組合意境的材料和零件，顯然縮小了意象的範圍，貶低了意象的審美功能與價值。」並且進一步闡述說：「關於意象和意境的關係，另一些需要澄清的問題是：意境是否一定由意象生成，能否說沒有意象就沒有意境？意境是否必然超乎意象，高於意象呢？筆者認為，這些問題都不能一概而論，搞絕對化。」[3]所提的問題確乎涉及「意象」與「意境」的相互關係及各自的基本特徵問題。為此，略談一點粗淺的看法以資探討商榷。

首先，一般地說，先有「意象」而後才能產生「意境」，「意境」可說是由「意象」衍化而成，但並不是說凡具有「意象」的詩都能構成「意境」，如韋應物的「窗裡人將老，門前樹已秋」（《淮上遇洛陽李主簿》），白居易的「樹初黃葉日，人欲白頭時」（《途中感秋》），司空曙的「雨中黃葉樹，燈下白頭人」（《喜外弟盧綸見宿》），三詩都由

2　陳植鍔：《詩歌意象論》，中國社會科學出版社1990年版，第39頁。

3　陶文鵬：《意象與意境關係之我見》，《文學評論》1991年第3期。

相近的意象構成諧和的詩節，「此景與情合也」（都穆《南濠詩話》）。
然而正如謝榛所評云：「三詩同一機杼，司空為優；善狀目前之景，無
限淒感，見於言表。」（《四溟詩話》卷一）為什麼以司空為優呢？因
韋詩僅寫出途中感秋的情懷；白詩僅顯示出歲月漸進的思緒；司空之
詩則借景以自況，秋風落葉的雨景與昏燈白頭的孤寂相互組合，樹葉
在秋風中飄落，和人之衰老正相類似，從而大大加強了悲涼的氣氛，
使許多難以言喻的思想情緒，通過詩的優美意境，可領悟其象外深
意。因而如果只說「意象」與「意境」的共同性，不講其特殊性，就
無法說明「意境」的本質，更難以全面、準確地認識兩者之間複雜關
係。如「意境」的綜合美，潘德輿《養一齋詩話》說：「神理意境者何？
有關寄託，一也；直抒己見，二也；純任天機，三也；言有盡而意無
窮，四也。」這見解說明離開了綜合美，就難以構成詩的「意境」，正
如林紓所說：「一篇有一篇之局勢，意境即寓局勢之中。」（《春覺齋論
文・應知八則》）賀貽孫曾說：「清空一氣，攬之不碎，揮之不開，此
詩境也。」（《詩筏》）就是指的豐富蘊藉綜合的詩境，具有迤邐入勝的
藝術容量和美感力量。因而從總體上來看，任何「意象」往往與「意
境」的呈現有關，但任何「意象」不能等同於「意境」，有些詩的「意
象」可能高出於「意境」，也有的詩只有「意象」或只有「意境」，尤
其「意境」是「境生於象外」，往往顯得較為超曠空靈，它並非一定由
「意象」生成，所以不能說沒有「意象」就沒有「意境」，應該承認，
這種情況在我國詩歌史上是客觀存在的，不能采取不承認主義。通過
以上的辨析，主要是在於說明「意象」與「意境」的關係，並不是一
些論者所說的「一大一小」的關係，一般地說是「實」和「虛」、「有」
與「無」的關係，「意象」偏於實，「意境」則重虛，有如謝肇淛所說
的「詩境貴虛」（王士禎《香祖筆記》引），使人讀之能於「斷續迷離

之處而得其精神要妙」（葉矯然《尤性堂詩話》初集）。賀貽孫也說：「詩家化境，如風雨馳驟，鬼神出沒，滿眼空幻，滿身飄忽，倏然而去，不得以句詮，不可以跡相求。」（《詩筏》）以造成「象外」之美，留給讀者再創造的廣闊而深邃的空間。由此可見，「境」是對「象」的一種突破，這也可說是「意境」的魅力所在。

其次，這裡不可忽視的在於「意」的微妙差異，「意」作為審美心胸在對客觀物像進行審美觀照時往往迥然有別。「意象」的「意」側重於主觀情意的作用，「意境」的「意」除了主觀情意外，則側重於「心境」、「內境」或「胸境」，王昌齡就說過「視境於心」（《詩格》）的話。葛立方說：「人情對境，自有悲喜。」（《韻語陽秋》卷十六）鹿乾岳說：「神智才情，詩所探之內境也。」（《儉持堂詩序》）葉燮說：「舒寫胸襟，發揮景物，境皆獨得，意自天成。」（《原詩》外篇上）而林紓則說：「境者，意中之境也。」（《春覺齋論文》〈應知八則〉）在上述諸說的論述中可以看出，「意境」的創造，首先在於心境的熔煉，就詩來說，有此心境，方能有此詩的「意境」，它不是詩人寫出作品後才形成的，而是在未寫之前，在對客觀境象的觀照中就已經呈現於他的心意之中。因此詩人內心感受的不同，他們所寫之境亦隨之而異，對此宋釋普聞在《詩論》中有過很好的闡述：「天下之詩，莫出於二句：一曰意句，二曰境句。境句易琢，意句難制。境句人皆得之，獨意句不得其妙者，蓋不知其旨也。」並以黃庭堅《寄黃幾復》「我居北海君南海，寄雁傳書謝不能。桃李春風一杯酒，江湖夜雨十年燈」為例加以說明：「初二句為小破，第三、四句為頷聯，大凡頷聯皆宜意句。春風桃李但一杯而已，想像無聊，寥空為甚；飄蓬寒雨十年燈之下，未見青雲得路之便，甚羈孤未遇之嘆具見矣。其意句亦就境中宣出。」詩人將無限的情意，通過時、地、景、事的強烈對照表現出來，在「江湖」而聽

「夜雨」，就更增蕭索之感，達到「意與境渾」。《王直方詩話》評云「真
奇語」，即就其整體的「意境」而說的。又同一詩境的句子，由於詩人
所灌注情意的不同，將表現出各自不同的情趣，如陳與義《懷天經、
智老，因訪之》云：「客子光陰詩卷裡，杏花消息雨聲中。」陸游《臨
安初霽》云：「小樓一夜聽春雨，深巷明朝賣杏花。」而清人舒瞻《為
朱薀千題杏花春雨圖》云：「簾外輕陰人未起，賣花聲裡夢江南。」皆
為廣為傳誦的名句。陳衍評陳與義這兩句詩說：「詩中皆有人在，則景
而帶情矣。」（《石遺室詩話》）陸游這二句更是詩中的佳句，盧世㴭評
曰「有唐人風韻」（《唐宋詩醇》卷四十五）。而王文濡評舒瞻詩句云：
「末句俊極趣極，入唐人絕句中，亦稱上駟。」說明詩的「意境」與詩
人各自的「意」的精神態勢和審美感受是密不可分的，正如潘德輿所
說：「運意不同，各有境地。」（《養一齋詩話》卷三）「意境」是「意」
之「境」，是詩人內在情感結構一種審美化的表現，對此胡應麟曾描述
說：「詩家妙境，神動天隨，寢食咸廢，精凝思極，耳目都融，奇語玄
言，恍惚呈露，如游龍驚電，捊角稍遲[4]，便欲飛去。須身詣其境知
之。」（《詩藪》外編卷一）胡應麟從審美感興的角度，描述了「意」
超越有限的「象」，進入無限的「象外」的深層意蘊，即所謂「神動天
隨」、「精凝思極」，從而使「寢食咸廢」、「耳目都融」，唯有身到其境
的人才能有所感知和體悟。

　　顯然「意象」的「意」在整個創作過程中也打上了強烈的主觀色
彩，並通過比興、象徵的運用，滲透在審美意象之中，但內心的情感
結構一般說來是比較穩定的，比之「意境」的「意」這種激化的精神

---

[4]　《左傳》〈襄公十四年〉云：「譬如捕鹿，晉人角之，諸戎捊之。」「角」，抓角；
　　「捊」，拉腿。

態勢和審美感受，顯然存在明顯的差異。因此似乎可以這樣認為，「意象」是化「意」為「象」的話，那麼「意境」則可說是熔「意」成「境」，「境」即是「意」的外化，「意」則是「境」的靈魂，詩歌意境的藝術生命力即由此而產生，如柳宗元《登柳州城樓寄漳、汀、封、連四州刺史》中「城上高樓接大荒，海天愁思正茫茫」二句詩，被紀昀評為「意境宏闊深刻」、「有神無跡」。其妙處正在於寫出詩人噴湧而出茫茫海天般的內心世界。《白雨齋詞話》卷二評王碧山詞曰：「品最高，味最厚，意境最深，力量最重，感時傷世之言，而出以纏綿忠愛，詩中之曹子建、杜子美也。」「意境」最深，深就深在「纏綿忠愛」，抒發了對人生、世態、歷史一種深沉的感慨。其重點在「意」甚明。可見，認為「意境」指詩的全篇而「意象」只能是構成「意境」的形象單位，並不符合創作的實際情況。

四、「象」與「象外」

從審美特徵來看，「意象」與「意境」也存在明顯而微妙的差異。「象」較質實，偏重於藝術形象的顯現方面，主要是導引和展示出作品內部涵藏雋永、包容宏深的藝術情趣，相對於「象外」來說，其審美意蘊是在「象內」，當然由於比喻、象徵、暗示的作用，也存在一種超象的顯現。而「意境」之「境」則指「象外」所存在的虛境，沒有「象外」，也就沒有「境」。劉禹錫在《奉和中書崔舍人》中說：「象外形無跡，寰中影有遷。」雖言月之運行，但「象外」與「寰中」對舉，有似司空圖《與極浦書》中說的「象外之象，景外之景」，前一個「象」、「景」指的就是客觀存在的物像或景物，而後一個「象」、「景」則指「象外」或「景外」。這種「象」與「象外」的連繫與區別，乃是「象」與「象外」的辯證的統一，即是實與虛、有限與無限、個別與一般的辯證統一，正反映了「意象」與「意境」在營造和建構方面的差異，

也就是説「境」首先是由「象」建構而成的，而「象」一構為「境」，又發生了質的變化，不是「意盡象中」，而是「意余象外」，形成「象內」和「象外」即實境與虛境的二重組合的藝術世界，一方面是具體可感的，而另一方面它又是實中寓虛，以虛為重，如皎然評王粲《七哀》詩「南登灞陵岸，回首望長安」時所説：「察思則已極，覽辭則不傷。」從表面看來並無傷感的成分，然而讀後加以思考卻使人感到極度的哀痛，因為詩人通過一「登」一「望」的形象刻畫，將惜別秦川、遠適荆楚的飄零身世寄寓於「象外」。有如王夫之評謝朓《之宣城出新林浦向板橋》中「天際識歸舟，雲中辨江樹」云：「隱然一含情凝眺之人，呼之慾出。從此寫景，乃為活景。」因為通過「辨」、「識」，則抒情主人公對之無限眷戀也就隱含在「象外」了。而隱隱歸舟，離離江樹，遙遠的天際，迷茫的雲霧，熔鑄成多麼優美而完整的意境，並統攝在遠眺的視線之中，這就是王夫之説的「語有全不及情而情自無限者」（《古詩評選》卷五）。這種「象外」之意正是通過詩的「境」表達出來。沈德潛失之不察，竟説「詩中無送別意，題中二字可刪」（《唐詩別裁》）。唐汝洵也疑「送別」二字是衍文，似乎既稱「送別」必須有友人出現才行。因此，「象」與「境」的關係，也就是藝術建構的實與虛的關係，借用蘇軾的二句詩來説，就是「誰言一點紅，解寄無邊春」。枝上的一點紅花是「象」，是實，而解寄無邊的春意，即由「象」通向「境」，由實通向虛，由有限通向無限，可説顯示了「象外」之美對於藝術「意境」的意義。笪重光説：「神無可繪，真境逼而神境生。……虛實相生，無畫處皆成妙境。」（《畫筌》）「象外」就是對超於「象」的追求，蘊含對宇宙和人生更深層的「意境」美。

第五章

「意象」與「氣象」

「氣象」是與「意象」相互連繫的審美概念，是衡量「意象」審美價值的重要因素之一。

我國古代哲人提出「氣」的概念，莊子說：「通天下一氣耳。」（《莊子》〈知北遊〉）《管子》〈內業〉云：「氣道（導）乃生，生乃思。」將「氣」看成充盈天地之間一種原始的物質和精神的存在形式，是「氣」論的本質所在，從而成為哲學範疇，這是西方哲學所沒有的。以「氣」論文，始自魏文帝曹丕《典論》〈論文〉。他提出「文以氣為主」的「文氣」說，以後又衍生出「氣韻」、「氣概」、「氣勢」、「氣骨」、「氣格」、「氣脈」、「氣調」、「氣體」、「氣力」以及「氣象」等美學概念，從而豐富了「氣」範疇的美學建構和審美內容，其中「氣勢」、「氣概」、「氣骨」、「氣格」的含義是與「氣象」相近似的，但相互比較，「氣象」又是重「象」的，構成對「氣」的一種規範，因而與「意象」之「象」在實質上是相通的。「氣象」概而言之，即有生氣的形象。

第一節　「氣象」的審美特點

「氣象」是唐代出現的一種偏於宏觀的審美概念。王維在《山水論》中首先提出「先看氣象，後辨清濁」的命題，「氣象」乃指山水整體的精神風貌。杜甫《秋日寄題鄭監湖上亭》：「賦詩分氣象。」可說成為歷代論者關注的問題。韓愈《薦士》詩云：「逶迤抵晉宋，氣象日凋耗。」、「齊梁及陳隋，眾作等蟬噪。」韓愈從《詩經》開始曆數各個時代詩歌的流變，認為晉宋間的詩歌已缺少建安時期慷慨激昂的時代風貌，到了齊梁由於追求綺語浮詞，近於知了的噪鳴，更無「氣象」之可言了。皎然《詩式》論「詩有四深」，列為第一的就是「氣象氤氳，由深於體勢」，指明詩的瀰漫充滿的生機活力是與總體佈局和勢態密切相關，因而表現「氣象」，必須掌握體勢，所以盛讚「格高氣正之作」。

宋人對「氣象」的運用和論述有了進一步的發展，尤其是對唐人詩歌作了經驗性的總結和理論上的概述。葉夢得《石林詩話》評杜甫詩句「錦江春色來天地，玉壘浮雲變古今」與「五更鼓角聲悲壯，三峽星河影動搖」曰：「七言難於氣象雄渾，句中有力而紆徐不失言外之意。」徐世溥《榆溪詩話》將陳子昂推為「詩家有開創氣象者」，所指乃陳子昂標舉建安風骨的審美理想以及雄放激越的詩風。嚴羽在《滄浪詩話》中把「氣象」列為論詩的重要方面。他說：「唐人與本朝人詩，未論工拙，直是氣象不同。」（《詩評》）說明「氣象」具有鮮明的時代特徵。他在總結「唐詩之道」的基礎上，將「氣象」列為詩歌創作的五個基本方面之一：「詩之法有五：曰體制，曰格力，曰氣象，曰興趣，曰音節。」所謂「體制」，指詩歌的體貌；「格力」，指詩歌的格調；「興趣」指詩歌的審美情趣；「音節」自然指音韻聲律；而「氣象」則如陶明濬所解釋的「如人之儀容」（《詩說雜記》）。「儀容」指人的

情態風貌，亦即詩歌的整體風格。嚴羽在《答出繼叔臨安吳景仙書》中云：「盛唐諸公之詩，如顏魯公書，既筆力雄壯，又氣象渾厚。」姜夔也說：「氣象欲其渾厚。」（《白石道人詩說》）「氣象渾厚」乃指詩人內在的精神氣質而呈現於作品的深沉渾厚的神采風貌。

明胡應麟在《詩藪》〈內編〉中常以「氣象」論詩，如評杜甫詩曰：「氣象巍峨，規模宏遠。」（卷四）又曰：「盛唐氣象渾成，神韻軒舉。」（卷五）後人稱「盛唐氣象」，即指盛唐時期詩歌創作雄渾恢宏、生氣盎然的時代精神。李騰芳《山居雜著》評歐陽修之文「氣象舒婉」，因而「曲盡其妙」。清方苞《書韓退之平淮西碑後》云：「介甫近之矣，而氣象則過隘。」沈德潛《說詩晬語》云：「試詠《鹿鳴》、《四牡》諸詩，與《文王》、《大明》諸詩，氣象迥然個別。」意指《詩經》「小雅」與「大雅」呈現於作品的總體風格和審美屬性的各不相同。劉熙載《藝概》〈詩概〉云：「山之精神寫不出，以煙霞寫之；春之精神寫不出，以草樹寫之。故詩無氣象，則精神亦無所寓矣。」揭示出「氣象」與精神相生相成的辯證關係，如果沒有「氣象」，山色煙霞、春光草樹不僅缺乏生機，而且精神也失去其寄寓之所在。正如宋濂所說：「氣感化神，當與天地同功也。」（《文原》）說明「氣象」具有一種宇宙生命活力的審美特質。

總之，「氣象」的內涵是較為豐富的，具有雄渾、渾厚、博大、宏放的審美特點，並呈現為一種時代精神和個性風格，顯示出與生命氣概交相融合的整體美。

第二節　「意象」與「氣象」的融通交合

「意象」與「氣象」可說是一種融通交合的關係，首先是「意」、

「氣」和「象」不同層次的融通交合。杜牧說：「凡為文以意為主，以氣為輔。」（《答莊充書》）他雖修正了曹丕「文以氣為主」的「文氣」說，但正如張戒所說：「然意可學也……氣有強弱，則不可強矣。」（《歲寒堂詩話》）這是符合創作實際的。所以不論以「意為主」或「氣為主」，說明「意」與「氣」具有這種相即不相離的關係，這就是說，「意」雖然處於審美的主導地位，但卻植根於對內在生命活力「氣」的運動之中。姚鼐《答翁學士書》說：「故聲色之美，因乎意與氣而時變者也，是安得有定法哉！」劉熙載也說：「作者本意取意與氣象相兼。」（《藝概》〈詩概〉）闡明兩者有著這樣一種相兼互補的作用，這也是對藝術創作主體性審美屬性的充分肯定。張載在《正蒙》〈乾稱篇〉中說：「凡可狀，皆有也；凡有，皆象也；凡象，皆氣也。」認為「象」是由「氣」之所結生成的，表明「象」與「氣」的相互包容依存關係。荊浩《筆法記》云：「山水之象，氣勢相生。」方東樹《昭昧詹言》卷一也說：「讀《北征》、《南山》，可得滿象，並可悟元氣。」氣虛而像實，可說是內在精神氣質的物態化表現，所以它是與「意象」之「象」相通或相似的，不過具有象徵性的因素。這種融通交合，除了上面所說含義上的意義外，還重在作品內在結構層次的「意」、「氣」、「象」的審美表現和把握。由「氣」的審美層次到「意」、「象」的審美層次的轉化和延伸，使「意象」蘊含了某種內在的精神氣質，並形成一種整體的神采風貌，它不僅由傳統的審美心理定式所決定，而且與作者對宇宙人生的深刻體驗與整體把握密切相關。

　　清賀裳《載酒園詩話》又編云：「顧璘稱其『前四句雄渾而意象不合』正不知何者為意象？」所評之詩為許渾《金陵懷古》。據賀裳分析：「『玉樹歌殘王氣終，景陽兵合戍樓空』詠金陵而獨舉陳事者，自此南北不分也。『松楸遠近千官冢，禾黍高低六代宮』，即太白『吳宮

花草埋幽徑，晉代衣冠成古丘』意。」在賀裳看來，首聯追述陳代敗
亡，由盛轉衰，以此發端，怵目驚心。頷聯藉助比興，上句著眼「千
官」寫人；下句「六代宮」寫物，金陵衰敗景象歷歷在目，既寄寓人
事滄桑，又蘊含歷史教訓，涵蓋古今，不僅氣象雄渾，而且意象鮮
明，因此認為許渾「此詩在晚唐亦為振拔」。賀裳認為詩的這種雄渾
「氣象」與「意象」是相互生發、相互融通的，兩者起著表裡互補的作
用。所以他提出「正不知何者為意象」，其意義不僅在於糾正顧璘詩評
的失誤，而且揭示了詩歌「意象」與「氣象」在建構上的內在連繫，
在審美效應中的渾融作用，從而說明「氣象」是融貫於審美意象的精
神風貌之中的，這對我們認識「意象」與「氣象」的相互關係，無疑
是有啟示意義的。又宋董逌《廣川畫跋》〈書列仙圖後〉云：「觀此圖
筆力超詣，而意象得之。」黃伯思《東觀余論》評南齊謝赫《晉明帝步
輦圖》曰：「雖經傳摹，意象高古。」此等「意象」實寓有「氣象」的
含義，蓋指畫面圖像能體現出人物的精神風貌，此可說在審美活動中
的一種嬗變。實則「意象」為生氣所灌注，也就成了「氣象」，從一個
側面反映兩者在內涵上相近似的關係。

　　文學作品的「氣象」除時代風格、文體風格外，主要是指作家的
創作風格，這是作者的個性氣質在作品的藝術化表現中所形成的一種
獨特精神風貌。元范德機《木天禁語》〈氣象〉云：「詩之氣象，猶字
畫然。長短肥瘦，清濁雅俗，皆在人性中流出。」這裡的「氣象」實指
風格，他認為是由詩人的個性氣質所決定的，正如嚴羽所說：「子美不
能為太白之飄逸，太白不能為子美之沉鬱。」（《滄浪詩話》〈詩評〉）
當然它也受時代風氣和文體體制的制約和影響。

　　「氣象」作用於作品「意象」所呈現的總體風格，它往往與作家的
個性才氣密切關聯，是作家風格形成的主導性依據。唐蔡希綜在《法

書論》中説：「邇來率府長史張旭，卓然孤立，聲被寰中，意象之奇，不能不全其古制。……雄逸氣象，是為天縱。」張旭以善草書得名，奔放縱橫，囊括萬殊，史稱「草聖」。他的書法的「意象之奇」體現了「雄逸氣象」的精神風貌，作者認為這是「天縱」，意謂上天所賦予的，實則是張旭個性才氣巧奪天工的體現，使書法的審美意像風格具有「變動猶鬼神」（韓愈《送高閒上人序》）的奇麗境界。

明王世貞在《子相墓誌》中説：「君於詩好建安及李白、杜甫，於文好司馬遷、北地李夢陽。然自以其才氣勝之，不屑屑取似也。其橫放雄屬可得而羈笯，高者凌太虛，秀者奪萬色，務出意象之表以自愉快，寧瑕而璧，寧蹶而千里。」認為宗子相「橫放雄屬」的詩風是由於「才氣」的作用，根本無法加以束縛的，故其詩文具有「凌太虛」、「奪萬色」而出於「意象之表」的審美功能和感發力量，是作家藝術風格成熟的重要標誌，因而呈現出絢麗多姿的變化。對此他在《青蘿館詩集序》中也有所闡述：「養氣完矣，意象合矣。」説明「才氣」與「意象」之間有著這樣一種表裡衡稱的「完」、「合」關係，如此始能臻於「充實有光輝」的境地，形成並融貫著主導性的精神風貌。審美意象如果缺乏這種總體風格，不僅鬆散沉滯缺乏生氣，而且也失去感人力量，明於慎行在《谷城山館詩集》論五言古詩説：「魏晉之於五言，豈非神化，學之則迂矣，何者？意象空洞，朴而不敢瑕，軌涂整嚴，制而不敢騁。少則難變，多則易窮，古所謂鸚鵡語，不過數聲爾。」於慎行論詩重「神情」而反對因襲模擬，「意象空洞」，就是缺乏「氣象」的結果，「少則難變，多則易窮」有似鸚鵡學舌，必將失去其充盈流轉的生氣活力，也就無總體風格可言。這一論述可以加深我們對「意象」缺乏「氣象」問題的理解。總之，作品的風格，歸根結底，是作家的個性氣質，即作者內在生命活力在創作審美實踐中的體現。

第六章

「意象」與「境象」

　　「境象」是中、晚唐時出現的美學範疇。唐人往往將「境」與「象」相互連繫，如王維《繡如意輪像贊》〈序〉云：「審象於淨心。」「淨心」指心境的空明純淨。呂溫《聯句詩序》云：「研情比象，造境皆會。」王昌齡《同王維集青龍寺》云：「圓通無有像，聖境不能侵。」劉長卿《贈別韋群》云：「心鏡萬象生，文鋒眾人服」。武元衡《劉商郎中集序》云：「觸境成文，隨文變象。」白居易《洛中偶作》云：「境興周萬象，土風備四方。」這種跡象是富於啟示意義的，不僅寓含了詩人獨特的情思和感受，同時通過「境」與「象」的對舉，可以窺知對兩者相互關係和作用的重視，實則在唐人的詩論中，除王昌齡在《詩格》中論到「意境」外，尚未在他處見到過，而較多則是使用「境」的概念，如「取境」、「常境」（《河岳英靈集》）、「詩境」（《中興間氣集》）等等。而「象」除「興象」、「意象」等範疇外，還出現了「境生象外」、「象外之象」等等命題。因而對「境象」這一範疇與「意象」的關係，

實有加以探討的必要。

　　「境象」作為美學範疇，較少引起人們的重視，故這裡對其審美特徵也作扼要的説明。

第一節　　「境象非一，虛實難明」

　　「境象」最早見之於王昌齡的《詩格》，其論「詩有三境：一曰物境」云：「欲為山水詩，則張泉石雲峰之境，極麗絕秀者，神之於心，處身於境，視境於心，瑩然掌中，然後用思，了然境象，故得形似。」「故得形似」即所謂「貌其形而得其體」（李嶠《評詩格》）。但由於通過「處身於境，視境於心，瑩然掌中，然後用思」的藝術構思過程，即是要求「境」與「象」的結合交融，故「境象」乃是指以自然山水景物為主的詩所展示的藝術境界，其表徵為具體鮮明的形象，所以「故得形似」，它是「詩有三境」的構成部分。

　　如果説王昌齡的「境象」是以「物境」作為審美實踐主體的話，那麼皎然的「境象」説，可以説是對王昌齡「境象」概念的一種分流和發展。他在《詩議》中説：「夫境象非一，虛實難明，有可睹而不可取，景也；可聞而不可見，風也；雖繫於我形而妙用無體，心也；義貫眾象，而無定質，色也。凡此等，可以偶虛，亦可以偶實。」「境象非一」，不是指「境」與「象」的區別或不同，而是指藝術中有多種多樣的「境象」，如「景」、「風」、「色」、「象」都包含在「境象」之中，但「景」雖可睹而不可取；「風」雖可聞而不可見；「色」指佛家的「內色」，是對客觀萬物萬象的總稱，屬於眼、耳、鼻、舌、身諸「識」的對象，故通過「妙用無體」之「心」的作用，使其「義貫眾象，而無定質」。因而「境象」具有「虛實難明」空靈悠遠的審美特點，或偶虛

或實對可以靈活運用。皎然為佛教徒,「境象」可能系借用佛家語,《百法明門論解》云:「想,謂於境取象為性,施設種種名言為業。」《佛學大辭典》云:「心之所游履攀緣者,謂之境。」所以王昌齡說:「視境於心。」(《詩格》)方回《心境記》云:「心即境也。」而以皎然自己的話來說:「境非心外,心非境中。兩不相存,兩不相廢。」(《唐蘇州開元寺律和尚墳銘》)意即靜則為心,動則為境。可見「境象」之「境」乃指審美觀照時的審美心理形態和心理活動,即心境或詩境,由於「義貫眾象」而得到形象性的顯現,既可實,又可虛,虛實互立而偏重於虛的一面,「境象」可說是詩境的形象化或形象化了的詩境。皎然是將禪宗哲學引入詩論,當然皎然的詩論也深受王昌齡的影響,如論詩的「勢」就是明顯的例證,其中也可能包括「境象」在內,但在含義上皎然顯然已作了進一步的概括和衍化。

清戴熙《賜硯齋題畫偶錄》云:「筆墨在境象之外,氣韻又在筆墨之外,然則筆墨境象之外,當別有畫在。」戴熙工於詩、畫,意謂在畫面的「筆墨境象之外」,恍然別有一番境界,從而達到「筆有盡而意無窮」之妙。翁方綱《石洲詩話》卷三云:「東坡在儋州詩有云:『問點爾何如?不與聖同憂。』雖是偶撇脫語,卻正道著春風沂水一段意思。蓋春風沂水一段,與聖人老安少懷,究有虛實不同。不過境象相似耳。」《論語》〈先進〉記曾點以「浴乎沂,風乎舞雩,詠而歸」為志向,這與蘇軾詩的境像是相似的,使人讀後即人即物,眼前晃漾詩人的情態和意趣並具哲理性,故使翁方綱發出「孰謂東坡僅詩人乎」的感嘆。又《石洲詩話》卷四云:「唐詩妙境在虛處。」「而盛唐諸公,全在境象超詣。」從一個側面概括了盛唐詩作豐富的意蘊和風貌。王維舉、王祖繩在《詩鵠》〈中編〉卷二評杜甫《灩澦堆》詩曰:「極意冥搜,幽深無際,他人無此境象。」如果連繫黃生所評:「此詩,天道神

靈，人事物理，貫穿爛熟，又説得玲瓏宛轉，自非腹笥與手筆兼具者，不能道隻字。」（《杜詩詳註》卷十五引）此「境象」實指詩的審美整體效應。方東樹《昭昧詹言》卷六評鮑明遠曰：「字字典，字字練，步步留境象，深固奧澀，語重法密，氣往勢留，響沉句峭，可為楷式。」詩凡太典太練則傷氣格，而鮑照詩獨稱「俊逸」，慷慨任氣，而矯健有力，這可説由於「步步留境象」所致。又評蘇軾《祭常山回小獵》曰：「五六境象佳。」（《昭昧詹言》卷二十）以上諸家所論，具體論點雖或有差別，但其基本精神卻是一致的，那就是説：「境象」乃「境」與「象」的交融契合，既突出其審美的心境、心態，又具有形象性的鮮明特色。「境象」作為詩境是虛與實的統一，既以實帶虛，又以虛明實，體現詩境整體的藝術效應，意蘊豐富，以熔鑄出詩境之美，又體現出餘味不盡的意蘊。

第二節　「意象」與「境象」的異同及相互影響

「境象」是唐代出現的一個新的美學範疇，不僅對「意境」論有其啟示和促進作用，就是對於「意象」論的進一步深化也有其理論意義。這裡僅就「意象」與「境象」的異同及相互影響作一些比較和辨析。

先説「意象」的「意」與「境象」的「境」的異同。相同的一面是兩者都是作為人的主體精神意識，但兩者也存在某些品性上的差異，「意」可説是情態積累和深化的體現，因而一旦形成之後，較為持重穩定，而「境」主要是一種內心的自我觀照，主體化的特徵更明顯，往往處於移動變化之中，由於「意」的制約和作用，而「意」實包賅了「境」（審美心理或感受），具有表情的本質，所以「境象」範疇仍以「意」互補兼容。王昌齡就曾説：「凡作詩之體，意是格，聲是律。」

（《文鏡秘府論》南卷）皎然也說：「立言盤泊曰意。」（《詩式》〈辯體有一十九字〉條）表現了中國古代詩論尚「意」的傳統思想。

其次關於「象」。「意象」的「象」，既指藝術構思過程中審美意象的物像，又指藝術作品中「意象」的形象化特徵，而「境象」之「象」就是指的詩境的形象化，故二者作為審美對象，基本上是相近似的。皎然在《詩式》中既主張「假象見意」，又提出「義貫眾象」（《詩議》）。這種借形象來表現思想感情的藝術理論，對後來藝術美的創造是有積極作用的，說明「境象」以及「興象」與「意象」在其內部結構上都是與「象」相互關聯、相互滲透的，否則也就喪失其中介價值。但與此同時，「境象」的「象」作為作品中特定的藝術形象，既有可感知「實」的一面，又有不可取的「虛」的一面，是虛實的相間、相生、相成、相合，從而具有超越具體形象的審美特徵和審美意趣，如臨其境的審美空間。這在當時對「意象」內涵的深化起到一定的促進作用，同時在有唐一代，雖然「意象」論在詩歌、書法理論與創作實踐中有了引人注目的長足發展，但「境象」範疇的出現和並行使用，由於對「象」的形象化特徵的審美取向，使藝術構思活動中的「意象」向表現為藝術的審美意象轉化，從而創造超越客觀物像的「意」中之「象」，促使了「意象」範疇內涵的發展，同時對古典詩歌形象性內涵也是一種完善和充實，其影響又及於「意境」說。所以「境象」範疇的出現，既是創作實踐的產物，又是理論上的提高和綜合，這不僅構成中、晚唐美學思想變遷的軌跡，同時也是中國古代美學沿著自身發展的軌道合乎邏輯的發展，是歷史的辯證法。

第七章

「意象」與「景象」

　　「景象」這一概念由於使用頻率不多，尚較少有人論及，但這一概念由來已久，既不同於「物像」，又不同於「意象」。它主要由自然景物的審美觀照中產生，並滲入了審美主體的人生情趣，但從其內涵來說，常用於表示藝術作品中具體景物的客體對象。

第一節　「景象」的審美特徵

　　「景象」一語，最早見於《漢書》〈武帝紀〉：「遭天地況施，著見景象。」意謂天地神靈賜施，顯示出一片祥和景象。但作為審美概念最早見之於《文鏡秘府論》〈地卷〉〈十七勢〉：「凡作語皆須令意出，一覽其文，至於景象，恍然有如目擊。」所舉崔曙詩云：「田家收已盡，蒼蒼惟白茅。」此「景象」蓋作品中所呈現鮮明的自然景物景色，故有如親眼看見一樣。嗣後黃滔《課虛責有賦》云：「寂慮澄神，世外之筌

蹄既歷；垂華布藻，人間之景象旋盈。」在賦中描述了從構思到成形為
文章的創作過程。此「景象」指的是人情、世事及自然景物，但更多
的則是指自然景物而言。宋代王楙《野客叢書》卷二十八云：「如謝混
詩『惠風蕩繁囿』，姚合詩『春風蕩城郭』，陸龜蒙詩『微風蕩春醉』，
用此一字，景象迴別。」一個「蕩」字不僅使「風」、「雨」更具形象
性，而且化靜為動使自然景物充滿盎然的生氣，也表露出詩人觀賞景
物的意趣。清尤侗《艮齋雜說》卷二云：「『水流雲在，月到風來』，
對此景象，可以目擊道存矣。」意謂眼光一觸及，便知「道」之所在，
表明景象具有形象性的特點。楊際昌《國朝詩話》卷一：「山川景象，
詩人無限名作。」「景象」作為自然景物，實即屬於自在自為的山水景
色，但具體自然的客體對象，通過審美移情的作用又可寫入詩畫中，
成為藝術化的審美對象。

　　《游潛詩話》云：「如『溪雲初起日沉閣，山雨忽來風滿樓』，又
『一聲溪鳥瞎雲散，萬片野花流水香』等句，景象流動，宛如圖畫在
目，豈此之可倫哉？」雖是對風光景色的直觀描繪，但應以「流動」
為妙，給人以想像的餘地。陳衍《石遺室詩話》卷一云：「任是如何景
象，俱寫得字字逼真，惟有老杜。其餘則如時手寫真，肖得六七分，
已喜歡過望矣。杜如『旁見北斗向江低，仰見明星當空大』，寫出曠野
夜行景。『暗水流花徑，春星帶草堂』；『飛星過白水，落月動沙虛』；『擇
木知幽鳥，潛波想巨魚』；寫出無月夜景。『雷聲忽送千峰雨，花氣渾
如百和香』，寫出暑天鬱蒸將雨景……」陳衍作為清末同光派的詩論
家，針對詩壇上空疏的毛病，倡言「真實懷抱，真實道理，真實本領」
（《石遺室詩話》卷二十四），來充實詩歌的內容。他對「景象」審美
特徵的闡述即著眼於此，是頗有見地的，表示藝術作品中的客體景物
的「逼真」，即藝術的真實性，從而達到「時常在目」的境地。王嗣奭

《杜臆》卷四也多以「景象」評杜詩，如評《漫成二首》曰：「三四（「渚蒲隨地有，村徑逐門成」）寫出鄉村荒陋景象逼肖。」此「逼肖」可與「逼真」相互參看，不難想見「景象」的審美特徵之所在，但就其本質而言，則是對詩歌創作實踐的理論概括，可謂不謀而合。對此徐在《重編紅雨樓題跋・覓句》中則著眼另一角度：「古今詩人摹寫覓句景像有極工者，如『吟安五個字，捻斷數莖須』，如『險覓天應悶，狂搜海亦枯』，如『竟日覓不得，有時還自來』……此非深於詩者不能道也。」這裡雖然説的是詩人創作構思的「覓句景象」，但其理則是一致的。而這種逼真的景象也不是易於描摹的，非有深厚的藝術功底或「深於詩者」實難臻此境界，對此鐘惺在《報察敬夫大參》中曾説：「今天下上下內外，別成一景象，非揮霍弘才不能著手，然亦非幽恬淵淨者，膽決不堅，識決不透。」可謂深得其中之三昧。

第二節　「意象」與「景象」的比較

由於「景象」側重於對景物逼真的描摹，其與「意象」的區別是較為明顯的，但細加考察，其間也存在一些概念特性上的連繫，這對探究其相互關係或許是有參考意義的。

一是與「意」的關聯和寓合。明梁橋《冰川詩式》卷三云：「摹寫景象，巧奪天真，探索幽微，妙與神會：謂之物像。苟無意與格以主之，雖藻辭麗句，無取也。要在意圓格高，纖穠具備。」説明「景象」必須受「意」的統制，而「景象」只是達「意」的手段和中介，所以要達到「意圓格高」的要求。明胡應麟《詩藪》〈內編〉卷五對此有具體的闡述：「宋人謂『老覺金腰重，慵更玉枕涼』為乞兒語，而以『樓臺側畔楊花過，簾幕中間燕子飛』為富貴詩。至今無道破者。不知此

特詩餘聲口，景象略存，意味何在。」詩如無味，只是「景象」的一般
寫照。故胡應麟認為詩中的「景象」，必須有「深情遠意，隱見交錯其
中。」（《詩藪》卷二）胡震亨《唐音癸籤》卷七云：「於鵠習隱，多高
人之意，故其詩能有景象。」更指明了唯有「意」，才能產生詩的「景
象」，而詩的「景象」則是詩人之「意」在一定條件下的外化，說明突
出了「意」的主導作用。二是「比興」手法的運用。明許學夷《詩源
辯體》云：「詩有景象，即風人之興比也。唐人意在景象之中，故景象
可合不可離也。」顯示了詩的「景象」具有托物寓情或藉以「比興」的
審美意蘊。清葉燮《原詩》〈內篇下〉云：「又《宿左省作》『月傍九霄
多』句，從來言月者，只有言圓缺，言明暗，言高下，未有言多少
者。若俗儒不曰『月傍九霄明』，則曰『月傍九霄高』，以為景象真而
使字切矣。今曰『多』不知月本來多乎？抑『傍九霄』而始『多』乎？
不知月『多』乎？月所照之『境』多乎？有不可名言者。試想當時之
情景，非言『明』、言『高』、言『升』可得。尚惟此『多』字可盡括
此夜宮殿當前之景象。」說明「景象」是不拘泥於具體物像，如「月」
的圓缺、明暗、升沉、高下等形貌狀態，而是飽和著詩人「興」的情
韻。在夜空璀璨群星的輝映下，宮殿的千門萬戶彷彿都在閃動，而宮
殿高入雲霄，傍著月亮，似乎照到的月亮的光也特別多，從而把宮殿
巍峨的夜景活畫出來了。葉燮認為「惟此『多』字可盡括此夜宮殿當
前之景象」。但連繫葉燮的話來說：「必有不可言之理，不可述之事。
遇之於默會意象之表，而理與事無不粲然於前者也。」說明「景象」與
「意象」有著一定的關聯性，從而使詩的意蘊顯得含蓄蘊藉，餘味無
窮。又王嗣奭《杜臆》卷二評云：「『星臨萬戶』聯，亦寫景象，而尤
妙在『動』字、『多』字。」可謂生動傳神，很能見出作者的匠心。

　　綜上所述，「景象」可說是由「意象」所派生出來的美學概念，它

的含義是指自然景物的形象性顯現，但包孕著「意」的作用，並具有「意象」性的審美功能。正如郭熙在《林泉高致》〈山水訓〉中所說：「見其大意而不為刻畫之跡，則煙嵐之景象正矣。」「不為刻畫之跡」正道出了「景象」要呈現出「煙嵐」的形態和意蘊。清楊庭芝《二十四詩品淺解》〈凡例〉：「又如『蕭蕭落葉，漏雨蒼苔』，若滯於景象，則古人無限精神如何傳得出？」司空圖通過「蕭蕭落葉，漏雨蒼苔」景象的描繪，酣暢淋漓地表達了悲慨的情懷，所以楊庭芝認為描寫景象又不滯於景象，使之能烘托出感極而悲的情愫和意緒，所謂「亦何時不悲，何時不慨，何時不悲慨交集哉」（《二十四詩品淺解》〈悲慨〉）。

第八章

「意象」與「象外之象」

　　「象外」說按其淵源來說，與老莊思想有直接的承襲關係。老子曾說：「大音希聲，大象無形。」（《老子》四十一章）莊子反覆稱讚「至樂無樂」（《莊子》〈至樂〉），「視乎冥冥，聽乎無聲」（《莊子》〈天地〉），實際上已接觸到「象外」的審美要求，這可說是「象外」說的哲學淵源。

　　最早提出「象外」這一概念的是魏初時的荀粲，他說「斯則像外之意，系表之言，固蘊而不出矣」（《三國志》〈魏志〉〈荀彧傳〉注引何劭《荀粲傳》）。玄學在融老莊哲學思想的同時，也不斷滲透當時興起的佛學思想，著名玄言詩人孫綽在《游天台山賦》中就提出：「散以象外之說。」不過佛家所謂「象外」往往指通過「象外」傳達或領悟佛理的精義。僧衛《十佳經合注序》云：「撫玄節於希音，暢微言於象外。」鳩摩羅什的四大門人之一僧肇在《涅槃無名論》中說：「斯乃窮微言之美，極像外之談者也。」因為在他看來，「故知象非真像」（僧

肇《不真空論》）。正如竺道生所說：「象則理之所假，執象則迷理。」
（釋慧琳《龍光寺竺道生法師誄》引）所以要通過「象外」來窺探深蘊
其中佛理的奧秘。這種「象外」對於當時的審美意識也起到了一定的
影響。從審美意義上明確提出「象外」說則始於畫論。南朝宗炳在《畫
山水序》中說：「旨微於言象之外者。」謝赫《古畫品錄》提出要不「拘
以物體」，而「取之象外」，反映了當時繪畫理論的漸趨成熟，並直接
引導了唐代美學有關「象外」、「象外之象」的發展。

　　「象外」說是我國古代文論的重要範疇，包含著審美意識素樸的辯
證思想，它與「意象」的相互關係，仍是一個有待我們加以探索的問
題。

第一節　「超以象外」與「象外之象」

　　到了唐代，隨著詩歌創作的繁榮及禪學的影響，有關「象外」的
命題受到普遍的重視並得到多方面的闡發，使「象外」說達到成熟的
階段。宋、元、明、清的「象外」說，在唐代審美實踐的基礎上，可
以說獲得更加深入的延伸和全面的擴展。

　　王勃在《秋晚入洛於畢公宅別道王宴序》中寫到：「既而神馳象
外，宴洽寰中。」開司空圖「象外」說的先河。王昌齡《詩格》有「象
外語體」、「象外比體」之說，惜乎未見具體論述。皎然在《詩議》中
說：「或曰『詩不要苦思，苦思則喪於天真』，此甚不然。固須繹慮於
險中，采奇於象外，狀飛動之趣，寫真奧之思。」皎然可說最早將「象
外」引入詩論，認為詩的飛動之句，冥奧之思，是通過精心苦思，採
擷「象外」奇妙的意蘊才能得到。為什麼要「采奇於象外」？在皎然
的心目中，「吾知真像非本色，此中妙用君心得，苟能下筆合神造，誤

點一點亦為道。」(《周長史昉畫毗沙天王歌》)他強調「真像」不是事物的本來面目，唯有「性起之法，萬象皆真」(《詩式》卷五)，才能探求到客觀物像的本質特徵，使素樸的自然充滿新奇的生機。這揭示了詩歌創作構思的特點和規律，豐富了「象外」說的內涵。

劉禹錫少年時曾從學於皎然，自當受到皎然詩論的啟迪和影響。他在《董氏武陵集紀》中說：「詩者其文章之蘊耶？義得而言喪，故微而難能；境生於象外，故精而寡和，千里之謬，不容秋毫。非有的然之姿，可使戶曉。必俟知者，然後鼓引於時。」說明「言」、「象」有盡，而「義」、「境」無窮，強調了只有通過「象外」才能達到「意境」的創造，這種精微含蘊的藝術特色，唯有知音者才能賞識。這無疑是對皎然「象外」說的進一步開拓和發展。

司空圖的「象外之象」說，既承襲了皎然、劉禹錫的觀點，又開拓了新的審美領域。他在《與極浦書》中說：「戴容州云：『詩家之景，如藍田日暖，良玉生煙，可望而不可置於眉睫之前也。』象外之象，景外之景，豈容易可談哉？」我們如果連繫《二十四詩品》〈雄渾〉「超以象外，得其環中」來看，此「象外之象」即「超以象外」的另一表述，正如楊庭芝在《二十四詩品淺解》中所說：「超以象外，至大不可限制。」具有遠而不盡之美。「象外之象」其特徵即隱藏於詩歌直接描繪的具體形象之外須由讀者進一步加以尋繹、體會而產生美感聯想的形象，故第一個「象」，帶有更多生活的真實，第二個「象」是超越了具體型象而虛幻空靈的審美境象。可見司空圖已意識到詩歌境界多層次的存在。「環中」見《莊子》〈齊物論〉云：「樞，始得其環中，以應無窮。」勞思光註：「『環中』乃喻語，表心靈在一切流轉中，獨居中心不變之地。」司空圖意謂只有「超以象外」，才能反映人的內心和精神世界，得其「環中」之妙。對此孫聯奎《詩品臆說》曾作過生動的

闡述：「人畫山水亭屋，未畫山水主人，然知屋中之必有主人也。是謂
『超以象外，得其環中』。」蓋山水亭屋為實，而山水主人為虛。司空
圖正是深切感受詩歌創作中這種以有限表現無限的藝術虛像的存在，
從而提出「離形得似」。「似」指神似，即得「象外」之神似，揭示了
這種虛實相生、以虛為重的審美特點。王夫之《姜齋詩話》卷上云：
「知『池塘生春草』，『蝴蝶飛南園』之妙，則知『楊柳依依』，『零雨
其濛』之聖於詩；司空表聖所謂『規以象外，得之圜中』者也。」范璣
《過雲廬畫論》云：「故凡論畫，以法為津筏，猶非究竟之見，超乎象
外，得其環中，始究竟矣。」顯然是承繼了司空圖的觀點。宗白華在
《美學散步》中說：「虛空中傳出動盪，神明中透出幽深，超以象外，
得其環中，是中國藝術的一切造境。」[1]這是十分精闢的見解。

　　宋、元、明、清的「象外」說，與唐代「象外」說有其內在的連
繫，在這種連繫中，仍有著豐富的審美含義，大體概括有如下的主要
方面。一是「象外摹神」。宋蘇軾在《王維、吳道子畫》中說：「吳生
雖妙絕，猶以畫工論。摩詰得之於象外，有如仙翮謝籠樊。」在蘇軾看
來，吳道子的畫雖然「妙絕」，而王維畫可貴之處就在能「得之於象
外」，有如仙鳥飛離籠子，超脫於形跡之外而獲得神似。明陸時雍《詩
鏡總論》云：「離象得神。」王紱《書畫傳習錄》云：「然必神遊象外，
方能意到環中。」清翁方綱《石洲詩話》卷一評王右丞五言詩曰：「神
超象外。」主張「神韻」說的王士禎認為「神韻」有「無聲弦指」之
妙，是「妙在象外」（《古夫於亭雜錄》）。在《花草蒙拾》中評張安國
《雪詞》云：「前半刻畫不佳，結乃云：『楚國山溪，碧湘樓閣』，則寫

---

[1]　宗白華：《美學散步》，上海人民出版社1981年版，第83頁。

照像外，故知頰上三毛之妙也。」[2]這「頰上三毛」就是傳神之筆。屬志《白華山人詩說》云：「能在閒句上、淡句上見力量，能於無字外、無象外摹神味。此真不愧好手。」卞永譽《式古堂書畫匯考》云：「於象外摹神。」意謂作者要通過「象外」體現其精神面貌，如果僅僅停留於事物外部形態的描繪，不管畫的多麼形象逼真，只能侷限於形似而非神似。

通過以上考察，「神」指精神、情趣、意興、氣韻而言，「象外摹神」即善於把握和攝取對象的內在精神狀態，從而達到「象外精神言外意」（游潛《夢蕉詩話》）的境界。儘管他們具體的見解仍各有所不同，但認為藝術創作的傳神在於「象外」則是相一致的，從而大大豐富了「象外」說的內涵。

二是「興在象外」。「象外」往往藉助「比興」的藝術方法加以構設，宋惠洪《冷齋夜話》云：「比物以意而不言物，謂之象外句。」而「興在象外」，更能產生蘊藉超遠的情致，正如明王紱在《書畫傳習錄》中所說：「興盡則得意忘象。」謝肇淛《小草齋詩話》卷二外編上云：「詠物一體，而賦比興兼焉，既欲曲盡體物之妙，而又有意外之象，象外之語。」清馮班《嚴氏糾謬》釋「隱秀」云：「隱者，興在象外，言盡而意不盡也。」方東樹《昭昧詹言》卷十八評唐大曆十子以劉長卿為最，因「文房詩多興在象外，專為此求之，則成句皆有餘味不盡之妙矣」。所以他認為：「以情有餘味不盡，所謂興在象外也。」因為「比但有物像耳，興則有義，義者因物感觸，言在此而意寄於彼」（《昭昧詹言》卷二十一）。通過「興」使「意」溢於「象外」，蘊含著令人尋

2　《世說新語・巧藝》：「顧長康畫裴叔則，頰上益三毛。人問其故，顧曰：裴楷俊朗有識具，此正是其識具。」

味無窮的境界，所謂「於篇中又有不測之遠境。」（《昭昧詹言》卷十一）這正是「興在象外」審美特徵之所在。

　　「興在象外」把「興」延伸到「象外」，突出了在客觀審美對象的感興下人的主觀審美活動，從而開拓和深化了「象外」的境界，同時對於「興象」的概念也有所豐富發展，因此「興在象外」可作為一個獨立的審美概念，仍有其美學的理論意義。

第二節　「象外之象」與「意象」

　　關於「象外之象」與「意象」在含義上的異同，首先，表現在「象外之象」也受「意」的驅使和制約，這與「意象」之「意」是完全一致的，正如王世貞在《五嶽山房文集序》中所説：「意至而百法皆至，法就而意融乎其間矣。」這「百法」當然包括「象外之象」在內。宋代惠洪《冷齋夜話》評唐代詩僧之作曰：「有比物以意而不指言某物，謂之『象外句』。如無可上人詩曰：『聽雨寒更盡，開門落葉深。』」不論「象內」或「象外」都由於「意」的作用，從而把落葉當雨聲，使豐富的意蘊在「象外」表現出來。雷國楫《龍山詩話》評杜甫五律云：「意超象外，有不即不離之妙。」王夫之《古詩評選》卷一云：「意伏象外，隨所至而與俱流，雖令尋行墨者，不測其緒。」所評乃曹操詩《秋胡行》，詩從「願登泰華山」（一解）到「慼慼欲何念」（五解）寫來悲涼慷慨，一往情深，但由於「意伏象外」，有如「行雲流水，初無定質」（蘇軾語），表達了詩人複雜而曲折的心情。陳沆《詩比興箋》卷二云：「苟能意在詞前，何異興含象外？知同異乎情，則源合矣。」則知「意」與「興」都由於「情」的作用，其源頭是相合的。陳廷焯《白雨齋詞話》卷一云：「意在筆先，神餘象外。」可見「意」是「象外」的必要前提，

無「意」即難以達到「神餘象外」、「神超象外」的審美效果，說明「意」對「象外」起著規範和制約的作用。笪重光在《畫筌》中所論則更為明確：「乃知慘澹經營，似有似無，本於意中融發，即令朱黃雜沓，或工或涎，當於象外追維。」作為藝術構思其「慘澹經營」首先「本於意中融發」，其次「當於象外追維」，說明「意」與「象外」是緊密關聯的，如果沒有「意」的融發作用，則「象外」的思維活動就變成虛空，無法進入無限的藝術天地。反之由於「意」的作用，能使「含不盡之意見於言外」（歐陽修《六一詩話》引梅堯臣語）。

其次，「意象」之「象」與「象外之象」的含義區別，在於前者是「象內」，而後者在於「象外」，簡言之即「象內」與「象外」之別，「象」是實有的，「象外之象」是對「象」的超越，是為虛，具有想像無窮、回味不盡的意蘊。但「意象」之「象」到了宋代已明顯的虛化，出現了「意象之表」、「意象之外」的審美特徵。

司空圖說：「超以象外，得其環中。」以有限表現無限。王夫之可謂深得其旨，在《唐詩評選》卷一評李白《渡荊門送別》云：「結二句（「仍憐故鄉水，萬里送行舟。」）得像外於圜中，飄然思不窮，惟此當之。」即實中有虛，虛中有實，所謂「象中象外，隨意皆得」（《明詩評選》卷六）。由「象中」到「象外」既相互連繫又相互滲透，但「象外」說則強調詩的妙處在其虛的一面，充分發揮「象外」的作用，達到「此時無聲勝有聲」、「無畫處均成妙境」的藝術效果。笪重光在《畫筌》中也說：「空本難圖，實景清而空景現；神無可繪，真境逼而神境生。」這「空景」、「神境」正是由「實景」、「真境」所顯示的「象外」空靈境界，是對「超以象外」表現形態的極為準確生動的描述。

總之，「象」是具體、感性的藝術形象，而「象外」，即形象之外是一種虛空的境界，亦即一種超象顯現，無「象」則不能有「象外之

象」，它是「象」的一種外延，是不能脫離「象」而獨立存在的，但兩者又「體勢自別」，「象外之象」蘊含了無限深邃幽微的境界，令人尋繹無窮的情思、情趣，這是「象」所無法企及的。王士禛《帶經堂詩話》卷三舉例說：「宋景文云：左太沖『振衣千仞岡，濯足萬里流』，不減嵇叔夜『手揮五弦，目送飛鴻』。愚案：左語豪矣，然他人可到；嵇語妙在象外。六朝人詩，如『池塘生春草』，『清暉能娛人』，及謝朓、何遜佳句多此類，讀者當以神會，庶幾得之。」左思詩見《詠史·其五》，確乎豪邁高曠，但不若嵇康《贈秀才入軍》詩為勝，蓋「妙在象外」，使人思而得之。但「意象」也深受「象外之象」的影響，如王廷相在《與郭介夫學士論詩書》中提出的「意象透瑩」，即具有興寄深遠、韻味無窮的「象外」境界。李東陽《麓堂詩話》評韓愈《詠雪》詩曰，「意象超脫」，即具有一種超象顯現，使之具有深長的意蘊。田同之在《西圃詩話》中也說：「詩人肺腑，自別具一種慧靈，故能超出象外，不必處處有來歷。」此「超出象外」即超出「意象」之外，因為「意」與「象」都處於流動不規的狀態，使「意象」蘊含著「象外」的意蘊和情趣，具有豐富的審美功能。這裡，實際上體現了文藝審美意象創造的規律性，必須按照審美意象的特性，寓虛於實，虛實結合，從而達到寓無限於有限，寓一般於個別，使之富有令人心馳神往的感悟功能。此外，「意象」的涵蓋面廣，涉及詩論、文論、書論、畫論等，以其影響來說，遠較「象外」說深遠，但「象外之象」所包藏的審美意蘊是豐富多重的，悠遠空靈，達到了超越有限形象的審美境界，具有特殊的審美價值。

後　記

　　記得是一九八九年，通過黃保真教授的推薦，本人承擔了「中國美學範疇叢書」中《意象》一書的撰寫任務，由於時間緊迫，雖時值酷暑，仍終日苦苦思索，感到關鍵要把握各個時期的美學範疇，從範疇的角度進行歷史的考察和認識。但我國文論典籍浩如煙海，只得日以繼夜，旁搜遠紹，以期能勾勒出「意象」範疇的流變和含義。脫稿後得到黃保真同志的熱情鼓勵，給予肯定，但由於在學術著作「出版難」的情勢下，該「叢書」處境艱難，只得讓它塵封起來。星移斗轉，一擱就是整整的十年，真可謂「命途多舛」。主編蔡鍾翔教授始終關注著這套「叢書」的出版命運，經多方努力，現終於由百花洲文藝出版社出版。在此我要向促成「叢書」得以面世的百花洲文藝出版社及諸位先生表示衷心的謝忱，並對蔡鍾翔主編對拙作認真的審閱和多所指正致以深切的謝意。

　　我的一生可說走了一條迂迴而曲折的自學之路，對於中國古典美學範疇實不敢問津，這得感謝我在瑞安中學的學生施昌東所給予的難

忘的鼓勵和支持。他當時已重病纏身，但每次來溫州總三番五次地到我家促膝長談，反覆督促，此情此景，仍歷歷在目，令人衷心銘感。我的第一篇論文《試論「意象」》，就是經他轉交給王文生教授並發表於《古代文學理論研究》第七輯的。從此我開始了步履維艱的跋涉，但願有生之年，繼續我的耕耘，對美學範疇作一些力所能及的探求，以表達我對昌東深切的思念之情，並謹以此書告慰他的在天之靈。

　　在中國古典美學史上，「意象」這一美學範疇包蘊的意義豐富又深邃，形成一種深厚的歷史積澱。因受視力影響，這次修改，框架依舊，僅增添了一些章節，如：「意象」與「象外之象」等，個別章節補充了一些資料，在文字上也作了修飾，力求從歷史發展中探尋「意象」範疇的內在邏輯，以及「意象」範疇與相鄰、相關範疇的界說和辨析，但正如一些學者所指出，我國古代的美學範疇帶有較大的多義性和感悟性的特點，既要宏觀把握，又要細緻辨析，使之切中契機又不顧此失彼，故可商榷之處必然不少，雖作了一些努力，但限於水平，深感距離尚遠。最後，當這本小書行將付梓之際，書中的大謬或不當之處，懇請方家暨讀者不吝教正。

胡雪岡

二〇〇〇年十月於溫州南樓

昌明文庫·悅讀美學 A0606018

意象範疇的流變

作　　者	胡雪岡
責任編輯	楊家瑜
發 行 人	林慶彰
總 經 理	梁錦興
總 編 輯	張晏瑞
編 輯 所	萬卷樓圖書股份有限公司
排　　版	菩薩蠻數位文化有限公司
印　　刷	百通科技股份有限公司
封面設計	菩薩蠻數位文化有限公司

出　　版　昌明文化有限公司

桃園市龜山區中原街 32 號

電話 (02)23216565

發　　行　萬卷樓圖書股份有限公司

臺北市羅斯福路二段 41 號 6 樓之 3

電話 (02)23216565

傳真 (02)23218698

電郵 SERVICE@WANJUAN.COM.TW

大陸經銷

廈門外圖臺灣書店有限公司

　　電郵 JKB188@188.COM

ISBN 978-986-496-199-3

2020 年 7 月初版二刷

2018 年 1 月初版

定價：新臺幣 440 元

如何購買本書：

1. 轉帳購書，請透過以下帳戶

　合作金庫銀行　古亭分行

　戶名：萬卷樓圖書股份有限公司

　帳號：0877717092596

2. 網路購書，請透過萬卷樓網站

　網址 WWW.WANJUAN.COM.TW

大量購書，請直接聯繫我們，將有專人為您

服務。客服：(02)23216565 分機 610

如有缺頁、破損或裝訂錯誤，請寄回更換

國家圖書館出版品預行編目資料

意象範疇的流變 / 胡雪岡作. -- 初版. -- 桃園
市：昌明文化出版；臺北市：萬卷樓發行,
2018.01

　　面；　　公分. -- (昌明文庫. 悅讀美學)

ISBN 978-986-496-199-3(平裝)

1.文學理論 2.文藝評論 3.中國美學史

820.1　　　　　　　　　　107001905